KB059037

연애의 행방

연애의 행방

히가시노 게이고 지음
양윤옥 옮김

소미미디어
Somy Media

일러두기

*본 도서는 히가시노 게이고의 스키장 연작, 이른바 〈설산 시리즈〉 중 하나로, 일본에서는 시리즈 중에서 3번째로 발행되었지만 한국에서는 《백은의 잭》, 《질풍론도》, 《눈보라 체이스》에 이어 4번째로 발행되었습니다.

*이전에 한국에서 정식 발매된 〈설산 시리즈〉 도서와 최대한 용어의 통일성을 유지하고자 하였으나 고유명사의 경우 원문의 느낌을 살리는 과정에서 차이가 있을 수 있습니다.

목
차

곤돌라

1

한바탕 활주를 끝내고 곤돌라 승차장으로 돌아오자 생각보다 훨씬 더 길게 사람들이 줄을 서 있었다. 스노보드의 바인딩을 풀면서 고타는 혀를 찼다.

"어떻게 된 거야, 갑자기 줄이 길어졌네."

"단체 손님 버스가 도착하는 시간대인 모양이에요."

눈 위에 엉덩이를 깔고 앉아 바인딩을 풀던 모모미가 보드를 안고 자리에서 일어서며 말했다. 그녀는 흰색과 핑크색 체크무늬 재킷에 초록색 바지를 맞춰 입었다. 본인의 설명에 따르면, 자신의 이름 한자 모모(桃)에서 따온 복숭아나무의 이미지를 담은 것이라고 한다.

"아, 그렇구나. 타이밍을 영 잘못 잡았네요. 드디어 한참 기분이

고조된 참인데."

"서두르지 말아요. 딱히 급할 것도 없잖아요. 느긋하게 타죠."

모모미의 말에 그것도 그렇다고 납득했다. 이번 여행에서는 파우더[1]를 실컷 맛본다거나 압설 코스를 카빙[2]으로 죄다 찍어주겠다는 야망은 없었던 것이다. 아무튼 즐겁게 지내면 된다는 것이 최우선이다.

"서두를 생각은 아니지만 모모미 씨가 이렇게 잘 타실 줄 몰라서 저절로 흥분이 되던데요?"

"아이, 그렇게 잘 타진 못해요. 고타 씨야말로 대단하던데요. 아까 스위치 스탠스[3]로 탔었지요? 원에이티[4]도 했고."

모모미의 말에 고타는 코를 벌름거렸다. 실력을 어필하기 위한 퍼포먼스를 똑똑히 지켜본 모양이다.

"그건 별로 대단한 기술도 아니에요."

"그래요? 나한테는 신기(神技)처럼 보이던데요."

"그건 과찬이시고. 그 정도는 누구라도 할 수 있어요. 모모미 씨도 조금만 연습하면 금세 할걸요?"

"그런가……."

"할 수 있다니까요. 자, 그럼 다음 판에 한번 도전해보죠."

1 파우더(powder)는 정비하지 않은 가루눈으로 파우더가 쌓인 구역을 파우더 존(powder zone), 파우더 존을 달리는 것을 파우더 런(powder run)이라고 한다.
2 carving. 턴의 기술 중 하나로, 보드판의 양쪽 사이드를 짚으며 방향을 바꾼다.
3 switch stance. 보드를 타고 내려오면서 앞뒤 발을 바꾸는 기술, 평소 잘 쓰는 발이 앞으로 나오게 된다.
4 앞뒤로 180도 회전하는 기술.

"못해요, 못해요."

"못할 거 없어요. 뭐든 일단 도전하고 봐야죠. 될 때까지 휴식시간 없음."

"완전 스파르타식이잖아요!" 말은 그렇게 하면서도 모모미는 즐거운 눈치였다. 물론 고타도 즐거웠다.

스노보드를 껴안고 둘이서 사람들 끝에 나란히 줄을 섰다. 그러자 곧바로 어떤 여자들 팀이 뒤에 따라붙었다. 유난히 말이 많은 시끌시끌한 팀이었지만 주변 분위기가 번화해지는 것은 나쁜 일은 아니다. 스키장을 찾는 손님이 해마다 줄어든다고 하더니만 오늘은 상당히 성황을 보이고 있었다.

붐비기는 해도 줄을 선 사람들은 조금씩 조금씩 앞으로 나아갔다.

"그래도 오늘 스키장 컨디션이 좋아서 다행이에요." 모모미가 말했다. 거울 고글과 두툼한 넥워머 사이로 웃는 입매가 보였다.

"정말 그렇죠. 이렇게 눈 상태가 좋을 줄은 생각도 못했어요. 일기예보가 틀려서 다행이에요. 비가 올 가능성이 있다고 했었으니까."

"비는 안 되죠."

"진짜 그것만은 안 돼요. 나, 이번에 위에서 아래까지 전부 새 걸로 장만했는데."

"아, 그랬구나. 큰일 날 뻔했네요."

"네, 덕분에 살았죠."

고타의 보드복은 재킷이 감색, 바지는 회색이다. 고백하자면, 오늘을 위해 새로 구입한 것이다. 모모미와의 첫 스노보드 데이트를 위해. 아니, 새로 구입한 것은 보드복뿐만이 아니다. 스노보드와 부츠, 그리고 머리에 쓴 노란색 비니모자까지도 바로 오늘을 위해 사들인 것이다.

줄을 선 사람들이 느릿느릿 전진해 드디어 계단에 접어들었다. 발밑을 조심하면서 한 단 한 단 올라갔다.

"아, 여기 탄탄면[1]으로 유명한 식당이 있다던데." 모모미가 말했다.

"그렇죠, 이 지역 무청 절임을 듬뿍 넣은 라면. 진짜 맛있어요. 나는 올 때마다 그거 꼭 먹는데."

"와, 나도 먹고 싶다!"

"오케이, 그럼 점심은 거기로 하죠. 히나타 슬로프를 타고 내려가면 바로 그 근처예요."

"대단하네요. 고타 씨, 이 스키장을 훤하게 알고 있나 봐요."

"그야 거의 해마다 왔으니까."

대단해요, 라고 모모미는 되풀이했다.

진짜 재미있구나, 라고 고타는 희열을 곱씹고 있었다. 마음에 든 여자와 단둘이 겨울철 최대의 취미인 스노보드를 타러 온 것

---

1 원래 중국 쓰촨 지방의 대표 요리로, 다진 돼지고기 볶음과 중국식 짠지 자차이 등을 얹어내는 매운 면요리. 국물과 고명에서 각 지역별로 다양한 특색이 있다.

이다. 오늘부터 이틀 동안, 내내 함께 지낼 수 있다. 숙소는 스키장 옆에 자리한 호텔이다. 밤에는 어떤 식으로 보낼까. 상상은 한없이 펼쳐져갔다. 다만 그 상상이 지나치게 비약하면 스노보드는 뒷전이 될 것 같아 적당히 억눌러뒀다.

드디어 계단을 다 올라섰다. 스노보드 커버를 넣어둔 바구니가 놓여 있었다. 고타는 팔을 뻗어 두 장을 집어다 한 장을 모모미에게 건네주었다. 모모미가 보드에 커버를 씌우는 게 서툴러보여서 옆에서 도와주었다. 어떤 스키장 곤돌라를 이용하건 항상 생각하는 것이지만 보드커버는 왜 이렇게 끼우기 힘든지 모르겠다. 좀더 연구해서 간편하게 해줄 수 없나, 하는 생각이 들고 만다.

승차장이 가까워졌다.

"죄송합니다. 곤돌라, 합승 좀 부탁합니다!" 젊은 여자 담당자가 높은 목소리로 알리고 있었다. 모모미와 단둘이 타고 싶었던 고타로서는 그리 달갑지 않은 상황이었다. 하지만 이렇게 사람들로 붐비는 상황에 불평은 할 수 없다. 이 스키장의 곤돌라는 최대 12명이 탈 수 있는 대형인 것이다.

고타와 모모미 차례가 되었다. 빈 곤돌라가 빙 돌아 앞으로 다가왔다. 먼저 모모미를 태우고 고타는 그 뒤를 따라 올라갔다. 안쪽 좌석에 앉은 그녀를 마주하는 모양새로 자리를 잡았다.

당연히 낯선 그 팀이 뒤따라 들어왔다. 여자들로만 구성된 4인조로, 미처 자리에 앉기도 전부터 와아와아 뭔가 의미를 알 수 없는 탄성을 내뱉고 있었다. 줄에 서 있을 때부터 종알종알 수다를 떨던 여자들이다. 하필이면, 이라는 생각이 들었지만 곤돌라 승차시간은 10여 분, 잠시 참을 수밖에 없다.

문이 닫히고 곤돌라가 속도를 올렸다. 밖을 내다보니 주변이 온통 하얀 눈 경치였다. 컬러풀한 옷을 차려입은 스키어와 스노보더들이 여기저기서 개방감 넘치는 활주를 펼치고 있었다.

"아, 감개무량하다. 너무 오랜만이야." 4인조 중 한 사람이 흥분한 목소리를 올렸다. 고타 왼편 바로 옆에 앉은 여자였다. "스노보드라고는 대학 때 이후로 처음이잖아. 그러니까 그게 벌써 7년만인가."

"에리카, 정말 탈 수 있겠어? 나는 전혀 자신 없는데." 고타 왼편으로 대각선 맞은편의 초록색 재킷을 입은 여자가 말했다. '에리카'라는 건 고타 바로 옆의 여자를 말하는 모양이다.

"뭐, 어떻게든 되겠지. 아니, 그보다 7년 전에도 제대로 탔는지 어쨌는지 애매하니까 그보다 더 못한다고 해봤자 거기서 거기야." 그렇게 말하고 캬하하하 웃었다.

고타는 머릿속으로 계산해보았다. 대학 때 이후 처음이고, 7년만이라면……. 마지막으로 왔을 때가 대학 몇 학년 때였는지가 관건이다. 1학년 때였다면 지금 스물다섯 살이다. 하지만 그건 아닐 거라고 말투와 분위기를 보고 판단했다. 마지막으로 스노보드를 탄 것은 졸업을 앞둔 스물두 살 때, 그렇다면 지금 스물아홉이다.

음, 그 정도가 맞겠네, 라고 고타는 나름대로 답을 냈다.

"그보다 우리 넷이 여행하는 것 자체가 너무 오랜만이지." 또다른 여자가 약간 침울한 투로 말했다. 목소리가 들리는 방향으로 짐작하건대 고타 옆으로 두 번째 자리다. "이렇게 일부러 다 참석해주고, 미안해."

"네가 미안할 게 뭐가 있어. 솔직히 말하면, 재미있기만 한데?" 고타 옆의, 조금 전 에리카라고 불린 여자가 말했다.

"그래, 오랜만에 어렵게 모였으니까 치하루도 신나게 즐겨봐." 초록색 재킷의 여자가 말했다. 고타 옆 두 번째 자리의 여자는 이름이 치하루인 모양이다.

"그나저나 생각했던 것보다 춥진 않다. 훨씬 더 추울 줄 알았는데." 에리카가 말했다.

"응, 보드복 속에 내의는 세 개만 입을 걸 그랬나봐."

초록색 재킷을 입은 여자의 말에 고타는 저도 모르게 그쪽을 돌아보고 말았다. 세 개만 입을 걸 그랬다니, 그렇다면 지금은 대체 몇 개를 입고 있다는 것인가.

그때였다. 초록색 재킷 여자의 옆자리에 앉은, 지금까지 별 말이 없던 여자가 입을 열었다. "나도 너무 껴입었나봐. 이 보드복, 예상보다 훨씬 더 따뜻한데." 그렇게 말하면서 빨간 보드복 자락을 손끝으로 잡았다.

그 목소리에 고타는 저절로 반응했다. 잘 아는 사람의 목소리를 꼭 닮았기 때문이다. 옆 눈으로 슬쩍 훔쳐보았다. 고글과 페이스마스크를 쓰고 있어서 얼굴은 전혀 알아볼 수 없었다.

"이번 여행을 위해 새로 샀다고 했지?" 에리카가 빨간 보드복의 여자를 가리키며 말했다.

"응, 지난번 보드복은 벌써 꽤 오래 입은 거였어. 마침 새것으로 바꾸고 싶던 참이었어."

역시 꼭 닮은 목소리다. 말투도 똑같다. 불길한 예감이 가슴속에 퍼져갔다. 스노보드를 살펴보니 아무래도 대여점에서 빌린 물건 같았다.

"세트로 다 샀어?" 물어본 사람은 치하루라는 이름의 여자다.

"보드복하고 장갑만 샀어. 근데 고글도 함께 살 걸 그랬나봐. 이거, 금세 김이 서리는 것 같아." 그렇게 말하고 빨간 보드복의 여자가 고글을 벗었다. 그 참에 페이스마스크가 벗겨지면서 얼굴이 고스란히 드러났다.

그 순간, 고타는 심장이 튀어나올 것만 같았다.

빨간 보드복의 여자는 미유키였다.

그리고 미유키는 고타와 동거 중인 여자 친구였다.

2

고타는 도쿄 시내의 리모델링 회사에서 일하고 있다. 영업과 설계 담당으로, 근무 연수는 정확히 10년이 된 참이다. 연봉 수준이 그리 높은 편은 아니지만, 새로운 모습으로 다시 태어난 실내를 둘러보고 고객들이 눈을 반짝이며 기뻐해주는 것을 보면 이 직업을 택하기를 잘했다고 실감하곤 했다.

이 회사에 미유키가 입사한 것은 지금으로부터 약 3년 전이다. 입사라고는 해도 정식 채용은 아니고 계약사원으로 들어온 것이다. 그녀의 담당은 CAD로, 쉽게 말하면 컴퓨터를 사용해 도면을 그리고 완성 예상도를 3D로 표현하는 등의 일이다. 고타 같은 정규직 입장에서는 그야말로 마음 든든한 조수 역할이다. 당연히 대화를 주고받는 일도 많았다.

약간 치켜 올라간 눈이 인상적인 미유키지만 그런 겉모습만큼 기가 드센 성격은 아니었다. 오히려 상대의 기를 살려주려고 하는 면이 있었다. 고타가 일하는 모습을 보고 감탄해주는 일도 많았다. 젊은 여성에게서 칭찬을 듣고 기분 나쁠 남자는 없다. 게다가 상당한 미인이다. 고타가 그녀를 좋아하게 되기까지 그리 오랜 시간은 걸리지 않았다.

용기를 내서 고백해봤더니 미유키 쪽도 그를 밉지 않게 생각했는지 뜻밖일 만큼 수월하게 교제가 시작되었다.

서로 궁합이 잘 맞는 모양이라서 크게 다투는 일도 없이 3년이 흘렀다. 그 동안 두 사람은 집을 같이 쓰게 되었다. 방 한 칸에 거실, 거기에 주방이 딸린 작은 집이지만 공간을 유효하게 이용하는 것에 관해서라면 둘 다 전문가다. 비좁다고 느낀 적은 없었다.

그리고 동거를 시작한 지 정확히 1년이 된 작년 가을, 마침내 미유키가 그 얘기를 꺼냈다.

"자기, 앞으로의 일에 대해 생각하고 있어?"

저녁식사를 마치고 둘이서 발포주를 마시고 있을 때였다. 고타는 텔레비전을 켜려고 리모컨을 손에 들고 있었다.

드디어 때가 왔구나, 라고 생각했다. 내심 두려워하던 일이었다. 좀 더 빨리 텔레비전을 켰더라면 좋았을 텐데, 라고 후회했다. 하지만 언젠가는 결론을 내지 않으면 안 될 일이기는 했다.

"앞으로의 일이라니?" 리모컨을 내려놓고 물었다.

"우리 둘의 장래에 대한 거." 그녀는 말했다. "자기, 이쪽 보고 얘기해."

응, 하고 고개를 들었다. 미유키와 눈이 마주쳤다. 시선을 돌려 버리고 싶은 것을 가까스로 꾹 참았다.

"어떻게 할 생각이야? 이대로 동거를 계속할 생각?"

고타는 자신의 머리칼을 만지작거렸다. "그러면 안 되나?"

"그럼 그건 어떻게 할까?"

"그거라니?"

그러자 미유키는 엄지와 검지로 동그라미를 만들어 보였다.

"나는 이제 그건 쓰지 않아도 괜찮을 것 같은데."

콘돔 얘기구나, 라고 깨달았다.

"아이를 갖고 싶다는 거야?"

응, 하고 미유키는 고타의 눈을 지그시 들여다보면서 고개를 끄덕였다.

"내가 이제 스물아홉이잖아. 내년이면 서른이야. 지금 당장 아이를 가져도 전혀 빠른 게 아니야. 피임을 안 한다고 아이가 금세 생기는 것도 아니고."

그녀의 의견은 맞는 말이었다. 고타로서는 선택할 수 있는 길은 두 가지밖에 없었다. 나는 아이를 원하지 않는다, 그러니 헤어지자, 라는 것이 첫 번째. 하지만 그건 선택할 수 없었다. 그 자신이 헤어지고 싶지 않기 때문이다.

그렇게 되면 남는 것은 한 가지밖에 없다.

알았어, 라고 작은 소리로 대답했다.

"알았다니, 어떻게 알았다는 거야?" 미유키가 되물었다. 이런 때, 약간 치켜 올라간 눈매가 위압감을 발휘한다.

그러니까 그게, 라고 고타는 중얼거렸다. "콘돔 말이야."

"안 쓰는 걸로, 좋다는 뜻?"

"응."

"아, 다행이다." 미유키의 입술이 빙그레 풀어졌다. "하지만 그렇게 되면 문제가 하나 있어."

"뭔데?" 이미 다 알고 있지만 짐짓 물어보았다.

"아이가 생기면 당연히 양가 부모님에게 얘기해야 하잖아. 근데 그제야 갑작스럽게, 실은 동거하고 있었습니다, 라고 말할 수도 없고." 미유키의 눈이 번쩍 빛을 내는 것처럼 보였다.

고타도 미유키도 본가는 지방에 있었다. 당연한 일이지만 동거한다는 것은 부모님에게는 비밀이었다. 다행히 양쪽 부모님 모두 서른이 다 된 자식의 독신 생활에 대해 시시콜콜 확인하려 들지는 않았다.

미유키의 말솜씨는 그야말로 능수능란하다고 할 수밖에 없었다. 마치 외통수 장기처럼 고타가 도망갈 길을 차례차례 봉쇄해 나갔다.

흠, 하고 고타는 신음 소리를 냈다. "그건 그래."

"그렇지? 임신한 것을 알았을 때는 부모님에게 당당하게 얘기하고 싶어. 그래서 축하도 받고 싶고. 적어도 난 그래."

물론, 이라고 고타는 말했다. "나도 그렇지."

"그치?"

그러니 어떻게 할 거야, 얼른 항복해, 라고 미유키의 눈은 선고하고 있었다.

끄응, 하고 고타는 팔짱을 꼈다.

"즉 양가 부모님에게 미리 인사를 해두면 되는 거네. 우리 둘이 그런 사이라고."

"그런 사이라니?"

"그러니까……." 고타는 한 차례 헛기침을 했다. "아이가 생겨도 괜찮은 사이라고. 아이를 가질 거라고."

미유키의 미간에 주름이 생겼다. 답답해하는 것 같았다.

고타는 포기했다. 이제 더 이상 도망칠 길은 없다.

한마디로, 라고 그는 말했다. "결혼하면 되는 거지? 그 인사를 양가 부모님에게 해두면 아무 문제도 없어." 입에 올린 순간, 가슴속에 퍼져간 것은 패배감이었다.

미유키의 미간에 있던 주름이 단숨에 사라지고 얼굴이 환하게 빛났다.

"엇, 이거 뭐야. 프러포즈인가?"

만일 의자에 앉아 있는 게 아니었다면 덜컥 무릎을 꺾고 흐르르 주저앉는 포즈를 취할 대목이었다. 뭐가 프러포즈인가. 그쪽에서 유도신문을 한 거잖아. 하지만 입이 찢어져도 그런 말은 할 수 없었다.

"그, 그렇지……." 풀이 죽은 채 말했다.

"와아, 정말 기쁘다!" 미유키는 자리에서 일어나 고타의 품에 안겨들었다.

그녀의 몸을 받아 안으면서 '이렇게 기뻐해주는데 뭐, 됐어'라고 고타는 생각했다. 본심을 말하자면 독신이라는 속편한 신분으로 영원히 지금의 관계를 이어가고 싶었다. 결혼을 하게 되면 책임이니 뭐니 이래저래 부담스러운 일이 많아질 것이다. 하지만 미유키의 입장을 생각하면 언제까지나 그런 식으로 살 수는 없다. 이런 생활도 이제 슬슬 청산할 때인지도 모른다, 라는 자각도 있었던 것이다.

일이 정해지면 여자는 행동이 빠르다. 당장 그다음 주말은 양가 부모님에게 인사하러 가는 데 쓰기로 했다. 후쿠이에 있는 고타의 본가에 미유키를 데려갔고, 그다음 날은 고타 쪽이 나고야에 있는 그녀의 본가에 인사를 하러 갔다. 다행히 양쪽 부모님 모두 기뻐해주었다. 동거 중이라고 털어놓아도 나무라지 않았다. 그러기는커녕 곧바로 아이를 가질 생각이라서 결혼식 때는 임신해 있을지도 모른다, 라는 미유키의 말에 모두가 반색을 하는 표정이었다. 특히 고타의 어머니는 "그거야 정말 좋지. 요즘은 전혀 별일도 아니고, 결혼식 예약만 먼저 해두면 아무 문제없어. 괜찮아, 괜찮아. 열심히 잘해봐"라고 격려까지 해주었을 정도다.

결혼식은 5월로 정해졌다. 고타는 조금이라도 더 미뤄보려고 했지만 미유키는 완강하게 양보해주지 않았다. 그녀의 생일이 6월이어서 어떻게든 20대일 때 웨딩드레스를 입고 싶다는 것이었다.

미유키가 신이 난 것과는 대조적으로 고타의 마음은 점점 우울하게 가라앉았다. 각오를 했을 텐데도 결혼에 의해 뭔가 큰 것을 잃어버리는 듯한 마음이 자꾸만 들었다. 이른바 '매리지 블루 (marriage blue)'라는 그놈이었다.

그러던 참에 대학 동창에게서 소개팅 얘기가 들어왔다. 그 친구는 고타에게 연인이 있다는 것을 알고 있지만 결혼이 정해진 것은 알지 못했다. 고타가 말하지 않았으니 당연한 일이다.

기분전환도 할 겸 참가하기로 했다. 5대5 소개팅이었다. 상대는 백화점 화장품 매장에서 근무하는 여성들이라는 얘기였다.

그리고 그 자리에서 모모미를 만났다. 동글동글한 눈과 도톰한 입술이 인상적, 이라기보다 나름대로 상당히 섹시한 분위기의 여자였다. 몸에 딱 붙는 니트는 큼직한 가슴을 강조하고 있었다. 모든 것이 고타의 취향에 딱 맞았다.

얘기를 나눠보니 취미는 스노보드와 영화 감상이라고 했다. 이 또한 고타와 잘 맞았다. 즉시 의기투합했다. 가까운 시일 내에 둘이서만 따로 만나자, 라고 합의가 되어 그 자리에서 연락처를 주고받았다.

소개팅 다음 주에 고타는 모모미와 데이트를 했다. 식사를 하고 술도 조금 마셨다. 역시 대화가 잘 통해서 신나게 얘기를 나눴다. 가슴은 내내 두근두근 설렜다. 이런 일은 오랜만이었다.

즐거운 시간은 눈 깜짝할 사이에 지나간다. 고타는 혼자 살고 있다는 모모미를 집까지 배웅해주었다. 혹시 잠깐 들렀다 가라고 해주지 않을까 하는 희미한 기대는 허탕으로 끝났지만, 원룸 근처에서 키스를 하는 데까지는 성공했다.

그날, 집에 들어갔더니 미유키는 노트북을 마주하고 뭔가 작업을 하고 있었다.

"어서 와. 늦었네?" 그녀가 말했다.

"생각보다 일이 늦어졌어. 그래서 다들 수고했다고 한 잔씩 했어."

"그랬구나."

계약직이던 미유키는 1년 전에 고타와는 다른 회사로 옮겨갔다. 오늘 저녁밥은 밖에서 먹고 들어가겠다고 전화로 미리 얘기했었다.

고타는 옷을 갈아입으면서 미유키가 몰두하고 있는 노트북 모니터를 슬쩍 넘어다보았다. 그곳에 떠 있는 것은 다양한 웨딩드레스 이미지였다.

카운트다운이 시작되었다는 것을 고타는 새삼 통감하지 않을 수 없었다.

고타는 그 뒤에도 몇 번 모모미와 데이트를 거듭했다. 이런 게 가능한 것도 지금뿐이다, 라고 자신에게 되뇌었다. 미유키와 결혼해버리면 모모미와는 칼 같이 헤어질 생각이었다. 그런 만큼 지금 이 시간을 소중히 보내고 싶었다.

이윽고 기다리고 기다리던 스노보드 시즌이 다가왔다. 모모미와도 자연스럽게 이야기가 그쪽으로 흘러갔다. 함께 가고 싶네요, 라고 그녀가 말했다.

"그렇죠? 흠, 어디로 가볼까. 사토자와온천 스키장은 어때요?"

고타의 제안에 모모미가 가슴 앞에서 손뼉을 쳤다. "와아, 가고 싶어요."

"그 스키장, 최고지요. 하지만 당일치기로 가기에는 거리상 너무 먼 곳인가." 슬쩍 고개를 갸우뚱하고는 그야말로 별일 아니라는 듯한 얼굴로 "일박은 안 될까요?"라고 물어보았다.

두 사람 사이에 아직 육체 관계는 없었다. 고타로서는 이 순간이 승부처, 라고 생각했다.

모모미는 슬쩍 턱을 당기고 동그란 눈을 두어 번 깜빡거렸다. 그 진지한 표정을 보고 역시 안 되겠구나, 하고 포기하려는데 그녀의 도톰한 입술이 움직였다.

"그럴까요?"

너무도 가볍게 대답하는 말투였기 때문에 일순 잘못 들었나 하고 고타는 생각했다. 하지만 그다음에 나온 그녀의 말이 그렇지 않다는 것을 보여주었다.

"기왕 가는 거, 이틀 정도는 실컷 타고 싶은 마음도 있어요."

"그렇죠!" 고타는 저도 모르게 목소리에 힘을 주었다. "그럼 내가 숙소니 뭐니, 예약합니다?"

"네, 부탁해요." 모모미는 빙긋이 웃었다.

고타의 마음은 하늘까지 폴짝 뛰어올랐다.

둘이 상의해 일정을 정했다. 토요일과 일요일은 너무 붐벼서 양쪽 다 유급휴가를 내고 금요일에 출발하기로 했다.

그야말로 꿈을 꾸는 듯한 기분이었다. 일박으로 모모미와 스노보드 여행이라니. 마침내 마지막 선을 가뿐히 넘을 수 있을 듯한 분위기였다.

하지만 장벽이 있었다. 물론 미유키다.

어느 날, 회사에서 집에 돌아가자마자 고타는 말했다.

"미치겠네. 다음 주말에 내가 가루이자와에 가야 할 것 같아."

"가루이자와? 왜?"

"별장 리모델링 물건이 하나 있었는데, 그 인수인계에 내가 입회하게 됐어. 그 뒤에 완성 축하파티를 한다는데 고객이 그 자리에 꼭 참석해달라는 거야. 별수 없이 함께해주기로 했어."

"그래, 힘들겠다. 알았어. 마침 잘됐네, 나는 그날 친구 집에서 파티를 하기로 했거든. 자고 가도 좋다고 하더라고."

"그렇구나. 오랜만이니까 재미있게 놀다 와."

"응, 그럴게."

미유키의 눈치를 살펴보니 수상쩍어하는 기미는 전혀 보이지 않았다. 이것으로 첫 번째 관문 돌파. 하지만 아직 또 다른 장애물이 남아 있었다.

스노보드는 고타가 꽤 오랫동안 해온 취미였다. 미유키와도 몇 번 간 적이 있었다. 문제는 스노보드 도구와 옷 등이 지나치게 부피가 크다는 것이다. 그래서 침대 밑의 공간을 두 사람의 스노보드 도구 일습의 수납장소로 쓰기로 했다. 따라서 지금도 모두 그곳에 보관되어 있었다.

그런데 거기서 고타의 보드와 부츠, 그리고 보드복이 사라진다면 어떻게 될까. 만에 하나 미유키가 눈치챘을 때, 변명할 말을 찾을 수 없게 된다.

고민 끝에 내린 결론은 모두 새로 사들인다, 라는 것이었다.

업무 틈틈이 스포츠전문점에 나가 스노보드, 부츠, 바인딩의 3점 세트 외에 보드복과 고글, 비니모자까지 구입했다. 총 10만 엔이 넘었지만 그런 건 아무려나 상관없었다. 문제는 구입한 것을 어디에 감춰두느냐는 것이었다.

고타는 친구를 활용하기로 했다. 소개팅에 초대해준 녀석이다. 사정을 이야기했더니 한두 마디 만에 선뜻 받아주었다.

"현재 사귀는 여자 친구를 속이고 불륜 여행? 부럽다, 부러워. 아무튼 알았어. 전부 우리 집으로 배달하라고 해. 그 대신 이번 여행, 어떻게 됐는지 나중에 자세히 보고하도록 해." 다행히 그 친구는 호탕한 성격의 인물이었다.

금요일 새벽, 고타는 양복 차림으로 집을 나섰다. 미유키가 침대에서 배웅해주었다. 양심에 찔리기는 했지만 베갯머리에 놓인 결혼 정보지를 보고는 독신 생활의 마지막 불장난이라는 것으로 생각하기로 했다.

친구 집에서 여행용 옷차림으로 갈아입었다. 민폐를 끼친 대가로 친구에게는 5천 엔을 건네주기로 미리 합의를 보았다.

"바람피우기도 보통 힘든 게 아니네. 그렇게 새 여자가 좋으면 지금 사귀는 여자와는 헤어지면 되잖아." 잠이 덜 깬 눈을 비비면서 친구가 말했다.

"실은 그럴 수가 없어. 이미 뒤로 물러설 데가 없는 상황이라서."

"뒤로 물러설 데가 없다니, 그게 무슨 말이야?"

"……아무것도 아냐."

결혼 준비가 착착 진행 중, 이라는 말은 차마 할 수 없었다. 이 친구에게는 그야말로 재미있는 얘깃거리여서 분명 질문공세를 퍼부을 게 틀림없었기 때문이다. 당사자에게는 심각하기 짝이 없는 문제인데.

준비를 마치자 짐을 떠메고 도쿄역으로 향했다. 야에스 중앙출구에 도착했더니 귀여운 후드 다운재킷을 입은 모모미가 기다리고 있었다. 고타를 알아보고 웃으면서 손을 흔들었다.

그녀 쪽으로 뛰어가면서 고타는 '천국의 시간이 시작되는구나'라고 생각했다.

3

실제로는 지옥의 시간이 시작되고 있었구나―.

고타의 머릿속에서 다양한 의문이 소용돌이쳤다. 미유키가 왜 이곳에 와 있는 것인가. 회사는 어떻게 하고? 다른 세 사람은 또 누구인가.

"아, 빨리 온천물에 들어가고 싶다." 초록색 재킷의 여자가 말했다.

"벌써? 아직 스노보드 한 번도 안 탔는데." 에리카가 나무랐다.

"어느 쪽이냐면 난 온천을 노리고 온 거야. 스노보드는 덤이라고나 할까?"

"유미는 예전부터 이렇다니까. 그러니 아줌마 같다는 소리를 듣지."

"상관 마. 이게 나만의 삶의 방식이니까."

초록색 재킷의 여자는 이름이 유미인 모양이다.

퍼뜩 생각났다. 미유키의 이야기에 유미라는 이름의 친구가 자주 나오곤 했다. 대학 때 가입한 동아리의 친구라고 했던 것 같다. 여름에는 테니스, 겨울에는 동계스포츠를 즐긴다, 라는 건 명목뿐이고 실제로는 그저 술 마시는 모임만 가졌을 뿐이라고 했다.

아, 그러고 보니, 라고 고타는 급히 기억을 더듬었다. 미유키가 대학 시절 얘기를 할 때마다 치하루나 에리카라는 이름도 빈번

곤돌라 29

하게 나왔던 것 같다. 요즘도 이따금 만난다고도 했었다.

그런 생각을 해가며 고타는 새삼 4인조를 슬쩍슬쩍 훔쳐보다가 가슴이 철렁했다. 미유키의 시선이 지그시 고타의 얼굴에 박혀 있었기 때문이다. 깜짝 놀라 저절로 등을 꼿꼿이 세웠더니 그제야 미유키는 시선을 돌렸다.

"얘, 왜 그래?" 치하루라는 여자가 미유키의 무릎을 툭 쳤다. "어째 갑자기 기운이 빠진 것 같네?"

"아니, 아무것도 아냐." 미유키는 고개를 젓더니 다시 페이스마스크를 쓰고 고글을 고쳐 썼다. 그 목소리에 뭔가 불편한 심사가 담겨 있는 것처럼 들렸다.

고타는 바짝 긴장했다. 혹시 내 정체를 알아본 것인가.

자신의 옷을 확인해보았다. 재킷도 바지도 새것이고 작년까지 입었던 옷과는 색깔이 전혀 다르다. 노란 비니모자 역시 미유키는 본 적이 없을 터였다. 고글은 거울렌즈라서 밖에서는 안이 보이지 않는다. 게다가 지금은 페이스마스크도 쓰고 있다.

아무리 생각해도 알아봤을 리가 없다. 고타는 체격도 평균이다. 곤돌라에 탄 이후로 한 마디도 말을 한 적이 없으니까 목소리를 들었을 리도 없다.

아니ㅡ.

곤돌라에 타기 전에는 어땠을까. 그때는 물론 한 마디도 안 했던 것은 아니다. 이를테면 탄탄면 얘기를 했었다. 그때의 대화를 미유키가 들은 것일까. 하지만 목소리만으로 눈치챌 수 있을까. 비슷한 목소리라고 생각했더라도 단지 그것뿐이었던 게 아닐까.

그때의 대화를 다시 되짚어보다가 흠칫했다. 딱 한 번, 모모미가 고타의 이름을 불렀다. 분명 "고타 씨, 이 스키장을 훤하게 알고 있나 봐요"라고 했던 것이다.

그 말을 들은 것일까.

우선 목소리를 듣고 고타와 비슷하다고 생각하며 귀를 기울인 끝에 이름을 확인했다면 미유키가 눈치를 챘을 가능성도 있었다.

그렇게 생각하니 아까 그녀가 일부러 고글을 벗은 것에도 뭔가 의미가 있는 것만 같았다. 어쩌면 미유키는 자신의 존재를 고타에게 알리려고 했던 게 아닐까.

심장 박동이 점점 빨라졌다. 온몸에서 식은땀이 났다.

저기요, 라고 모모미가 몸을 앞으로 내밀며 물었다. "다음에는 어떤 코스에서 탈까요?"

태평한 질문에 고타는 신경이 곤두섰다. 모모미에게는 아무 죄도 없다는 건 잘 알지만, 지금은 제발 말 좀 걸지 말았으면, 하고 생각했다. 코스 따위 문제가 아닌 상황인 것이다. 하지만 대답하지 않으면 다음에는 이름을 입에 올리며 재차 물어볼지도 모른다. 그것만은 절대로 피해야 한다.

고타도 슬쩍 몸을 앞으로 내밀었다. 장갑으로 입가를 감싼 채 "산정 리프트를 타요"라고 작은 소리로 말했다.

"응? 어디라고요?" 소리가 잘 안 들렸는지 모모미는 얼굴을 바짝 들이댔다.

"산정 리프트." 제발 냉큼 알아들어주기를 기도하는 마음으로 말했다.

"아, 거기." 다행히 모모미가 고개를 끄덕였다.

고타는 머뭇머뭇 미유키 쪽의 기척을 살폈다. 방금 얘기한 건 들렸을까. 혹시 목소리를 알아듣고 역시 고타라고 확신한 것은 아닐까.

"그나저나 치하루는 정말 남자 복도 없다." 미유키가 느닷없는 말을 꺼냈다. "이번이 대체 몇 번째야? 남자가 바람피워서 헤어지는 거."

바람피우다, 라는 말에 고타는 전기를 맞은 듯한 충격을 느꼈다. 하마터면 벌떡 일어설 뻔했다.

"네 번째인가."

"어휴, 많네, 많아." 에리카가 어이없다는 듯이 말했다. "남자 복이 없다기보다 남자 보는 눈이 없는 거 아니야?"

"역시 그런 거겠지?"

"아냐. 치하루는 애초에 그런 남자에게 끌리는 거야." 그렇게 말한 것은 유미였다. "약간 덜렁덜렁하고 가벼운 남자. 예전부터 그랬잖아. 그러니까 어떤 의미에서는 어쩔 수 없어. 신경 쓰지 말고 얼른 딴 남자나 찾아봐. 다섯 번째의 가벼운 남자. 그러면 해결

되잖아? 이제 온천여행이나 마음껏 즐기라고."

"너는 어째 계속 온천 타령이냐. 치하루의 그 다섯 번째 남자가 또 바람을 피우고, 우리가 그거 위로하려고 다시 여행 오면 된다는 거야? 하긴 뭐, 그것도 나쁘진 않지만."

에리카의 그 말에 고타는 대략 어떤 사정인지 짐작되었다. 아마도 치하루의 남자 친구가 바람을 피웠고 그것 때문에 헤어졌다. 그 상처받은 마음을 위로해주기 위해 다른 세 사람이 그녀를 데리고 이번 여행에 나섰다, 라는 것인 모양이다.

그때 미유키가 입을 열었다. "나는 남자란 여자가 관리하기 나름이라고 생각해."

"무슨 말이야?" 치하루가 물었다.

"좋아하는 남자가 덜렁덜렁 가벼운 사람이라도 다른 여자에게 한눈팔지 못하게 철저히 교육시키면 된다는 얘기야. 한마디로, 남자 관리를 제대로 못한 거야."

"관리? 난 그런 거 못해."

"못한다고 하면 안 되지. 또 바람피우게 놔둘 거야?"

"그런 점에서 미유키는 예전부터 남자 다루는 데는 선수였지." 에리카가 미유키를 향해 말했다. "지금 동거 중이라고 했잖아. 분명 그 사람도 쥐고 흔드는 거 아냐?"

"무슨 그런 실례의 말씀을. 그렇지 않아. 그럴 필요도 없고."

고타는 침을 삼키려고 했다. 하지만 입안이 바짝 말라 있었다.

"걱정할 것도 없다는 얘기야?" 유미가 물었다.

"응, 겉은 가벼워 보이지만 속은 착실하다, 라는 타입이야. 그래서 믿을 만해."

어라, 하고 고타는 고글 속에서 눈을 깜빡였다. 방금 그 말은 진심인 것처럼 들렸기 때문이다. 그렇다면 미유키는 이 곤돌라 안에 바로 그 동거 상대가 있다는 것을 눈치채지 못했는가.

아니, 아직 안심할 수는 없다. 실은 눈치챘으면서도 일부러 '믿을 만하다'라는 말을 써서 고타에게 양심의 가책을 느끼게 한다, 라는 작전일 수도 있다.

"근데 만일 그 사람이 바람을 피우면 어떡할 거야. 약혼은 없었던 일로 하는 건가?"

에리카의 질문에 고타의 심장은 다시금 오그라들었다.

미유키는 잠시 생각해본 뒤 "그건 아냐"라고 대답했다.

"헤어지지 않겠다고?" 치하루가 놀란 듯이 말했다.

응, 이라고 미유키는 고개를 끄덕였다.

"그건 완전히 그 사람 좋을 대로 해주는 거잖아. 나는 치하루와는 달라. 마음 편히 살게 놔두지 않을 거야." 오싹할 만큼 냉철한 어조로 말했다.

"어떻게 할 건데, 어떻게 할 건데?" 유미가 호기심을 고스란히 드러내며 미유키 쪽으로 얼굴을 향했다.

"어차피 남자란 결혼해도 평생 한두 번은 한눈을 팔 거야. 그렇다면 결혼 전의 한눈팔기는 한 번쯤 그냥 참아줘도 괜찮아. 문제는 그다음이야."

응, 응, 하고 다른 세 사람의 몸이 일제히 미유키 쪽으로 쏠렸다. 어떤 말이 이어질지 고타도 심히 궁금했다.

"와아, 멋있다. 저기 좀 봐요, 저런 곳에서도 스키를 타네요." 옆에서 모모미가 창밖을 가리키며 말했다.

이런 상황에서 제발 말 좀 걸지 말라고 타박하고 싶은 심정이었지만, 무시할 수도 없어서 모모미가 가리킨 쪽으로 고개를 돌렸다. "어, 그러네요."

"어딜 보는 거예요? 그쪽이 아니고 저쪽인데."

고타는 그만 울고 싶어졌다. 어느 쪽이건 상관없다니까요, 라고 생각하면서도 둘레둘레 살펴보는 척 했다.

"거기서 고삐를 바짝 조이는 관리 능력이 필요해." 미유키가 말하기 시작했다. "이번에 바람피운 것에 대해서는 참아주겠지만 그렇다고 결코 용서한 것은 아니다, 라는 점을 똑똑히 주지시켜야 해. 앞으로 마음에 안 드는 일이 생기면 몇 번이고 그 문제를 꺼내게 될 것이라고 말이지. 그걸로 결혼 후 주도권은 완전히 내 것이 돼. 그쪽 마음대로 하게 놔두지 않는 거야."

"오호, 그렇구나." 에리카가 감탄한 듯 목소리를 올렸다. "무서운 여자네."

"나를 배신했으니까 그 정도는 당해도 싸지."

"공처가의 완성이라는 것이네."

유미의 말에 미유키는 고개를 저었다.

"공처가라고? 그러니까 넌 아직 멀었어. 이건 노예의 완성이야. 평생 나만의 노예."

에리카는 캬하하하 웃었고 유미는 놀랍다는 듯 두 팔을 쳐들었다. 치하루는 계속 "멋있다, 멋있어"를 연발하고 있었다.

그리고 고타는 온몸에서 핏기가 빠져나갔다. 평생 노예라니—.

역시 미유키는 그의 존재를 눈치챈 것처럼 생각되었다. 눈치챈 상태에서 일부러 저런 이야기를 하는 것이 아닐까. 똑똑히 들어 둬, 너는 내일부터 내 노예야, 라고.

"하긴 어떤 단계였느냐에 따라서도 달라지겠지." 미유키가 말을 이어갔다.

"단계라니, 무슨 단계?" 치하루가 묻는다.

"불륜 상대와의 관계 말이야. 아직 같이 잔 단계가 아니라면 노예까지는 아니어도 돼."

그렇구나. 희미하게나마 빛이 보이는 듯한 심정이었다.

하지만 조건이 있어, 라고 미유키는 말했다.

"내가 추궁하기 전에 자수했을 경우에 한해서야. 그런 게 아니면 안 돼. 어차피 금세 꼬리가 잡힐 테니까 내가 먼저 눈치는 채겠지. 하지만 유예기간을 줄 거야. 그 사이에 자기 스스로 솔직히 털어놓는다면 세이프, 그렇지 않으면 아웃. 내가 이래봬도 온정은 베푸는 편이야."

엇, 이건 또 뭔 소리인가ㅡ. 고타는 머리를 굴렸다.

미유키가 이곳에 고타가 있다는 것을 눈치채고 그런 이야기를 하는 것이라면 이미 유예기간이 시작된 셈인가. 그 타임 리미트는 언제까지인가.

이 곤돌라에서 내린다면 미유키를 만나는 것은 내일 밤이 될 가능성이 높다. 그때 고타는 모모미와 이미 잠을 잔 다음일 것이다. 만일 그렇지 않다고 해도 미유키가 그 결백을 믿어줄 것이라고는 생각되지 않았다.

한마디로 이 곤돌라에서 내릴 때까지가 유예기간인 것이다. 미유키는 지금 이 자리에서 자백하라고 은밀히 밀어붙인 것이다.

아니, 하지만ㅡ.

그게 아닐 가능성도 있다.

모든 것이 고타 자신의 억측일 뿐, 실제로 미유키는 아무것도 눈치채지 못했고 어쩌다 우연히 그런 말을 한 것뿐인지도 모른다.

분명 그럴 것이다. 틀림없이 그렇다. 그런 것이라고 믿고 싶다.

"미유키, 그 사람은 그런 점에서 어때? 네가 눈치챘다는 것을 미리 짐작하고 깨끗이 사과하는 쪽이야? 아니면 일단 시치미를 떼고 보는 쪽?"

글쎄, 라고 고개를 갸웃거리며 미유키는 잠시 입을 꾹 다물더니 불쑥 곤돌라의 진행 방향을 가리켰다.

"저것 좀 봐. 이 스키장도 그렇지만, 곤돌라나 리프트의 철탑에는 분수가 적힌 간판이 달려있어. 여기는 33분의 얼마, 라는 식으로. 철탑이 모두 합해 33개인데 현재 곤돌라가 그중 어디쯤을 가고 있는지 알려주는 표식이야."

미유키의 그 말에 잠시 기묘한 침묵의 시간이 흘렀다.

"그게 뭐야, 철탑의 분수 숫자가 왜? 방금 네가 했던 이야기와 무슨 관계가 있어?" 유미가 합당한 의문을 입에 올렸다.

"그게 거꾸로 생각하면 카운트다운일 수도 있거든. 이제 곧 종점이다, 어서어서 준비해라, 라는 식으로."

"그건 우리도 알지. 그러니까 그것과 무슨 관계가 있느냐는 거야." 유미가 답답한 듯한 목소리를 냈다.

다른 세 여자는 알아듣지 못한 모양이었지만 고타는 미유키의 의도를 분명하게 파악했다. 이제 더 이상 의문의 여지는 없었다. 그녀는 고타에게 재촉하고 있는 것이다. 어서어서 자백하지 않으면 곤돌라가 종점에 도착해버려, 그러면 아웃이야, 라고.

고타는 마음을 정했다. 이 자리에서 정체를 밝히고 용서를 구하는 것이다. 다른 세 여자에게는 천하의 얼간이가 될 것이고 모모미에게는 경멸의 시선을 받겠지만, 어쩔 수 없다. 그녀들은 어차피 타인이다. 하지만 미유키와는 평생을 함께하지 않으면 안 되는 것이다.

저기요, 라고 옆에서 모모미가 다시 말을 걸어왔다. 하지만 이제는 무시해버렸다. 고타는 고글을 벗으려고 손을 들었다.

4

"실은 그 사람, 지금 서른세 살이야." 미유키가 이야기를 계속했다.

고글을 벗으려던 손을 고타는 아슬아슬한 참에 멈칫 멈췄다.

"마침 이 철탑 숫자하고 똑같아. 그리고 나는 스물아홉이잖아. 우리가 처음 만났을 때 그의 나이가 스물아홉이었거든. 하지만 당시에 그 사람은 지금의 나보다 훨씬 더 충실하고 일도 잘했어. 어른스럽고, 프로였어. 그 사람의 33분의 29는 상당히 높은 지점에 있었던 거야. 그에 비해 지금의 나는 뭔가 싶은 생각이 들더라. 그리고 내가 서른셋이 되었을 때 과연 지금 그 사람처럼 멋있어질지, 아무리 생각해도 나는 좀 자신이 없어."

"꽤 괜찮은 사람이었구나." 치하루가 부럽다는 듯이 말했다.

응, 하고 미유키는 고개를 끄덕였다. 입매는 보이지 않지만 아마도 미소를 지었으리라.

"바람피우는 것에 대해 이런저런 설정으로 얘기하긴 했지만, 바람피운 걸 들킬 것 같으면 그 사람이 자백을 하네 마네, 난 그런 건 생각도 안 해. 왜냐면 바람 같은 건 안 피울 테니까. 그런 사람이 아니니까."

"어라라?" 유미가 팔짱을 척 꼈다. "이거, 엄청나게 긴 서론 끝에 결국 자기 남자 자랑 얘기를 우리가 꼼짝없이 듣게 된 꼴이잖아."

"진짜 그러네." 에리카가 동의한 뒤 캬하하하 하고 호쾌하게 웃었다.

하하하, 하고 미유키도 웃었다. "미안해. 그럴지도 모르겠다."

"못 말려, 진짜." 유미의 목소리에는 쓴웃음의 여운이 있었다.

"이번 여행에 대해 그 사람에게 얘기했어?" 치하루가 미유키에게 물었다.

"실은 얘기 안 했어."

"왜?"

"왜냐면 우리 둘이 약속한 게 있었거든. 결혼식 때까지 최대한 절약하며 살자고. 그래서 이 옷이니 뭐니 구입한 것도 비밀로 했어." 빨간 보드복 소매를 잡으며 말했다.

"그 사람, 오늘 출장이야. 이렇게 추운 날에 가루이자와까지 간다는 거야. 새벽에 나가는데 나는 침대에서 일어나지도 않았어. 너무 미안하잖아. 그래서 아까 내 옷차림 보고 그런 생각이 들더라. 너 지금 뭐하니, 라는 생각. 내 남편이 되어줄 사람은 열심히 일하는데 새 보드복 사 입고 잔뜩 들떠 있을 때냐, 라는 생각. 그래서 잠깐 우울해졌었어."

뭔가 짚이는 게 있다는 듯이 치하루가 아하, 하는 소리를 내비쳤다. "아까 내가 너한테, 갑자기 기운이 빠진 것 같다고 물어봤을 때?"

"그래. 이 보드복을 차려입은 내 모습이 다 비쳐보였거든."

"응? 어디에?"

그러자 미유키는 작은 소리로 "거울 고글"이라고 속닥거렸다. 그리고 "저기에 다 비쳤어"라고 뒤를 이었다.

아, 그때구나, 라고 고타는 깨달았다. 아까 미유키의 시선이 지그시 자신의 얼굴에 박혀 있는 것처럼 느꼈었다. 하지만 그런 게 아니었다. 그녀는 고타의 거울 고글에 비친 자신의 모습을 바라봤던 것이다.

온몸에서 스르륵 힘이 빠져나갔다. 깊은 안도감에 휩싸였다. 모든 것이 고타 자신의 지레짐작에 의한 걱정이었다. 미유키는 아무 눈치도 채지 못한 것이다.

동시에 강한 양심의 가책에 휩싸였다. 저토록 나를 신뢰해주는 연인을 배반한 것에 대해.

이제 이걸로 딱 끊자, 라고 고타는 결심했다. 일의 흐름상 이번 여행은 계속하는 수밖에 없다. 오늘 하루만 모모미의 연인이기로 하자. 잠은, 아마도 같이 잘 것이다. 하지만 딱 오늘 하룻밤뿐이다. 도쿄에 돌아가면 기회를 봐서 모모미에게는 헤어지자고 얘기하자. 쉽게 그러겠다고 해주지 않을지도 모르지만 무슨 수를 쓰든 헤어지지 않으면 안 된다.

"저기요." 모모미가 고타의 무릎을 툭 쳤다. "왜 그렇게 멍하니 앉아 있어요?"

고타는 말없이 고개를 저었다. 이제 와서 섣불리 목소리를 낼 수는 없다. 모모미가 약간 부자연스럽게 생각한다고 해도 곤돌라에서 내릴 때까지는 이 상황을 그대로 유지하고 싶었다.

"고글 렌즈를 닦아야 할 것 같은데 뭔가 없어요? 내가 티슈를 깜빡 잊고 안 가져왔어요."

고타는 말없이 바지 주머니를 뒤졌다. 고글 전용 수건을 가져왔기 때문이다. 그것을 내밀었다.

"이런 것까지 챙겨왔어요? 역시나!" 모모미는 태평한 목소리로 수건을 받아들었다. 고글을 쓴 채로 곁에서 렌즈를 닦고 있었다.

"아참, 그렇지." 미유키가 다시 새로운 움직임을 보였다. 보드복 주머니에서 스마트폰을 꺼내고 있다. 불길한 예감이 들었다.

"왜?" 치하루가 물었다. "회사에 연락해보려고?"

"아냐. 그 사람 내일 몇 시쯤에 집에 도착하는지, 깜빡 잊고 안 물어봤어. 내가 그전에 집에 들어가야 하잖아. 짐도 감춰둬야 하고." 스마트폰을 누르기 시작하고 있었다.

온몸에 한기가 엄습했다. 고타의 스마트폰은 보드복 주머니에 들어 있다. 전원을 켜둔 상태다. 매너 모드로 설정해두지도 않았다. 그리고 착신음은 하필이면 〈스타워즈〉 주제가다. 이런 곳에서 그런 음악이 울린다면 틀림없이 들켜버린다.

장갑 낀 손으로 주머니 위에서 스마트폰을 꾹 눌렀다. 부디 소리가 새어나가지 않기를, 이라고 기도할 수밖에 없었다.

그런데―.

"어머, 안 되네? 그쪽이 권외(圈外)에 있는 것 같아." 미유키는 한숨을 내쉬며 스마트폰을 다시 주머니에 넣었다. "그 사람, 스마트폰을 새 기종으로 바꾸더니 도리어 전파 수신이 나빠진 모양이야. 매번 툴툴거리더라고."

고타는 가슴을 쓸어내렸다. 전파 수신이 나빠졌다고 툴툴거렸던 것은 사실이다. 하지만 오늘만은 그 불편함에 감사하지 않을 수 없었다.

"이제 곧 도착할 것 같아." 곤돌라 앞을 내다보며 유미가 벗어둔 장갑을 끼기 시작했다. "우선 한바탕 달리고 와서 탄탄면이나 먹자."

에리카가 푸훗 웃음을 터뜨렸다.

"유미는 정말 스노보드는 두 번째, 세 번째로 뒷전이구나."

"왜, 뭐 잘못됐어? 게다가 사토자와온천 스키장에 가면 탄탄면은 꼭 먹어보라고 여행 가이드북에도 나와 있잖아. 무청 절임을 듬뿍 넣은 탄탄면, 진짜 맛있다던데."

모모미가 발 앞부리로 고타의 부츠를 툭 쳤다. 저 사람들도 탄탄면 먹으러 가는 모양이다, 라는 말을 하고 싶은 것이리라. 고타는 슬쩍 고개를 끄덕여주면서, 이제 나와 모모미는 그 식당에는 갈 수 없겠구나, 라고 생각했다. 그곳에서 덜컥 마주치기라도 하면 큰일이다. 점심 식사 전까지 모모미가 탄탄면을 포기해야 하는 이유를 궁리해내지 않으면 안 된다.

곤돌라가 종점에 도착했다. 서서히 속도를 늦추며 하차장으로 스르륵 다가갔다.

옆에서 모모미가 고개를 저었다.

"안 되겠어요. 역시 고글 안쪽을 닦아야겠네. 곤돌라에서 내리면 잠깐 기다려줄래요? 화장실에도 다녀올게요."

그러자고 대답하는 대신 고개를 끄덕였다. 화장실이든 어디든 일단 가자. 어찌됐든 한시바삐 미유키 일행에게서 멀리 벗어나고 싶었다.

곤돌라 문이 열렸다. 미유키가 가장 먼저 내리고 그 뒤로 치하루, 유미, 에리카가 차례로 내렸다. 그들이 내리고서야 고타도 일어섰다. 4인조는 아직도 가까이에 붙어 있었다. 보드 커버를 정해진 자리에 돌려놓는 중이다.

그때, 미유키의 시선이 문득 고타의 등 뒤로 향했다. 다음 순간에는 앗 하는 소리를 올렸다. 그리고 그녀가 내뱉은 말은 고타로서는 도저히 믿을 수 없는 것이었다.

"모모미!" 그녀는 그렇게 부르짖은 것이다.

고타는 뒤를 돌아보았다. 모모미는 고글을 벗은 상태였다. 의아한 표정으로 미유키를 빤히 바라보고 있었다.

"나야, 나!" 미유키가 쥐어뜯듯이 자신의 고글과 페이스마스크를 벗었다. "미, 유, 키, 라니까! 우리, 고등학교 때 같은 반이었잖아."

당혹스러운 표정이던 모모미의 얼굴이 갑자기 환해졌다. 아아아, 하고 소리를 높이며 발을 동동 굴렀다. 나아가 둘이서 두 손을 마주 잡았다.

"미유키? 와아, 전혀 못 알아봤네. 잘 지냈어? 지금 어디서 살아?"

"도쿄 에비스. 모모미는?"

"나도 도쿄야. 이다바시에서 살아. 와아, 어떡해, 어떻게 이런 데서 만나니? 진짜 믿을 수가 없어."

두 사람은 깡충깡충 뛰면서 오랜만이라느니 보고 싶었다느니, 인사를 주고받고 있었다.

하지만 그 모습을 지켜보는 고타의 머릿속은 진공상태였다. 무슨 일이 일어났는지 이해하는 것을 그의 뇌가 완강히 거부하고 있었다.

두 사람이 각자 스마트폰을 꺼내들었다. 연락처를 교환할 모양이었다. 다음에 시간 넉넉하게 또 만나자, 라고 둘 중 누군가가 말했다. 둘 중 누가 한 얘기인지도 고타는 분간할 수 없었다.

거센 현기증이 몰려들었다. 당장이라도 의식이 가물가물해질 것 같았다. 그런 상태에서 이유도 없이 곤돌라 창밖으로 시선을 던졌다.

기막히게 멋진 눈이 내렸다. 세상이 온통 새하얗다. 그리고 머릿속도 새하얗다.

이 눈에 파묻혀 자취를 감춰버리고 싶다, 라고 고타는 생각했다.

미유키와 모모미의 수다는 이어지고 있었다. 약혼자 사진 좀 보여줘, 라고 모모미가 말했다.

그래, 보여줘야지, 라고 미유키가 스마트폰을 터치하기 시작했다.

'지금 당장 무릎 꿇고 빌어!'라는 누군가의 목소리가 머릿속에서 왕왕 울렸다.

그것이 자신의 목소리라는 것을 깨달았을 때, 미유키가 스마트폰 화면을 모모미 쪽으로 내보이고 있었다.

리프트

4인승 리프트 · 1

부츠를 신은 발로 설면(雪面)에 한 걸음 내딛은 순간, 몸속에서 힘이 솟아올랐다. 새파란 하늘을 배경으로 광대한 슬로프가 하얗게 빛났다. 벌써 스키어와 스노보더들로 대성황을 이루고 있었다. 코로 들이쉬는 공기의 맵싸한 차가움도 상쾌하기만 했다.

"와아, 최고다." 히다 에이스케는 탄성을 올리며 껴안고 있던 보드를 앞으로 휘익 던졌다. 오늘을 위해 새로 구입한 스노보드는 밑바닥부터 멋지게 떨어져 스르륵 미끄러졌다.

"좋은 눈이네요." 히다보다 한 살 적은 쓰키무라 하루키가 꾹꾹 하는 소리를 즐기듯이 눈 위에서 제자리걸음을 했다.

"이런 분위기면 내일은 꽤 많이 쏟아질 것 같아. 항상 타던 거기, 파우더가 최상의 느낌이겠지?" 슬로프를 둘러보며 싱글벙글

하는 사람은 키가 큰 미즈키 나오야였다.

"물론 최상이겠죠. 그러니까 우선 4인승 리프트를 이용하고, 저 위에서 2인승 리프트로 갈아타서 단숨에 올라가는 게 가장 편리할 것 같아요." 쓰키무라가 제안했다.

찬성, 이라고 남자들 쪽의 의견은 일치했다.

"어때, 괜찮지?" 히다는 뒤를 돌아보았다. 조금 뒤처져서 기모토 아키나가 따라와 있었다.

"응, 좋아. 마호는 도착하려면 한참 더 있어야 할 것 같으니까."

오케이, 라는 듯이 히다는 바인딩을 장착하기 시작했다. 새로 산 스노보드는 데크가 반짝반짝 빛나서 고글을 쓴 자신의 얼굴이 비칠 것 같았다.

네 사람 모두 스노보드 경력이 상당히 긴 편이다. 스케이팅[1]쯤은 이제 익숙하다. 초보자인 듯한 스노보더들을 원풋[2]으로 쭉쭉 추월해 센터 슬로프의 4인승 리프트 승차장으로 향했다.

휴일이기는 하지만 다행히 그다지 붐비지는 않았다. 잠깐 줄을 서 있는 것만으로 차례가 돌아왔다. 넷이 나란히 4인승 리프트에 자리를 잡았다. 왼쪽부터 히다, 쓰키무라, 미즈키, 아키나의 순서다. 그중 구피 스탠스[3]는 아키나뿐이었다.

"날씨 참 좋다." 히다는 새파란 하늘을 올려다보았다.

---

1 스노보드를 밀면서 걸어가는 것.
2 스노보드를 한쪽 발로 구르면서 나아가는 것.
3 goofy stance. 오른발이 앞으로 나가는 스노보드 자세.

"정말 절호의 컨디션이야. 역시 내가 평소에 공덕을 많이 쌓은 모양이야."

미즈키의 말에 다른 세 사람이 동시에 "쳇, 공덕은 무슨!"이라고 야유를 날렸다.

"미즈키의 평소 행실이 오늘 날씨에 반영되었다면 틀림없이 폭우가 쏟아졌을걸?" 우선 히다가 말했다.

"아니, 그 정도라면 그나마 낫죠. 최고의 파우더인데 강풍 때문에 스키장 영업정지, 즉 진짜 맛있는 요리를 코앞에 두고 되돌아가는 꼴을 당하지 않았을까요?"

쓰키무라의 말에 아키나가 푸훗 웃음을 터뜨렸다. "그건 진짜 최악이다."

"뭔 소리야. 사토자와온천 스키장에서의 일을 벌써 잊어버렸어? 내가 스노보드 여행을 하려고 한밤중까지 잔업을 한 덕분에 눈의 신께서 감격해서 당일에 최고로 좋은 파우더 천국을 만들어주셨잖아." 미즈키가 반론에 나섰다.

"잠깐, 그건 내 덕분이지." 히다가 말했다. "날짜를 정한 사람이 바로 나였으니까."

"아니, 분명 날짜를 정한 건 히다 씨지만 장소를 정한 건 나였어요." 쓰키무라가 말했다. "그날 날씨가 아주 미묘해서 다른 스키장이라면 컨디션도 크게 달랐을 거예요. 히다 씨가 제안한 그 스키장에 갔으면 새 눈은 거의 기대할 수 없었을걸요. 사토자와온천 스키장밖에 없다고 강력히 주장했던 나를 잊어버리시면 곤란하죠."

"아니, 그날은 어떤 스키장에 갔어도 최고의 컨디션이었어"라는 히다.

"그럼, 그럼, 어쨌든 그게 모두 내가 평소에 공덕을 쌓아온 결과야"라는 미즈키.

"글쎄 그건 절대 아니라니까!"라고 모두가 일제히 부정했다.

물론 그런 야유를 듣는 미즈키도 불쾌해하는 기색은 전혀 없었다. '영원한 악동'을 자처하는 만큼 오히려 기뻐서 어쩔 줄 모르는 기미까지 있었다.

참 재미있구나, 라고 히다는 절절히 생각했다. 마음이 통하는 동료들과 가장 좋아하는 스노보드를 탄다. 그야말로 인생의 행복한 한때라고 할 수 있다.

히다는 도쿄 시내의 호텔에서 근무하고 있다. 쓰키무라, 미즈키, 아키나, 그리고 나중에 오기로 한 쓰치야 마호도 모두 같은 직장 동료다. 단 호텔 영업은 숙박부와 요식부(料食部), 연회부 등으로 나뉘어져서 일하는 장소까지 똑같은 것은 아니었다. 히다의 현재 근무지는 요식부로, 정통 일식요리점의 접객 업무를 담당하고 있다.

"그나저나 아침에 늦잠을 잔 바보는 몇 시쯤에나 온대?" 미즈키가 물었다.

"우리가 탄 신칸센의 30분 뒤 열차라고 메시지가 들어오긴 했는데." 아키나가 대답했다.

"그럼 도착도 30분 늦어지겠네. 그리고 그 친구 하는 걸 보면 옷 갈아입는 데도 어차피 시간깨나 걸릴 거야."

"네, 한참을 또 뭉그적거리겠죠. 아무튼 못 말리는 바보라니까요." 쓰키무라가 진지한 말투로 동의했다.

"쓰치야 마호가 아니라 쓰치야 아호[1] 라고 해야겠다." 히다도 얘기에 합세해보았다. "리프트권은 제대로 구입할지 모르겠네. 전에 가격이 좀 저렴하다고 이상한 표를 산 적이 있잖아."

"아, 맞아, 그랬지." 미즈키가 리프트의 안전 바를 타악 쳤다. "잘 모르고 오전 이용권을 샀었어. 오전 10시 반에 스키장에 도착하는데 오전 이용권을 사서 어쩔 거야. 한 시간쯤 타고 그냥 집에 가나?"

캬하하하 하고 모두 함께 웃었다.

"마호가 전에 얘기한 게 있어. 자기는 코앞의 이익에 금세 휘둘리는 경향이 있다나? 프런트 담당도 곁에서 얼핏 보기에 좀 편할 것 같아서 희망했다고 하더라고."

"그 얘기, 나도 들었어요." 마호와 같은 숙박부 소속인 쓰키무라가 말했다. "그랬는데 느닷없이 주어진 업무가 하우스키퍼였고, 이미지와는 전혀 딴판인 중노동이어서 실망했다고 하던

---

1 '아호'는 일본어로 '바보'라는 뜻이다.

데요."

응응, 하고 아키나가 고개를 끄덕였다.

"게다가 덤벙대는 구석도 좀 있는 것 같아. 지난번에 숙박부 지인에게서 들은 얘기인데, 체크인 중인 나이 지긋한 고객이 젊은 여자와 같이 서 있는 것을 보고 마호가, 따님과 여행이시라니 참 좋으시겠어요, 라고 말했다잖아. 사실은 나이 차 많은 커플이라는 것을 알고 프런트 전체가 엄청 민망한 분위기에 휩싸였다는 거야."

미즈키가 물어온 새로운 정보에 히다는 "바보는 약(藥)도 없다는데"라고 중얼거렸다.

"하지만 그런 점이 마호의 매력이기도 해." 아키나가 변호에 나섰다.

"그게 매력이라고?" 미즈키가 목소리 톤을 한껏 높였다. "겉보기가 시원찮으면 속이라도 또릿또릿해야 할 텐데 말이야. 우리 호텔 직원은 바보들뿐인 모양이라고 생각하면 어쩔 거야."

"겉보기가 시원찮아? 아니, 예쁜 편인데?"

아키나의 말에 히다는 고개를 갸웃거렸다. "글쎄 그건 좀 미묘하다고나 할까."

아하하, 하고 쓰키무라가 웃었다. "미묘하다? 그거 괜찮은 표현이네요."

"다들 너무하네. 마호 귀에 이런 얘기 들어가면 어쩌려고."

"아니, 직접 말해주는 게 나을 수도 있어. 그 참에 아키나가 화장하는 방법 같은 것도 좀 알려줘. 아키나는 화장을 엄청 잘하잖아."

"어머, 그걸 어떻게 알아? 미즈키 씨, 내 맨 얼굴 알고 있어?"

"아니, 본 적은 없지만 상상은 되지. 정말 능숙하게 속이는구나, 하고 항상 놀라고 있어."

"그런 실례의 말씀을! 속이는 게 아니라 장점을 어필하는 거야."

"오호, 뭐든 말하기 나름이네요." 옆에서 쓰키무라가 감탄의 목소리를 올렸다.

"그런 점에서 쓰치야 마호는 정반대야. 장점이 아니라 단점을 어필하고 있다니까. 맹한 얼굴을 화장으로 점점 더 멍한 얼굴로 만들어놓더라고." 미즈키가 다시 깎아내렸다.

"그러고 보니 마호가 그런 얘기를 했었어. 지난번에 매니저에게 혼이 났었대. 바보 같아 보이니까 남의 이야기 들을 때 입을 반쯤 헤벌리는 것 좀 하지 말라고."

아키나의 말에 세 남자는 발에 붙인 스노보드를 들었다 놨다 해가면서 좋아했다.

"지금쯤 마호는 틀림없이 귀가 간질간질하겠네요." 쓰키무라가 말했다.

2인승 리프트 • 1

쓰치야 마호의 뒷담화를 하는 사이에 4인승 리프트는 종점에 도착했다. 하지만 네 사람의 목적지는 다시 좀 더 위쪽이다. 리프트를 갈아탈 승차장까지 스케이팅으로 이동했다. 그쪽은 2인승 리프트였다. 담당자 아저씨가 안녕하십니까, 라고 인사를 건네주었다.

아키나와 쓰키무라가 먼저 타고 갔다. 히다는 미즈키와 함께 타게 되었다.

"역시 최상의 컨디션이다. 이 정도면 그 자리도 상당히 기대할 만하겠어." 나뭇가지에 가루눈이 소복이 쌓인 나무숲을 내려다보면서 미즈키가 말했다.

"문제는 이 지역 사람들이 얼마나 헤집어놨느냐는 거야. 그 사람들은 새벽에 눈뜨자마자 산에 들어갔을 거라고."

스키장 인근에 거주하는 스키어와 스노보더들 얘기다.

"그 사람들이 미리 훑고 지나간 것쯤은 어쩔 수 없어. 파우더가 조금이라도 남았으면 그나마 다행이라고 생각해야지."

"응, 그건 그래."

히다는 앞쪽의 리프트로 시선을 던졌다. 무슨 이야기를 하는지 쓰키무라 옆에서 아키나가 다리를 버둥거리며 웃고 있었다.

근데 말이야, 라고 히다가 낮은 목소리로 입을 열었다.

"아까 아키나의 맨 얼굴에 대해 얘기하는 거 듣고 생각했는데, 미즈키와 아키나가 사귀는 거, 아직도 다른 사람들에게는 비밀이야?"

미즈키가 어깨를 으쓱 치켜들었다.

"비밀이라고 할까, 아직 적극적으로 공개하지는 않기로 했어. 상사에게 들키면 둘 중 하나는 직장을 옮겨야 하는 거 아니냐고 아키나가 걱정하는 것 같아. 나야 뭐, 공개하건 아니건 상관없는데 말이야."

미즈키와 아키나는 연회부 소속으로, 둘 다 웨딩 코너에서 근무하고 있다.

"둘이 사귀는 것을 내가 안다는 거, 아키나도 알고 있어?"

"아마 모를걸? 최소한 나는 그런 얘기 안 했어."

"그렇구나. 그러면 모르는 척해주는 게 좋겠네."

부서 동료들과 술 한잔하고 돌아가는 길에 아키나를 살살 구슬려 둘이 러브호텔에 갔다는 얘기를 미즈키에게서 들은 것이 두 달 전쯤이다. 그 뒤 정식 교제로 발전했다는데, 사귄다는 소식이 요식부까지 흘러오지 않아서 내내 의아하게 생각했던 것이다.

"그래서, 어쩔 거야?" 히다가 물었다.

"뭘?"

"앞으로 어쩔 거냐고. 결혼에 관한 얘기는 아직 안 나왔어?"

"아직까지 그런 얘기는 없었어. 내 쪽에서는 입이 찢어져도 먼저 꺼내지 않을 거고."

그건 그럴 거라고 히다는 납득했다. 미즈키는 회사 내에서도 유명한 플레이보이다. 뻔질나게 소개팅에 참석해 다양한 여자들을 몰래몰래 만나고 있었다.

"그래도 아키나는 결혼하고 싶어 하지 않을까?"

끄응 하고 미즈키가 신음 소리를 올렸다.

"그럴 가능성이 높은 것 같아. 단지 신중히 음미해보는 단계일 거라고 나 혼자 짐작만 하고 있어. 웨딩 코너에서 만나는 행복한 커플들만 보고 서둘러 결론을 내리는 것은 바람직하지 않다, 라는 식으로 생각하는 것 같아."

"미즈키, 설마 그거 아니지? 뭔가 나쁜 짓을 하고 아키나 씨에게 일부러 들켜서 저절로 정떨어지게 하려는 거."

히다의 지적에 아하하 하고 미즈키는 낭랑하게 웃었다. "응, 그 작전도 염두에 두고 있어."

"역시. 넌 진짜 나쁜 놈이야."

"글쎄 그런 걸 약간 염두에 두고 있다는 것뿐이야. 아키나와 사귄 지 두 달밖에 안 됐잖아. 아직은 싫증나지 않았어."

"그럼 싫증나면 헤어질 생각이구나. 너무한다, 너무해."

"남녀 사이라는 게 원래 그런 거 아니야?" 미즈키는 전혀 양심에 찔리는 기색이 없었다.

2인승 리프트에서 내리자 아키나가 이쪽으로 다가왔다.

"마호에게서 연락이 왔어. 조금 전에 도착해서 방금 리프트권을 구입한 참이래."

"의외로 일찍 왔네, 우리 바보." 미즈키가 말했다. "일일권으로 샀겠지?"

"그것도 확인했어. 오후권을 살까 하고 망설이긴 했는데 결국 일일권으로 샀대."

"망설이기는 뭘 망설여? 이제 겨우 10시 조금 넘은 시각인데." 히다는 어이없다는 목소리를 냈다. "실수를 통한 학습능력이 현저히 떨어지는 친구라니까."

"마호에게 센터 슬로프 4인승 승차장에서 기다리라고 알려줬어."

조금 전 히다 일행이 탔던 리프트다.

"좋아, 그럼 파우더를 실컷 즐긴 다음에 우리 바보 얼굴을 보러 가자!"

미즈키의 구령에 따라 히다를 비롯한 일행은 "오케이!"라고 응했다.

4인승 리프트 · 2

그토록 고대하던 경사면에는 예상했던 대로 이미 상당수의 트랙이 그어져 있었지만 그래도 나름대로 파우더를 즐길 수 있었다. 히다 일행은 그것으로 만족하고 다음에는 압설한 코스를 타고 달려 내려갔다.

앞서가던 미즈키가 센터 슬로프 중간에서 멈춰 섰다. 히다도 그 옆으로 다가가 나란히 섰다.

"저기 저 사람 아니야?" 미즈키가 아래쪽을 가리켰다.

바라보니 4인승 승차장 옆에 노란색 보드복을 입은 여성 스노보더가 있었다.

"맞네, 틀림없어."

쓰키무라와 아키나도 금세 옆에 도착했는지라 그 두 사람에게도 알려주었다. 아키나가 손을 흔들었지만 쓰치야 마호는 알아차리지 못한 기색으로 전혀 다른 방향을 보고 있었다.

"역시 바보는 바보다. 우리가 그쪽 방향에서 나타날 리가 없는데 왜 거기만 쳐다보고 있는 거야." 미즈키가 웃으면서 다시 달리기 시작했다. 히다 일행도 그를 뒤따라갔다.

손을 흔들며 가까이 다가가자 그제야 알아봤는지 마호가 손뼉을 치며 깡충깡충 뛰었다.

"아, 다행이다. 혹시 못 만나면 어떡하나 걱정했어요."

"못 만날 리가 있나. 스마트폰도 있고." 히다가 말했다.

"그보다 이런 날 아침에 늦잠을 자다니, 이건 있을 수 없는 얘기야." 미즈키가 한쪽 발의 바인딩을 풀면서 나무랐다.

"아니에요. 틀림없이 자명종을 맞춰놓고 잤는데 울리지 않았어요. 어느 틈에 눌려져 있어서……."

"그거야 당연히 자기 손으로 눌렀겠지." 그렇게 말하면서 쓰키무라가 웃었다. "그런 변명은 됐고, 얼른 바인딩이나 채워. 선배님들 서서 기다리게 하지 말고."

"아참, 그렇지. 죄송해요. 어라, 내 보드 어디 있지? ……아, 맞다." 마호는 리프트권 매장을 향해 뛰어갔다. 그 모습을 보고 전원이 어이구, 하고 하늘을 우러렀다.

"왜 미리 이쪽으로 갖다놓지 않은 거냐고." 미즈키가 탄식했다.

"정말 이건 어떻게도 편을 들어줄 수가 없네." 아키나도 웃으면서 머리를 휘휘 저었다.

다시 돌아온 마호가 보드를 한쪽 발에 장착하기를 기다려 다섯이서 4인승 리프트에 타기로 했다. 4인승이라서 두 팀으로 나뉘게 된다. 히다는 아키나, 마호와 함께였다.

"마호, 혹시 귀가 간지럽지 않았어?" 리프트에 탄 뒤에 히다가 물었다.

"귀가? 왜요, 요즘 그런 병이 유행이에요?"

히다는 아키나와 함께 푸훗 하고 웃음을 터뜨렸다. 마호는 어리둥절한 얼굴이었다.

"그게 아니라 아까 우리가 뒷담화를 좀 했거든. 마호에 대해 이것저것." 히다가 설명해주었다.

"그러셨어요? 어째 좀 부끄럽네요."

"내가 보기에 그건 뒷담화라기보다 험담이었는데? 다들 너무 했지 뭐야." 아키나가 뾰족한 소리를 냈다.

"나는 그렇게 심한 말은 안 했어." 히다가 급히 변명에 나섰다.

"에이, 히다 씨도 신이 나서 이러쿵저러쿵 했잖아."

"아니, 심하게 말한 건 미즈키였지. 겉이 시원찮으면 속이라도 또릿또릿해야지, 안 그러면 곤란하다고 했어."

"어머, 그랬어요? 미즈키 씨, 너무해."

그러자 세 사람의 한가운데 앉아 있던 아키나가 "그건 글쎄 좀……"이라고 진지한 어조로 말끝을 흐리며 고개를 갸우뚱했다.

"뭐가?" 히다가 물었다.

"미즈키는 자기가 좋아하는 사람은 일단 자꾸 흉을 보는 버릇이 있어, 남들 앞에서. 그러고는 막상 그 사람과 둘이서만 있을 때는 그거 사과하고, 반대로 이러니저러니 칭찬을 하는 거야. 그런 갭에 끌려드는 여자도 적지 않은 것 같아."

그 수법에 아키나도 걸려든 거냐고 히다는 묻고 싶었지만, 그건 그냥 입을 다물었다. 하지만 내심 짐작되는 게 있었다. 예전에 미즈키가 아키나의 가슴이 빈약하다면서 한동안 술안주 삼아 씹어댔던 것이다.

"그렇다면 미즈키가 지금 마호를 노리는 중?" 히다가 물었다.

"그런 거 같지 않아?" 아키나가 되물었다.

에이, 라고 마호가 천만뜻밖이라는 소리를 발했다.

"그건 아니에요. 왜냐면 전에 미즈키 씨가, 너는 내가 좋아하는 타입과 완전히 정반대, 라고 했었거든요."

"그것도 작전이야. 그게 아니면, 전에는 그랬는데 요즘 들어 자꾸 마호가 눈에 밟히는 모양이지." 아키나가 잘라 말했다. "그럴 만도 한 게 마호가 요즘 아주 예뻐졌거든."

"아휴, 공치사라도 너무 기쁘네요." 마호는 두 손으로 자신의 뺨을 감쌌다.

"게다가 은근히 가슴이 풍만하잖아. 미즈키는 기본적으로 가슴이 큰 여자를 좋아하니까 자기 타입과 정반대일 리가 없어. 아참, 히다 씨, 아까 미즈키하고 2인승 리프트에 함께 탔었지? 마호에 대해 뭔가 얘기한 거 없었어?" 아키나가 히다를 보며 물었다. 고글을 쓰고 있어서 보일 리는 없지만 어쩐지 눈빛이 번뜩이는 듯한 느낌이었다.

"아니, 별 말 없었는데."

싫증나면 아키나와는 헤어질 생각이래, 라고 히다는 마음속으로 중얼거렸다.

4인승 리프트 · 3

몇 번이나 탄 뒤에 레스토랑에서 점심을 먹으며 직장에 대한 불평을 늘어놓다가 다시 슬로프로 나갔다. 가장 먼저 타게 되는 것은 역시 4인승 리프트다.

미즈키가 마호에게 뭔가 말을 건네면서 맨 앞에서 걸어갔다. 두 사람과 히다 일행의 거리가 꽤 벌어졌다. 이윽고 미즈키와 마호는 둘이서만 4인승 리프트에 탔다. 그다음 리프트에는 히다와 쓰키무라, 아키나가 타게 되었다.

"그나저나 컨디션이 좋아서 정말 다행이에요." 쓰키무라가 새파란 하늘을 올려다보며 말했다.

히다도 동감이었다. "진짜 운이 좋았지. 아까 누군가 얘기하는데 지난주까지는 눈이 하나도 안 내렸다더라고."

"올해는 어떤 스키장이든 예상이 빗나간 경우가 많았다고 하던데요. 내 친구 하나는 홋카이도까지 갔는데 코스가 얼음판이었다고 투덜거리더라고요."

"홋카이도에 얼음판 코스? 그건 진짜 딱하다."

와하하하 웃으면서 히다는 쓰키무라를 사이에 끼고 반대편에 앉은 아키나의 옆얼굴을 흘끔 살펴보았다.

그녀는 말없이 앞만 보고 있었다. 고글 때문에 시선의 끝이 어딘지는 알 수 없었다. 하지만 앞의 리프트에 앉은 두 사람의 등을 빤히 지켜보는 것이라고 히다는 내심 짐작했다.

아키나는 미즈키가 마호를 노리는 게 아닌가 하고 의심하고 있다. 그래서 단둘이 리프트에 탄 그들이 어떤 대화를 나누는지, 이래저래 상상을 굴리고 있을 터였다. 어쩌면 미즈키가 마호를 슬슬 구슬리는 모습까지 머릿속에 그리고 있을 가능성이 컸다.

아키나의 지적은 아마도 빗나간 게 아닐 거라고 히다도 생각했다. 분명 미즈키는 소개팅 자리 등에서 특정한 여자를 두고 자꾸 흥을 보는 경향이 있었다. 그리고 반드시, 라고 해도 좋을 만큼 결과적으로 그 여자와 친해지곤 했던 것이다.

현재 미즈키의 타깃은 마호인 것인가. 그렇게 생각하고 미즈키의 행동을 지켜보니 정말 그런 것 같기도 하다. 조금 전에 둘이서 리프트를 타게 된 자연스러운 흐름도 치밀하게 계산된 일이라는 생각이 들었다.

4인승 리프트에서 내려서자 미즈키와 마호가 기다리고 있었다.

"마호가 스위치 스탠스로 타보고 싶다고 하네?" 미즈키가 빙글빙글 웃으면서 말했다.

스위치 스탠스라는 것은 스노보드의 진행 방향을 평소와 반대로 해서 타는 것이다. 히다는 레귤러 스탠스라서 평소에는 왼발을 앞으로 내밀지만 스위치 스탠스라면 오른발을 앞으로 해서 타게 된다. 페이키라고도 한다.

"앗, 스위치로 타고 싶다는 얘기는 안 했어요. 잘 타면 멋있겠다고 한 것뿐이에요."

"그게 타고 싶다는 얘기지. 그러니까 여기서부터 아래까지 전원이 스위치로 타는 건 어때?"

히다는 에이, 하고 난색을 드러내면서도 "뭐, 나야 상관없지"라고 말했다. 스위치에는 자신이 있는 것이다.

"나도 괜찮아요." 쓰키무라가 손을 들었다.

"나도 괜찮긴 한데……." 아키나가 미즈키를 보았다. "리프트에서 그런 얘기를 했어?"

"그렇지. 내가 마호에게 말했거든, 늦잠 때문에 혼자 뒤처진 것에 대해 뭔가 명예를 회복할 만한 것을 해보는 게 좋다고. 그랬더니 스위치로 타고 싶다는 얘기를 꺼내더라고."

"아뇨, 그런 식으로 얘기한 게 아니라니까요. 잘 타면 멋있겠다고, 그냥 꿈같은 얘기를 해본 것뿐이에요."

"꿈이 아니라 현실로 만들면 돼. 실제로 잘 타게 되면 이건 엄청난 명예 회복이야. 자, 그럼 결정! 여기서부터는 스위치 스탠스로 탄다. 내려가면 4인승 리프트 승차장에서 다시 집합한다. 첫 주자는 마호! 자, 갑시다, 갑시다." 미즈키가 말했다.

"앗, 나는 맨 뒤에서 타면 되는데요. 아직은 자신이 없어요." 마호가 울상을 지었다.

"무슨 소리야, 먼저 말을 꺼낸 사람이? 자, 빨리 출발해, 빨리."

미즈키의 재촉에 아이 참, 하고 난감한 기색을 보이면서 마호는 바인딩을 채웠다.

"제가 넘어지면 다들 걱정 말고 추월하셔도 돼요." 그렇게 말하고 마호가 타고 내려가기 시작했다. 자신이 없다고 말했던 대로 엉거주춤하니 불안한 자세였다. 속도도 전혀 나지 않았다.

"어휴, 차마 못 봐주겠네." 미즈키가 거리낄 것도 없이 킥킥킥 웃어가며 바인딩을 채웠다.

히다는 아키나를 돌아보았다. 그녀는 말없이 바인딩을 장착하고 있었다. 푹 숙인 얼굴은 뭔가 하고 싶은 말을 꾹 참고 있는 것 같았다.

4인승 리프트 • 4

스위치 스탠스의 레이스에서는 히다가 가장 먼저 도착했다. "역시 스위치는 히다야. 아주 잘 탄다니까"라고 미즈키가 칭찬을 했다. 하지만 마호가 넘어진 것을 보고 미즈키가 중간에 멈췄던 것을 히다는 알고 있었다. 아키나가 시들한 얼굴로 그 곁을 그냥 지나쳐간 것도.

4인승 리프트는 남자 셋이서 탔다. 그저 그런 무난한 대화를 몇 마디 나눈 뒤, 미즈키가 불쑥 말했다.

"그나저나 이제 슬슬 체인지할 때가 된 것 같아."

"체인지라니?" 히다가 물었다.

"여자 쪽 멤버들 말이야. 이제 좀 지겹지 않아?"

아아, 하고 쓰키무라가 낮은 목소리로 대답했다.

"그 문제라면 나는 어떤 말도 못하겠는데요? 마호는 어찌됐든, 아키나 씨는 저한테는 선배님이시잖아요."

"아무튼 이런 때는 리뉴얼이라는 게 필요해. 멤버가 고정되는 건 바람직하지 않아. 모두 함께 나이를 먹어가는 거잖아. 문득 깨닫고 보니 나이 지긋한 아저씨 아줌마들이 같이 놀고 있다, 라는 난감한 상황이 될 수 있거든. 남자 쪽 멤버는 계속 똑같아도 괜찮지만, 여자는 아무래도 젊은 편이 좋잖아? 어때, 그런 생각 없어?"

"그런 생각이 없는 건 아니지만, 두 사람에게 차마 그런 얘기는 못하지." 히다가 말했다.

"굳이 얘기할 필요도 없어. 같이 가자는 말만 안 하면 되니까. 다음 스노보드 여행 때는 다른 사람을 부르자고, 회사 외부에서. 내가 좀 알아볼게." 미즈키가 시원시원하게 말했다.

"흠, 나쁘지 않은 얘기인데요." 쓰키무라도 솔깃한 눈치였다.

"그렇지? 저 두 사람과 이런 식으로 노는 거, 이제 어지간히 끝내는 게 좋을 것 같아, 내 생각에는."

미즈키가 내뱉는 말을 듣고 히다는 저도 모르게 그의 속셈을 추측하고 있었다. 왜 미즈키는 아키나나 마호와 함께 어울리기를 피하려는 것인가.

아키나는 미즈키의 연인이다. 그래서 보통 사람의 상식에 따르자면 당연히 함께 다니고 싶어할 것이다.

하지만 만일 아키나의 상상이 맞는다면 어떻게 되는가. 현재 미즈키의 마음이 마호에게로 향하고 있다면?

함께 놀러 다닐 때마다 아키나와 마호가 동시에 참가하는 것은 미즈키에게는 상당히 난처한 상황이 되는 게 아닌가. 마호에게 작업을 걸려고 해도 아키나의 눈이 뻔히 지켜보는 것이다. 그렇다면 둘 다 부르지 않기로 해놓고 다른 기회에 마호에게만 슬쩍 같이 가자고 하면 된다고 생각하는 게 아닐까.

"어때, 히다는?" 미즈키가 물었다.

"미즈키가 그걸로 좋다면 나야 뭐, 상관없지."

아키나는 대체 어쩔 생각이냐고—. 히다는 그런 비난을 넌지시 담아서 대꾸했다.

하늘을 올려다보니 남자들의 불온한 속셈을 알아본 것처럼 구름이 번지기 시작하고 있었다.

2인승 리프트 · 2

4인승 리프트에서 내려 정상으로 향하는 2인승 리프트로 갈아 타게 되었다. 스케이팅으로 승차장까지 가는 길에는 미즈키와 아키나가 앞서가고 히다와 마호는 그 둘의 뒤를 따라가는 모양새가 되었다. 맨 뒤에는 쓰키무라가 있었다. 히다, 미즈키, 아키나보다 1년 후배인 그는 이런 경우에 되도록 앞서가지 않도록 조심하는 기색이었다.

"스위치 스탠스로 타는 거, 힘들었지?" 히다가 마호에게 말했다.

"네, 힘들었어요. 나는 그거 잘 못 타는데……. 미즈키 씨에게 잠깐 한마디 했을 뿐인데 자꾸 그렇게 몰아붙이고……."

"별수 없어. 아키나의 말대로 미즈키가 마호를 좋아해서 그런 모양이지."

"아까도 그런 식으로 얘기했었죠? 하지만 그건 절대로 아닌 것 같아요."

"그런가? 나는 아키나의 감이 꽤 예리하다고 생각했는데."

"아닌 게 아니라 미즈키 씨는 나 같은 사람에게도 다정하게 대해주시죠. 하지만 그건 그런 쪽은 아니에요."

"그래? 혹시 단둘이 있을 때 그런 얘기 안 했어? 다음에 둘이서만 한잔하자든가."

"그 비슷한 얘기도 하긴 했는데 아마 진심으로 한 말은 아닐 거예요. 미즈키 씨는 누구에게나 친절한 것뿐이에요."

역시 미즈키가 마호를 노린다는 얘기는 틀림이 없는 것 같다. 이대로 가면 시간문제일 뿐, 그녀도 결국 미즈키의 마수에 걸려들지 모른다.

이건 한번 단단히 주의를 주는 게 좋을 것 같다, 라고 히다는 생각했다.

"근데 저기 앞에 가는 두 사람 말인데……"

"두 사람이라니, 미즈키 씨와 아키나 씨 말인가요?"

"응. 저 둘이 교제 중이라는 거 알고 있어?"

"예?" 마호는 장갑 낀 손으로 입가를 가렸다. "정말요?"

"역시 몰랐구나."

"전혀 몰랐어요. 아, 하지만 그럴지도 모르겠네요. 와아, 그렇구나. 근데 진짜 멋있어요, 서로 잘 어울리고." 마호는 살짝 손뼉을 쳤다. 그 모습을 보고 히다는 안심이 되었다. 아무래도 현재까지는 마호 쪽에서 미즈키에 대해 특별한 마음은 없는 것 같다.

"미즈키가 마호를 좋아하는 거 아니냐고 아키나가 말했던 것은 실은 질투심에서 탐색전을 펼친 거야. 미즈키가 워낙 바람기가 심하니까."

하하하, 하고 마호는 웃었다. "미즈키 씨, 재미있네요."

"웃을 일이 아니지. 그러니까 마호도 조심하는 게 좋다는 얘기야. 행여 미즈키의 유혹에 넘어가기라도 하면 마호와 아키나도 사이가 이상해질 거 아니냐고. 그래서 내가 말해주는 거야."

"아이, 괜찮아요. 미즈키 씨가 진심으로 나를 유혹한 게 아니니까."

"그건 모르지. 어쨌거나 저 친구, 마지막 선을 넘는 게 엄청 빠르기로 유명해."

마호는 우후후 하고 의미심장하게 웃더니 새삼 히다를 빤히 바라보았다.

"뭐야, 왜 그러는데?"

"아뇨, 히다 씨도 참 힘드시겠다 싶어서……."

"뭐가?"

"미즈키 씨 같은 친구가 곁에 있으면 이래저래 살펴주고 감싸주고 백업해줘야 하잖아요. 나 같은 사람도 걱정해줘야 하고."

히다는 크게 손을 가로저었다.

"평소 같으면 이런 얘기 안 하지. 미즈키가 누구하고 붙어 지내건 누구한테 작업을 걸건 뭐, 나는 아무려나 상관없어. 하지만 마호라면 걱정이 되지. 중요한 후배이자 소중한 친구라고 생각하고 있는데."

"와아, 기쁘네요. 고맙습니다."

"그러니까 조심해야 돼, 미즈키한테는."

"네에, 알겠습니다. 걱정 마세요." 마호는 환한 목소리로 대답했다.

정말로 알고 있는 거냐고 되묻고 싶은 대목이었다.

리프트에서 내리자 미즈키가 그 비밀 코스로 가자, 라고 제안하고 나섰다.

"전에 나하고 히다가 발견한 곳이 있잖아. 울퉁불퉁한 경사면 중간에 좁은 갈림길이 있고, 스케이팅으로 조금 걸어 올라가야 하지만 거기만 지나가면 숲이 끊기고 경사면이 쫘악 펼쳐지는 곳."

아, 하고 히다는 고개를 끄덕였다. "거기? 알았어. 괜찮을 거 같다. 일단 가볼까."

"울퉁불퉁한 경사면을 달리는 거예요? 내가 탈 수 있을까요?" 마호가 불안한 듯이 말했다.

"괜찮아, 울퉁불퉁한 곳은 그렇게 오래 타지 않아도 돼. 가장자리로 골라서 가면 마호 실력으로도 전혀 문제없어." 히다가 말했다. "하지만 앞서가는 사람을 놓치지 않도록 해. 갈림길 입구를 알아보기가 힘드니까."

"네, 그럼 열심히 따라가 볼게요."

안내자 역할로 미즈키가 먼저 달리기 시작했다. 히다는 맨 뒤에 서기로 했다. 다른 세 사람은 장소를 알지 못하기 때문에 혹시라도 누군가 일행을 놓칠 경우를 대비하기 위한 것이다.

문제의 울퉁불퉁한 경사면에 도착했다. 주위에 조금씩 안개가 피어오르기 시작하고 있었다.

"점점 뿌옇게 흐려지는데요." 쓰키무라가 말했다.

"산 속 날씨는 원래 이렇게 변덕이 심한 거야. 다들 사이가 너무 벌어지지 않게 잘 따라와." 그렇게 말하고 미즈키가 달리기 시작했다. 그 뒤를 이어 아키나, 마호, 쓰키무라의 순서로 출발했다.

히다는 심호흡을 한 뒤에 새삼 경사면을 내려다보았다. 분명 시야가 흐려지고 있었지만 몇 미터 앞이 안 보일 정도는 아니었다. 어차피 달리는 거, 어떤 경사면에서라도 마음껏 즐기고 싶었다. 울퉁불퉁 경사면이라고 해도 찾아보면 상쾌하게 내달릴 만한 라인이 있을 것이다.

저기쯤은 어떨까, 하고 눈짐작으로 경사면 오른쪽 끝을 목표로 출발했다. 가보니 역시 예상이 맞아떨어졌다. 울퉁불퉁하기는커녕 풍성하고 멋진 파우더가 아닌가. 이런 곳이 이 시간까지 남아 있었다니, 놀라울 따름이다.

"오, 뭐야, 이거? 최고잖아."

예상보다 훨씬 더 푹신한 심설(深雪)에 기분이 단숨에 고조되었다. 저도 모르게 탄성을 내지르며 활주했다. 몸이 가볍게 허공을 날아가는 것 같았다. 눈보라를 피워 올리는 감촉이 그야말로 상쾌하고도 통쾌했다.

하지만 그것도 그리 길게 이어지지 않았다. 부드럽던 설면이 점점 딱딱해지더니 이윽고 울퉁불퉁한 경사면은 본 모습을 드러내기 시작했다. 게다가 안개까지 한층 짙어졌다.

즐거움도 여기까지인가, 하고 속도를 늦춘 참에 히다는 문득 깨달았다.

—어라?

멈춰 서서 둘레둘레 주위를 둘러보았다. 한 번도 본 기억이 없는 광경이 펼쳐져 있었다. 여기가 어디지? 게다가 일행의 모습이 보이지 않았다. 어이, 어이, 안개로 시야가 흐려진 주위를 향해 불러봤지만 대답은 없었다. 자신의 목소리만 메아리로 돌아올 뿐이었다.

큰일이다. 혼자 떨어진 것이다. 한창 신이 나서 내달리는 사이에 갈림길을 그냥 지나친 모양이었다. 하지만 스노보드를 풀고 다시 걸어 올라가기에는 거리가 꽤 멀었다.

어쩔 수 없이 적당히 타고 내려가기로 했다. 조금씩 시야가 트이고 주위의 상황이 파악되었다. 앞쪽으로 임도(林道)가 보였다.

그 임도로 들어서자 길가에 웅크리고 앉아 코스 지도를 꺼냈다. 현재 위치를 확인하고, 다른 네 사람이 향한 곳과 비교해보았다. 가장 빠른 시간 내에 합류하려면 어떻게 해야 하는가.

히다는 고개를 툭 떨구었다. 아무래도 이대로 임도를 타고 내려가서는 일행을 만나기 힘든 장소였다. 리프트를 갈아타고 센터 슬로프의 4인승 리프트 하차장에서 기다리는 수밖에 없다.

한참 동안 나 혼자 놀아야 하나, 큰 실수를 해버렸네, 라고 생각하며 천천히 임도를 타기 시작했다.

"이것 참, 난감하네. 히다 녀석, 앞서가는 사람을 놓치지 말라느니 뭐니 하더니만 자기가 사라져버리면 어쩌자는 거야." 미즈키가 투덜거렸다.

"어느 틈엔가 안 보이시더라고요. 내 바로 뒤에서 타셨을 텐데." 쓰키무라가 고개를 갸웃거리며 말했다.

"별일 없는지 모르겠네. 설마 아직도 그 울퉁불퉁한 경사면에 있는 건 아니겠지?" 아키나가 걱정스러운 듯 미즈키를 보며 물었다.

"그렇지는 않을 거야. 거기서 그만큼 기다렸는데도 나타나지 않았잖아. 분명 갈림길을 놓치고 내쳐 달렸을 거야. 우리는 경사면 왼편 끝을 타고 왔지만 그 친구는 오른편 끝으로 갔던 것 같아. 그쪽이 파우더가 듬뿍 남아 있었어. 그래서 신이 나서 달리다 보니 한참 아래까지 가버렸겠지. 틀림없어."

"진짜 별일 없겠죠? 하긴 어디 다치거나 하시는 일은 없을 거예요. 나와는 달리 히다 씨는 스노보드 선수 급이잖아요." 마호가 걱정스러운 얼굴로 말했다.

"응, 걱정할 거 없어. 아마 이 리프트 타고 올라가면 기다리고 있을 거야. 태평한 얼굴로." 미즈키가 마호를 다독였다.

"그렇다면 다행이지만……."

"히다 그 친구, 정말 사람 성가시게 한다니까. 전에도 이런 일이 있었잖아. 잠깐만 눈을 떼면 무슨 짓을 할지 모른다니까." 미즈키가 혀를 찼다.

"아하하, 그런 면이 있긴 하지." 아키나가 웃으며 말했다.

"네, 어느 쪽인가 하면 폭주 캐릭터시죠." 쓰키무라도 맞장구를 쳤다.

"둔감한 거야. 분위기 파악을 못하는 일도 많고. —엇, 안개가 걷히나 했더니만 이번에는 눈이 쏟아지고 있네. 이건 점점 더 컨디션이 좋아질 것 같아." 미즈키가 앞을 내다보며 말했다.

"오늘 밤에 눈 쏟아지고 내일 날이 맑으면 그야말로 최고지." 아키나가 말했다.

그 참에 쓰키무라가 문득 진지한 얼굴로 말했다. "아, 그나저나 제가 실은 미즈키 씨와 아키나 씨에게 고백도 하고 부탁도 좀 할게 있어요."

"뭐야, 갑자기 정색을 하고?" 미즈키가 말했다.

"실은 우리 이번에 결혼하기로 했습니다."

"우리? 우리라니, 누구? 혹시 너희 둘?" 쓰키무라와 마호를 가리키며 미즈키가 물었다.

"네, 그렇습니다."

"헉, 설마! 진짜야?" 아키나가 놀란 얼굴을 보였다.

"죄송해요, 아키나 씨. 지금까지 비밀로 했었지만, 실은 그렇게 됐답니다." 마호가 답했다.

"진짜? 하긴 그런 것 같다고 나 혼자 짐작은 했었어." 미즈키가 고개를 끄덕였다.

"어머, 나는 전혀 눈치도 못 챘었는데." 아키나의 눈이 둥그레졌다.

"프런트에서 둘이만 있는 것을 멀리서 본 적이 있는데 그때 딱 감이 오더라고. 혹시, 하고 말이지. 하지만 어떻든 잘됐다, 잘됐어. 축하한다." 환한 얼굴로 미즈키가 축하인사를 건넸다.

"고맙습니다." 쓰키무라가 겸연쩍은 얼굴로 고개를 숙였다.

"마호도 축하해." 아키나는 마호에게 인사를 건넸다.

"고맙습니다." 마호가 환하게 웃으며 답했다.

"그래서 두 분에게 부탁드릴 것은, 조만간 웨딩 코너에 찾아갈 텐데 상담 좀 해주세요." 쓰키무라가 말했다.

"아, 그렇구나. 우리 호텔에서 결혼식을 올리는 거네. 좋아, 물론 상담해줘야지. 아키나, 괜찮지?" 미즈키가 아키나를 보며 물었다.

"응, 나도 아무 문제없어. 와아, 그랬구나." 아키나는 아직도 어리둥절한 표정이었다.

"잘 부탁드립니다." 마호가 두 손을 맞대며 말했다.

"근데 좀 놀랍긴 하다. 결혼 얘기가 그렇게까지 진행됐을 줄은 생각도 못했어. 한 방 먹었네." 미즈키가 고개를 저으며 말했다.

"두 분에게는 그런 이야기, 없어요?" 쓰키무라가 미즈키를 보며 물었다.

"뭐야, 그게 뭔 소리? 갑자기 무슨 뚱딴지같은 얘기야?"

"아니, 방금 전에 마호에게서 두 분이 사귀는 중이라고 들었는데요."

"어머, 마호가 그걸 어떻게 알고 있어?" 옆에서 아키나가 마호를 돌아보며 말했다.

"쳇, 히다한테서 들은 모양이군." 뻔하다는 듯이 미즈키가 혀를 찼다.

"네, 그렇답니다. 죄송해요."

"딱히 마호가 사과할 필요는 없고. 히다란 녀석, 입이 가볍네."

"그래서, 어떠세요, 아직 결혼 같은 건 생각하지 않고 있어요?"

"쓰키무라, 질문이 꽤 공격적이다? 자기가 결혼하게 되니까 유부남 동지가 필요한 거야?"

"아뇨, 그런 건 아니지만……."

"우리, 결혼에 대해서는 아직 얘기한 적이 없지?" 아키나가 미즈키를 흘끗 쳐다보며 말했다.

이번에는 미즈키가 난처한 표정이었다. "그렇지, 뭐. 이러다 나중에 슬슬 생각해보기도 하지 않겠어?"

"뭐야, 그게? 남의 일처럼." 아키나의 말투가 뾰족해졌다.

"아니, 그냥 뭐……. 오늘은 그런 얘기는 됐어. 우리보다 쓰키무라와 마호 얘기로 돌아가자고. 내가 중요한 것을 깨달았어. 그러니까 이거, 또다시 히다가 바람을 맞은 셈이잖아?"

"엇, 왜?"

"실은 그 친구가 마호를 은근히 좋아했거든."

"어머, 그래?"

"그 녀석 눈치를 보면 알잖아. 그렇지, 쓰키무라?"

"네, 나도 그런 거 아닌가 하는 생각은 했었어요."

"그래서 오늘 내가 좀 놀려줬어. 히다 앞에서 내가 마호에게 마음이 있는 척해봤거든. 그랬더니 그 친구, 당장 안절부절 못하더라고. 진짜 단순하기 짝이 없는 녀석이야."

"뭐야, 그런 거였어?"

"아키나, 설마 나를 의심했어? 진심으로 마호에게 마음이 있는 거라고? 어휴, 어지간히 좀 해. 나, 그렇게까지 경박한 사람은 아니라고."

"의심했다고 할 정도는 아니지만……."

"아하, 알겠다. 그래서 히다란 녀석이 마호에게 우리가 사귄다는 얘기를 흘렸구나. 마호, 그 녀석이 나에 대해 뭔가 또 얘기했지?"

"네……. 마지막 선을 넘는 게 엄청 빠르기로 유명하고, 나를 노리고 있으니까 조심하라는 식으로……."

"역시 그랬군. 흥, 그런 얘기를 하는 자기는 어떻고?"

"히다 씨는 나를 중요한 후배이고 소중한 친구라고 하셨어요. 그래서 걱정이 된다고……."

"캬하하하, 그게 뭐야?" 미즈키가 안전 바를 탁탁 치며 웃었다.

"엇차차, 리프트 흔들지 마!" 아키나가 질겁했다.

"뭐가 중요한 후배고 소중한 친구야? 홀딱 반해서 어쩔 줄 몰랐으면서. 이 결혼 얘기를 들으면 충격 깨나 받을걸?"

"나도 그런 생각이 들어서 히다 씨에게 어떻게 얘기해야 좋을지 모르겠어요." 쓰키무라가 걱정스러운 듯이 말했다.

"우선 이번 여행 동안에는 비밀로 해두자. 기운이 빠져서 우울한 얼굴인 친구가 한 명이라도 있으면 우리까지 흥이 깨져버리잖아. 그나저나 그 녀석도 괴롭겠다. 흠, 그렇구나, 그랬어. 이번에도 또 차였어."

"미즈키 씨, 아까도 그런 얘기를 하셨죠? 또다시 바람을 맞은 셈이라고. 그건 무슨 얘기예요?" 쓰키무라가 물었다.

"히다 녀석, 전에 아키나에게도 차였거든."

"엇, 그랬어요?"

"정말이에요, 아키나 씨?" 마호가 물었다.

"응, 정식으로 고백을 한 건 아니지만……."

"아니, 아키나에게 단둘이 여행을 가자고 청했다잖아. 그러니 고백한 거나 마찬가지지. 그래서 우리가 사귀기 시작했을 때, 그 친구한테만 말을 해줬어. 냉큼 포기해주지 않으면 나도 난처하니까."

"그랬군요……." 쓰키무라가 고개를 끄덕였다.

"히다 씨, 너무 불쌍해요."

"불쌍하다니, 마호, 그런 심한 말을! 자기도 걷어찼으면서." 아키나가 어이없다는 듯이 말했다.

"아니, 그래도 나는 고백까지 받은 건 아니잖아요. 히다 씨, 빨리 좋은 사람 찾아서 행복해졌으면 좋겠어요."

"괜찮아. 변환이 빠른 녀석이거든. —아니, 그보다 저기 있는 사람, 히다 아니야?"

미즈키가 가리킨 쪽을 보며 아키나가 말했다. "아, 그러네. 히다야. 역시 먼저 올라갔었구나."

"태평한 얼굴로 손을 흔들고 있잖아? 우리도 흔들어주자. 어이, 히다, 너 또 차였다—!"

"히다 씨, 죄송해요. 우리 결혼합니다—!" 쓰키무라가 말했다.

"죄송합니다—!" 마호도 입에 손나팔을 대고 말했다.

"아무리 안 들린다지만 다들 너무한다. 뭔가 나, 너무 가엾어서 눈물이 날 것 같아." 아키나가 말했다.

"너희들 명심해, 알겠지? 둘의 결혼 얘기는 여기서 끝이다?" 미즈키가 확인에 들어갔다.

"네!"

"네에!"

"물론이지!"

프러포즈 대작전

1

시계를 보니 오후 10시를 넘어선 시각이었다. 미즈키 나오야는 풋콩을 집어먹고 맥주를 마시며 가게 벽 쪽에 설치된 텔레비전을 올려다보았다. 화면 속에서 코미디언들이 입담을 겨루고 있었다.

근무지 시티호텔 근처에 자리한 정식집. 퇴근길이면 항상 들르는 곳이다. 게다가 오늘밤은 한 인물을 만나기로 했다.

드르륵 미닫이문이 열리고 지겨울 만큼 눈에 익은 얼굴이 나타났다. 히다 에이스케는 미안하다는 듯 얼굴 앞에서 손바닥을 세우며 사과하더니 미즈키가 앉은 테이블로 다가왔다. 목에 두른 머플러를 풀고 재킷을 벗고 나서 맞은편 의자에 자리를 잡았다.

아주머니가 주문을 받으러 오자 히다는 맥주와 술안주 몇 가지를 추가했다.

"전표 정리하는 데 시간이 꽤 걸렸어. 오늘 매출이 많았거든."
히다가 늦은 것에 대해 변명을 했다. 그는 미즈키와 같은 호텔에서 근무하고 있다. 요식부 소속으로, 현재 근무지는 호텔 내 고급일본요리점이다.

"좋겠네. 우리는 3월 송별회며 4월 입사파티 예약이 아직 안 차서 날마다 윗분의 잔소리를 들어야 하는데."

미즈키의 소속은 연회부. 예전에는 웨딩 코너를 담당했지만 요즘은 주로 기업체 영업을 맡고 있다.

아주머니가 맥주와 잔을 내왔다. 미즈키는 히다가 손에 든 잔에 맥주를 따르면서 물었다.

"그나저나 할 얘기라는 게 뭐야?"

"응, 실은……." 히다는 입에 넣은 맥주를 꿀꺽 삼키고 몸을 앞으로 내밀었다. "드디어 결단을 내릴까 하고 있어."

"무슨 결단?"

미즈키의 대답에 히다는 영 말이 안 통한다는 듯 미간을 찌푸렸다.

"당연히 그 얘기지. 결혼 말이야, 결혼."

"아하." 잔을 든 채 미즈키는 히다의 얼굴을 지그시 들여다보았다. "상대는 같은 근무지의 하시모토?"

"물론이야."

오호, 라고 미즈키는 다시 한번 탄성을 내뱉었다. "빠르네, 빨라."

"너무 빠른가?"

"하시모토와 사귀기 시작한 게 작년 연말이잖아. 아직 석 달 정도밖에 안 됐어."

"정확히 말하면, 2개월 12일이야."

"근데 그 짧은 기간에 벌써 결단을 내려? 너무 급한 거 아니냐?"

"미즈키, 나는 너와는 달라. 교제 시작한 지 1년이 넘었는데 아직도 결론을 내지 않다니, 나는 그런 건 도저히 생각할 수도 없어."

"1년쯤이야 보통이지. 나뿐만 아니라 상대도 신중하게 고민 중이야. 아무튼 아키나는 결혼에 대한 정보를 너무 많이 갖고 있거든."

미즈키에게는 기모토 아키나라는 연인이 있다. 같은 연회부 소속이고, 그녀는 웨딩 코너에서 날마다 수많은 커플들의 상담에 응하고 있는 것이다.

"쇠뿔도 단김에 빼라는 속담이 있잖아." 히다는 손을 내밀어 풋콩을 집었다. "그녀도 이제 서른이야. 아마 초조할 거라고. 그래서 안심하게 해주고 싶어."

흐흠, 하고 고개를 끄덕이고 미즈키는 잔을 입가로 가져가다

문득 손을 멈췄다.

"안심하게 해주고 싶다니, 그럼 둘이 상의해서 결혼을 정한 게 아니고?"

"아직 말은 안 했어. 아니, 그보다 너와 상의할 일이라는 게 바로 그거야." 히다는 주위를 둘러보고 목소리를 낮춰 뒤를 이었다. "프러포즈에 대해서."

"뭐라고?"

아주머니가 요리를 내왔다. 테이블에 접시가 차려지기를 기다리는 동안 두 사람은 입을 다물었다. 히다는 약간 멋쩍은 표정으로 연신 빙글거리고 있었다.

아주머니가 돌아가고 미즈키는 나무젓가락을 손에 들었다. "무슨 얘기야, 프러포즈에 대해서라니?"

글쎄 그러니까, 라고 히다는 테이블에 두 손을 짚었다.

"이제부터 프러포즈를 할 생각인데 기왕 하는 거, 멋지게 연출해보고 싶다는 거야. 그냥 결혼해주세요, 라는 말만 삐쭉 하는 게 아니라."

"연출이라⋯⋯. 이를테면 어떤 식으로?"

그러자 히다는 못마땅하다는 듯 입을 툭 내밀었다.

"그게 생각이 안 나서 이렇게 미즈키하고 상의하려는 거지. 뭔가 좋은 아이디어 없어?"

미즈키는 나무젓가락으로 집어든 생선회를 툭 떨어뜨릴 뻔했다.

"히다 씨, 그런 건 스스로 생각하셔야죠."

"생각해봤는데 아무래도 좋은 아이디어가 떠오르지 않아. 미즈키는 웨딩 코너에서 근무한 적도 있고, 뭔가 재미있는 사례 한두 개쯤은 알고 있잖아."

"꼭 그렇지도 않아. 어떤 식으로 프러포즈했는지 일일이 물어보는 것도 아니고." 생선회를 입에 넣었다. 이 정식집은 항상 생선회가 신선하고 맛이 좋다.

생선회 접시에 깔린 야채를 보고 있으려니 퍼뜩 생각나는 게 있었다.

"아, 그렇다면 이건 어때? 데이트로 프렌치 레스토랑에 가서 풀코스 디너를 주문한다. 식사 도중에는 결혼 이야기는 일절 꺼내지 않는다. 하이라이트는 마지막 디저트 때야. 그녀가 한 입 떠먹으려는 참에 디저트 속에서 반지가 나오는 거야. 틀림없이 깜짝 놀라겠지. 놀라기도 하고 감동도 하고. 미리 레스토랑 측에 부탁해두면 어려울 거 없어. 어때, 꽤 괜찮지 않냐?"

하지만 히다는 별로 공감하지 않는 표정이었다. 팔짱을 끼고 고개를 외로 꼬았다.

"왜, 뭐가 마음에 안 드는데?" 미즈키가 물었다.

혹시, 라고 히다가 말했다. "그녀가 디저트와 함께 반지를 삼키기라도 하면 큰일이잖아."

미즈키는 의자에서 흐르르 내려앉을 뻔했다. "그런 어처구니없는 일이 일어나겠냐고."

"삼키지 않더라도 자칫 꽉 깨물어서 이가 빠질 우려도 있어. 그건 안 돼." 히다는 가슴 앞에서 두 손으로 X자를 그렸다.

"어휴, 걱정도 팔자다."

"게다가 임팩트가 약해. 좀 더 임팩트 강한 아이디어는 없어?"

"임팩트……." 미즈키는 웨딩 코너를 담당했던 시절의 기억을 더듬었다. 한 가지 생각나는 게 있었다. "그래, 집을 이사해버려."

"이사라니, 왜?"

"이삿날에 그녀에게도 와서 작업을 거들어달라고 해. 그래서 함께 새 집에 들어갔는데 거기에 그녀를 위한 가전제품이며 가구가 죄다 준비된 거야. 즉 그 집은 결혼 후 두 사람이 살아갈 신혼집이야. 어때, 이건 임팩트가 강하지?"

히다는 눈을 깜빡였다. "진짜 그렇긴 하다."

"괜찮지?"

"하지만 그 집이 그녀의 마음에 들지 않으면 어쩌지? 다시 이사해야 할 수도 있어."

"그 정도는 좀 참아달라고 해."

"그럴 수는 없지, 모처럼의 신혼생활인데."

"에이, 진짜 성가시게 하네." 미즈키는 얼굴을 찌푸렸다. "좋아, 그렇다면 우선 프러포즈할 장소부터 정하자. 두 사람의 추억이 깃든 곳이 좋아. 정통적인 방식이지만 여자는 그런 것에 기뻐하니까."

"추억이 깃든 장소……." 히다는 먼 곳을 보는 눈을 했다. "어디가 있나."

"여행을 떠났던 적은 없어? 둘이서."

그렇다면, 이라고 히다는 팔짱을 꼈다. "사토자와온천 스키장이네. 처음 사귀던 무렵에 갔었어."

"사토자와? 아, 그러고 보니 하시모토도 스노보드를 한댔지? 잘 타는 편이야?"

"뭐, 그럭저럭 타는 정도야."

미즈키도 히다도 스노보드가 취미인 것이다. 한 시즌에 몇 번쯤은 함께 타러 가곤 했다.

"그럼 거기 괜찮겠다. 스노보드 여행으로 사토자와온천 스키장에 가서 설원 위의 프러포즈. 아, 로맨틱하다. 좋아, 정해졌어. 잘해봐." 미즈키는 잔을 들었다. 건배할 생각이었던 것이다.

"잠깐. 그것뿐이야?"

"그것뿐이냐니?"

"스키장에서 프러포즈하는 것뿐이냐고 묻는 거야."

"불만이셔?"

"로맨틱하기는 한데 드라마틱하지는 않아. 서프라이즈가 있어야지. 미스터리의 대반전 같은 전개로 그녀를 깜짝 놀라게 해주고 싶은데."

"으이그, 바라는 것도 많다." 미즈키는 들었던 잔을 다시 테이블에 내려놓았다.

"평생 한 번인데 당연하지. 뭔가 아이디어 좀 내봐. 오늘 술값은 내가 낼 테니까."

"참내, 못 말리겠다."

잔뜩 찌푸린 얼굴을 하면서도 미즈키는 머리를 굴렸다. 내심 어떻게든 해주고 싶은 마음이 있었다. 히다는 입사 이후 내내 함께해온 가장 소중한 친우였지만, 이유는 꼭 그것만은 아니었다.

착하고 성실한 인품인데도 그는 여자에게 별로 인기가 없었다. 그렇기는 해도 딱히 미움을 받는 건 아니다. "인간적으로는 좋아하고 친구로서도 최고"라는 식의 말을 듣곤 하는 것이다. 실은 미즈키의 연인 아키나도 히다를 거절한 적이 있었다. 그녀의 말에 따르면 "왠지 연인으로 생각하기는 힘든 존재"라고 했다.

그런 히다에게 드디어 생긴 여자 친구가 하시모토였다. 작년 4월에 계약직으로 들어온 여성으로, 상당한 미인이다. 예전에 건축 관련 일을 했다는 괴짜 이력을 갖고 있지만 음식업계 쪽 경험도 있다고 해서 요식부에 배속되었다. 그걸로 두 사람이 알게 된 것이다.

미즈키는 하시모토와는 거의 대화를 나눌 기회가 없었지만 아키나는 그녀와 동갑이기도 해서 근무지는 서로 달라도 친하게 지내는 모양이었다. "하시모토 씨가 똑똑하고 침착해서 폭주 버릇이 있는 히다에게는 딱 좋은 사람인 것 같아"라는 얘기였다.

그런 좋은 상대를 놓친다면 언제 또다시 히다에게 봄이 찾아올지 모르는 상황이다. 그래서 어떻게든 프러포즈를 성공적으로 치르게 해주고 싶었던 것이다.

그렇기는 해도 서프라이즈라니, 대반전이라니, 이것 참, 너무 어렵다……

미즈키는 잔을 들어 맥주를 벌컥벌컥 마시고 무심히 벽 쪽의 텔레비전에 시선을 던졌다. 흘러간 옛날 연속드라마 영상이 흐르고 있었다. 〈월광가면[1]〉이다. 질풍처럼 나타났다 질풍처럼 사라지는 월광가면은 누구일까요, 라는 주제가 노랫말이 자막으로 나오고 있었다.

머릿속에 번쩍 떠오르는 게 있었다. 미즈키는 테이블을 타악 쳤다.

"좋은 생각이 떠올랐어!"

2

정식집에서 상담한 그다음 주말, 사토자와온천 스키장의 날씨

---

[1] 1950년대에 방영된 일본 TV드라마 시리즈. 월광가면이라는 히어로의 활약상을 그린 내용으로, 당시 선풍적인 인기를 끌었으며 애니메이션으로도 여러 번 리메이크되었다.

는 일기예보대로 눈이 내렸다. 게다가 하늘이 컴컴한 게 앞으로도 더 많이 쏟아질 듯한 형세였다.

"잘 어울리는데, 그 옷?" 히다의 모습을 보자마자 미즈키는 말했다. 그가 입은 보드복은 자신의 옷이 아니라 대여점 것이었다.

"이 정도면 못 알아보겠지?" 히다가 물었다.

"응, 절대로 못 알아봐." 미즈키는 딱 잘라 말했다.

히다는 헬멧을 쓰고 고글과 페이스마스크를 쓰고 있었다. 그를 잘 아는 사람이라도 웬만해서는 눈치챌 일이 없을 것이다.

두 사람 모두 백팩을 메고 있었다. 거기에는 백컨트리에서 사용할 폴과 스노슈[1]가 달려 있었다. 누가 보더라도 이제부터 백컨트리 투어에 가는 모양이라고 생각할 게 틀림없었다.

미즈키의 보드복에서 착신음이 울렸다. 호주머니에서 스마트폰을 꺼냈다. 연락해준 사람은 아키나였다.

"네, 여보세요."

"미즈키? 나 아키나인데, 지금 어떤 상황이야?"

"조금 전에 스키장에 도착해서 리프트권을 구입한 참이야. 그쪽은 어때?"

"곤돌라 하차장 옆의 카페에서 잠깐 쉬는 중이야. 지금 쓰키무라와 마호가 하시모토를 상대해주고 있어."

"그렇군. 하시모토가 뭔가 미심쩍어하는 눈치는 없지?"

---

1 snowshoe. 길이 50센티미터, 폭 20센티미터 전후의 판에 부츠를 장착한 스포츠 용구로, 바닥에 톱날이 있어 겨울 전문산행이나 동계올림픽의 스노슈잉 경기 등에 사용된다.

"전혀. 그냥 평소처럼 즐거워하고 있어."

"좋아, 그러면 그런 식으로 함께 보드를 타고 있어. 나와 히다는 지금부터 X지점의 사전답사에 나설 거야. 끝나는 대로 연락할게."

"오케이."

통화를 마치고 스마트폰을 주머니에 넣은 뒤 히다 쪽을 향했다. "하시모토가 다른 일행과 함께 있다는 연락이야."

히다가 슬쩍 고개를 끄덕였다. 얼굴 표정은 안 보이지만 잔뜩 긴장한 기척이 느껴졌다. 미즈키는 쓴웃음을 지었다.

"뭐야, 왜 그래? 너, 혹시 쫄았어?"

"아니, 그런 건 아닌데 정말로 성공할지 걱정이 된다." 말투까지 평소보다 경직되어 있었다.

"괜찮아. 우리 둘이 그토록 공을 들여서 짠 작전이잖아. 게다가 날씨도 예상했던 그대로야. 틀림없이 잘 될 거야. 자, 힘내고 어서 가자." 미즈키는 히다의 어깨를 툭 쳤다.

둘이 나란히 곤돌라에 올랐다. 다행히 동승자가 없어서 마음껏 작전 회의가 가능할 것 같았다.

"뭔가 미안하다. 다들 나 때문에 이렇게 열심히 뛰어주다니." 고글과 페이스마스크를 벗은 히다가 웬일로 인사를 차리는 말을 했다.

"이제 와서 새삼스럽게 뭔 소리야. 대반전의 서프라이즈를 준비하고 싶다고 말한 건 너야. 그래서 내가 이번 계획을 짠 거 아니냐고."

"그건 나도 알지만, 일이 이렇게 거창해질 줄은 몰랐어. 아키나는 어찌됐든 쓰키무라 커플까지 불러들이고."

"신경 쓸 거 없어. 이번 계획을 얘기했더니 아키나가 정말 열심히 도와주더라고. 그리고 쓰키무라 커플도 마찬가지야. 오히려 다들 재미있어 하니까 너는 괜히 미안해할 거 없어."

사실이었다. 아키나는 이번 계획을 듣자마자 크게 흥분한 것처럼 펄쩍 뛰며 반겼다.

"다른 사람도 아니고 히다가 프러포즈를 한다잖아. 이건 가만있을 수 없지. 내가 할 수 있는 일이 있다면 뭐든 다 해줄게."

아키나는 힘차게 미즈키에게 말했던 것이다.

그 말을 듣고 아키나에게는 중요한 미션을 맡기기로 했다. 하시모토를 스노보드 여행에 초대하는 일이다. 행선지는 물론 사토자와온천 스키장이다. 하지만 아직 친구라고 할 만한 사이도 아닌데 여자 둘만의 여행은 역시 부자연스러워서 전부터 함께 어울리던 쓰키무라 부부도 부르기로 했다. 둘 다 미즈키와 같은 호텔의 숙박부 소속이다. 사정을 듣고 쓰키무라 부부도 의욕적으로 협조를 약속해주었다.

아키나가 여행 얘기를 꺼내자 하시모토는 잠시 망설이는 기색이었지만 결국 고개를 끄덕여준 모양이었다. 왜 망설였는지는 모르겠다, 라고 아키나는 말했다. 하지만 조금 전 통화에 의하면 하시모토도 즐거워하는 모양이니까 이번 여행이 전혀 내키지 않았던 건 아닐 것이다.

어찌됐건 현재까지는 모든 게 계획대로 순조롭게 진행되었다. 하지만 승부는 지금부터다.

곤돌라에서 바깥을 내다보았다. 여전히 세설(細雪)이 내리고 있었다. 사토자와온천 스키장 슬로프는 그야말로 광대하다. 올 때마다 매번 저절로 감탄하게 된다.

"멋진 컨디션이야. 오늘은 어떤 코스를 달리든 최고일 것 같다." 코스 위를 활주하는 스키어와 스노보더들을 보면서 미즈키는 말했다.

"보드 타기 좋은 날에, 미안하다. 다들 내 일 따위는 제쳐두고 파우더를 실컷 즐기고 싶을 텐데." 히다가 여전히 죄송스럽다는 얼굴로 말했다.

"무슨 소리야. 이런 날이 이번 계획에 제격이잖아. 빙판 코스였다면 일이 완전히 어그러질 뻔했어."

"그건 그렇지만……."

"파우더 위를 내달리는 즐거움은 내일까지 보류해두자고. 내일 모두 함께 탈 수 있으면 좋잖아, 하시모토까지."

"응, 그렇게만 된다면야 좋지." 히다는 표정을 풀며 고개를 끄덕였다. 입가에 싱글벙글 웃음이 번지는 것을 억누르지 못하는 기색이었다.

"그나저나 네가 결혼이라니." 미즈키는 새삼 친구의 얼굴을 바라보았다. "설마 나를 앞지를 줄은 꿈에도 생각을 못했어."

"너는 단순히 결혼을 미루는 것뿐이지. 이제 어지간히 하고 너도 독신 생활은 청산하는 게 좋아. 아키나가 가엾잖아."

"웬 오지랖? 아직 프러포즈의 대답도 못 들었으면서 벌써부터 결혼 선배질이야?" 미즈키가 말했다. "하긴 오케이라는 대답을 들을 자신이 있는 거지?"

"글쎄 어떨지 모르겠어. 어쩌면 잠시 생각하게 해달라는 식으로 대답할지도 몰라."

"그런 말이 나오지 않게 하려고 이번 서프라이즈 작전을 펼치는 거야. 깜짝 놀라고 너무 감격해서 틀림없이 오케이해줄 거라고. 걱정 마." 미즈키는 친구의 무릎을 툭툭 쳤다.

"그랬으면 좋겠는데……." 히다의 표정은 여유와 불안이 반반씩 섞여 있었다.

"나는 하시모토에 대해서는 잘 모르지만, 둘이 처음 만난 시점에 사귀는 남자 친구는 없었지?"

미즈키의 물음에 히다는 고개를 끄덕였다.

"응, 그런 사람은 없을 거야. 전 남자 친구와 헤어지고 반년이 넘었다는 말을 얼핏 들었으니까. 이직을 결심한 것도 그 일 때문이었다나 하는 얘기를 했었어."

하지만 자세한 것까지는 못 들었어, 라고 히다는 뒤를 이어 말했다.

"그 정도면 됐어. 하시모토도 서른이라고 했잖아. 그 나이라면 이런저런 사연이 있게 마련이야. 과거 같은 거, 시시콜콜 파헤칠 거 없어."

"그거야 나도 알지." 히다는 헬멧을 썼다. 종점이 가까워졌기 때문이다.

미즈키는 곤돌라 창문 너머로 새삼 슬로프를 내려다보았다. 신나게 내달리는 스키어들과 반대방향으로 한 대의 스노모빌이 코스 위를 거꾸로 올라가는 참이었다. 운전자는 패트롤 대원인 모양이지만 뒷자리에 또 한 명, 일반인으로 보이는 남자가 타고 있었다. 위쪽에서 누군가 부상을 당했는지도 모른다. 그래서 동행자가 아래쪽 패트롤 대원에게 연락해 함께 현장으로 향하는 참인가. 스키장은 신나는 공간이지만 동시에 위험한 장소이기도 하다. 우리도 매사 조심해야지, 라고 다시 한번 생각했다. 프러포즈 대작전이 갑작스럽게 큰 사고로 바뀌기라도 한다면 정말 말도 안 되는 꼴불견을 연출하게 된다.

3

곤돌라 하차장에 도착했다. 바로 옆에 카페가 있었다. 유리문 너머로 들여다봤지만 손님 대부분이 외국인이고 아키나 일행의 모습은 없었다. 이미 보드를 타러 나간 것이다.

밖으로 나와 보니 눈발의 기세는 한층 더 강해졌다. 입자가 곱고 건조한 눈이 모든 것을 눈 깜짝할 사이에 하얗게 만들어간다. 이 정도면 밤까지 수십 센티미터는 쌓일 것 같다.

"이건 정말 내일이 기대된다." 바인딩을 장착하면서 미즈키가 말했다. "아마 최고의 파우더를 만끽한 날로 기록될 거야. 일찌감치 일어나 커플 세 팀이 마음껏 타보자."

"좋지. 커플 두 팀과 실연남 한 명이 아니라면 다행이지만."

"무슨 말씀을. 그럴 리 없다고 네 얼굴에 쓰여 있는데."

"내 얼굴은 보이지도 않잖아."

"아차, 그럼 고글에 그렇게 쓰여 있어."

에헤헤 하고 히다가 웃었다. 딱 맞춘 모양이다.

두 사람은 바인딩의 장착을 마쳤다. 그때, 어디선가 엔진 소리가 점점 가까이 다가왔다. 스노모빌이 바로 옆에서 멈췄다. 조금 전에 곤돌라에서 본 스노모빌이었다. 운전하는 이는 패트롤 대원이고, 일반인으로 보이는 감색 옷을 입은 남자가 뒤에 탔다. 스노보드도 실려 있었다.

뒷좌석의 남자가 주위를 둘러본 뒤, 운전석의 패트롤 대원에게 뭔가 말을 했다. 패트롤 대원은 고개를 끄덕이고 다시 스노모빌을 출발시켰다. 순식간에 조그마해지더니 이윽고 보이지 않게 되었다.

무슨 일인가 하고 무심코 생각하면서 미즈키는 히다에게 말했다. "자, 가자."

오케이, 라고 히다는 손을 번쩍 들었다.

둘이서 경쾌하게 달리기 시작했다. 말끔하게 압설된 코스를 가볍게 질주한 뒤, 메인 코스에서 갈라진 임도로 들어갔다. 여기서부터 이번 계획의 가장 중요한 포인트다.

사토자와온천 스키장은 전국적으로도 면적이 광대하기로 손꼽힌다. 하루 동안에는 도저히 모든 코스를 다 돌 수 없어서 최소한 이틀이 필요하다고 일컬어지고 있다. 그런 만큼 슬로프 전체의 위치관계를 파악하기가 어렵다. 한마디로, 자칫하면 길을 잃고 헤매기 일쑤인 것이다. 갈림길 하나만 잘못 들어섰다가는 전혀 다른 장소가 나오기도 한다. 그리고 이 스키장은 그런 갈림길이 곳곳에 매복하고 있었다. 여러 번 왔던 사람들조차 지금 자신이 어디 있는지 알 수 없게 되곤 한다.

미즈키와 히다는 그런 곳곳의 갈림길을 신중히 파악해가며 목적지로 향했다. 여기서 자신들이 길을 잃어서야 영 말이 안 되는 것이다.

이윽고 두 사람은 그 장소에 도착했다. 시선이 가닿는 한, 온통 새하얀 설원이 펼쳐져 있었다. 게다가 초보자라도 약간은 스피드를 내고 싶어질 만큼 완만한 경사면이다.

"와아, 기대했던 대로 눈이 상당히 높이 쌓였어." 미즈키가 주위를 둘러보며 탄성을 올렸다. 평탄한 장소이기 때문에 다른 경사면보다 눈이 차곡차곡 쌓이기 쉬운 것이다.

"노 트랙이야." 히다가 말했다. "역시 아무도 지나간 적이 없는 것 같아."

"당연히 아무도 못 가지. 평소에도 힘든 곳인데 이렇게 눈까지 쌓였으니 지옥처럼 힘들 게 확실하잖아."

"어떻게 될까."

"뭐, 대충 상상은 되네. 일단 가보자고."

"오케이."

두 사람은 달리기 시작했다. 평탄하기는 하지만 가까스로 경사도가 있어서 보드 판은 잘 내려가주었다. 새 눈밭 위를 달릴 때 느끼는 특유의 부유감은 실로 상쾌하다.

하지만 이게 덫이라는 것을 이곳에서 한 번이라도 달려본 사람이라면 잘 알고 있다.

예상한 대로였다. 잠시 뒤 형세가 달라지기 시작했다. 길의 폭이 좁아지는 것과 함께 경사도가 점점 낮아진다. 이윽고 깊이 쌓인 눈에 보드가 가라앉기 시작하다가 결국 완전히 멈춰버린다.

두 사람은 양쪽 발의 바인딩을 풀었다. 단순히 경사도가 낮아져 앞으로 나가지 않는 것뿐이라면 뒷발만 풀고 스케이팅으로 슬슬 밀고 가는 방법도 있지만, 이 정도로 눈이 깊으면 그것도 여의치 않다. 아무튼 무릎 위쯤까지 쌓여버린 것이다.

"하하하, 생각한 그대로야." 미즈키가 웃으면서 백팩을 등에서 내렸다. "이거, 고생깨나 하겠네."

"이런 곳에서 길을 잃는다면 상당히 불안하겠지?"

"바로 그게 우리가 노리는 거잖아."

미즈키는 스마트폰을 꺼내 아키나의 번호를 눌렀다. 하지만 활주 중인지 그녀는 전화를 받지 않았다. 이윽고 부재중 전화로 변환되었다.

"나, 미즈키야. 지금 X지점에 도착했어. 예상대로랄까, 예상 이상이라고 할까, 아무튼 아주 좋은 느낌으로 발이 푹푹 빠지고 있어. 이쪽은 만반의 준비를 해둘 테니까 그쪽도 형편 되는 대로 작전에 들어가도 좋아. 시작할 때는 미리 연락해주고. 잘 부탁해." 메시지를 녹음하고 전화를 끊었다.

"지금 그쪽 팀은 어디쯤에서 타고 있을까?" 히다가 물었다.

"아마 산정 리프트를 돌고 있을 거야. 하지만 방금 녹음해둔 메시지를 들으면 곧바로 내려오겠지. 우리도 얼른 준비하자." 미즈키는 백팩에 달아둔 스노슈를 꺼냈다.

"잘 되면 좋겠는데." 자신 없는 투로 중얼거리며 히다도 곁에서 부츠에 스노슈를 달기 시작했다.

"당연히 잘 되지. 실패할 이유가 없잖아." 미즈키는 스노슈의 장착을 마치자 자리에서 일어나 앞쪽을 보았다. 눈발의 기세가 잦아들지 않아 시야는 그리 좋은 편이 아니었다. 하지만 어디에도 인적이 없는 것은 확실했다.

두 사람이 와 있는 곳은 슬로프의 코스 바깥이 아니라 엄연히 정규 임도 코스였다. 하지만 사람이 전혀 보이지 않는 것에는 이유가 있었다. 실은 여기서부터 완전히 평탄한 길이 계속 이어지는 것이다. 압설된 상태라고 해도 스키어는 두 손에 스키 폴을 들고 허덕허덕 저어가야 하고 스노보더는 애써 스케이팅으로 밀고 가야 한다. 그 거리도 절망적으로 길다. 대체 어떻게 된 거냐고 씩씩거리고 분개하며 코스 지도를 자세히 살펴보면 그곳에 작은 글씨로 이렇게 적혀 있다. '임도(주의:경사도 매우 낮음)'ㅡ.

그렇다, 베리에이션이 풍부하고 다이내믹해서 초보자에서부터 프로급 스키어와 스노보더까지 마음껏 즐길 수 있는 사토자와온천 스키장의 가장 큰 약점이 바로 이곳이다. 일단 잘못 들어섰다가는 어디로도 도망칠 길이 없는 '느려터진 악마의 임도'였다. 슬로프의 배치를 잘 아는 사람이라면 결코 들어서지 않는 코스다.

이번에 이 스키장에서 깜짝 프러포즈를 하기로 했을 때, 미즈키의 머릿속에 가장 먼저 떠오른 것이 이 임도였다.

작전은 이렇다. 아키나가 쓰키무라 부부와 공모해 하시모토를 데리고 이 임도로 향한다. 그리고 중간에 한 사람 두 사람 코스 옆으로 자취를 감춰버린다. 이윽고 외톨이가 된 것을 알아챈 하시모토는 당연히 초조해할 것이다. 혼자 낯선 곳에 떨어졌다고 생각할 게 틀림없다. 그렇다고 계속 멈춰 서 있을 수도 없으니 일단 앞으로 나아가는 수밖에 없다. 이윽고 이 느려터진 악마의 임도로 들어서는 것이다.

지금의 미즈키 일행과 마찬가지로 멈춰 서버린 그녀는 뒷발의 바인딩을 풀고 스케이팅을 시도할 것이다. 그런데 눈이 이렇게 깊이 쌓여 있다. 보드가 파묻혀 제대로 나아갈 수 없다. 그런 경사도 낮은 임도가 끝도 없이 길게 이어진다. 이윽고 너무 지쳐서 누군가 좀 도와줬으면, 나를 좀 잡아줬으면 하는 마음이 간절히 들게 된다.

그 순간, 낯선 스노보더 두 명이 쓰윽 나타난다. 백컨트리 투어에라도 나왔는지 보드를 매단 백팩을 등에 메고 폴을 손에 들고 발에는 스노슈를 신고 성큼성큼 걷고 있다. 눈 속에서 어쩔 줄 모르는 하시모토를 보고 그들 중 한 사람이 멈춰 선다. 그리고 어서 잡으라는 듯 폴을 내밀어준다. 지쳐서 발이 움직이지 않던 그녀에게 그것은 마치 신의 가호처럼 느껴진다. 그녀가 폴을 움켜잡으면 남자는 힘차게 걸음을 옮긴다. 덕분에 그녀는 깊은 눈 속을 이동하는 힘겨움에서 해방되어 스르륵 미끄러져 내려갈 수 있다.

잠시 뒤에는 느려터진 악마의 임도도 끝이 난다. 거기서부터는 활주가 가능하다. 그녀는 자신을 이끌어준 수수께끼의 인물에게 감사인사를 한다. 그러면 상대는 여기서 처음으로 목소리를 낸다.

"앞으로도 나를 따라오시겠습니까?"

귀에 익은 그 음성에 하시모토는 당혹스러운 표정을 지을 게 틀림없다. 하지만 생각할 틈을 주어서는 안 된다. 이 순간에 즉각 고글과 페이스마스크를 벗고 정체를 밝히는 것이다.

그녀는 깜짝 놀랄 것이다. 낯선 남자라고만 생각했던 사람이 사실은 지금 사귀는 연인 히다 에이스케였다니. 뭐가 어떻게 된 것인지 선뜻 이해하지 못할 게 틀림없다. 혼란에 빠진 그녀를 향해 히다는 잽싸게 품속에서 꺼낸 반지를 내보인다.

"내가 이끌어줄 테니 따라와주면 좋겠어, 영원히."

그로써 마침내 하시모토는 일의 전말을 알아차린다. 모든 것이 잘 짜인 계획이었다는 것을. 인생의 운명적인 한순간에 지금 자신이 서 있다는 것을.

그토록 공들인 연출의 프러포즈를 받고 가슴이 뭉클하지 않을 여자는 없다. 그녀는 망설임 없이 반지를 받아든다. 그 드라마틱한 장면을 촬영하기 위해 미즈키는 헬멧에 카메라를 달아두었다.

내가 짠 계획이지만 정말 괜찮은 작전이다, 라고 미즈키는 혼자 우쭐해졌다. 정식집 텔레비전에서 옛날 드라마 〈월광가면〉의

영상을 보고 생각해낸 것이지만—.

스마트폰이 착신을 알렸다. 아키나의 연락일 것이다. 드디어 작전에 돌입한 모양이다.

아키나의 번호를 먼저 확인한 다음에 미즈키는 전화를 받았다.

"응, 나야. 지금 어디까지 왔어?"

"아냐, 지금 예상치 못한 일이 일어나서……"

"무슨 일인데?"

"하시모토가 사라졌어."

4

어디서 놓친 것이냐고 미즈키는 물었다.

"나도 모르겠어. 그녀만 남겨놓고 한 사람씩 숨었는데 어느 새 그녀까지 사라졌지 뭐야."

"그게 무슨 말이야? 달려온 곳은 외줄기 길이었잖아."

"그렇긴 한데 갑자기 없어졌다니까. 어쩌면 우리를 따라오려고 어딘가에서 지름길로 빠졌을 수도 있어."

그녀들이 보드를 타고 온 임도는 구불구불한 길이라서 옆으로 빠지는 게 가능한 포인트가 몇 군데 있는 것이다.

"전화를 해볼까?"

"안 돼. 하시모토는 스마트폰을 숙소에 두고 왔어. 외톨이 때의 고독감을 한층 더 높이기 위해 스마트폰은 가져오지 못하게 하라고 말한 사람은 미즈키잖아. 그래서 내가 하시모토에게 괜히 떨어뜨릴 수 있으니까 스마트폰은 두고 가는 게 좋다고 말했지. 아마 숙소의 가방 속에 넣어뒀을 거야."

미즈키는 얼굴을 찌푸렸다. 아닌 게 아니라 자신이 그런 지시를 내렸던 것이다.

"별수 없네. 우선 우리만이라도 합류하자. 지금 돌아갈 테니까 그쪽 임도 입구쯤에서 기다리고 있어."

"알았어."

전화를 끊고 히다에게 사정을 이야기했다.

"그런 일이……. 어디로 간 거야?" 히다는 걱정스러운 듯 고개를 갸웃거렸다.

"하시모토가 혹시 이 스키장에 대해 잘 알고 있는 거 아니야?"

"그렇지는 않을 거야. 전에 나하고 왔을 때, 처음이라고 했어."

"그러면 지름길로 빠졌을 리가 없잖아. 거참, 이상하네."

아무튼 일단 왔던 길을 되돌아가기로 했다. 여전히 눈은 싸락싸락 내렸다. 스노슈가 아니었다면 도저히 걸어갈 수 없었을 것이다.

임도는 조금씩 완만한 오르막길이 되었다. 그 경사면 위쪽에 아키나와 쓰키무라 부부의 모습이 보였다. 그들도 미즈키 일행을 알아봤는지 손을 흔들었다.

그쪽으로 허위허위 가자마자 미즈키는 털썩 주저앉았다. 스케이팅으로 걸어오느라 완전히 지쳐버렸다.

"세 명이나 있었으면서 대체 어떻게 된 거야? 가장 중요한 타깃을 놓쳐서는 아무것도 안 되잖아." 불평해봤자 소용없다고 생각하면서도 투덜거리고 말았다.

"죄송합니다. 우리도 설마 일이 이렇게 될 줄은……." 쓰키무라가 겸연쩍은 얼굴로 말했다.

미안해요, 라고 그의 아내 마호도 사과했다. 말투가 가벼운 것은 평소와 똑같다.

"어쨌든 찾아보는 수밖에 없어." 아키나가 말했다.

"그래야지. 근데 어디서 찾지?"

"미즈키와 히다를 기다리는 동안에 우리 셋이서 상의해봤는데 만일 지름길로 빠졌다면 엑스퍼트 A코스로 향한 게 아닌가 싶어." 아키나는 코스 지도를 펼쳐놓고 손끝으로 가리켰다.

"엑스퍼트 A?" 미즈키는 지도를 들여다보았다. "물론 그쪽으로 갈 수도 있지만 이 스키장의 지형을 훤히 꿰고 있는 사람이 아니고서는 선택하기 어려운 코스야. 히다의 말에 의하면, 그녀가 이 스키장에 온 것은 이번이 두 번째라고 했어."

"그래도 그것밖에는 생각할 수 없어."

"아니, 그래도……."

저어, 라고 옆에서 입을 연 것은 쓰키무라 마호였다.

"하시모토 씨는 어쩌면 이 스키장에 대해 잘 아시는지도 몰라요."

"왜?"

"가장 가까운 화장실은 어떤 리프트를 타고 가는 게 좋다든가, 아까 자세히 알려주더라고요. 아무래도 두 번째로 온 건 아닌 것 같았는데……?"

미즈키는 히다를 보았다. 그는 말없이 고개만 갸웃거렸다.

"어쩌지?" 아키나가 물었다. 미즈키가 대답하지 않자 히다가 입을 열었다.

"그밖에 다른 선택지가 없으니까 일단 엑스퍼트 A코스로 가 보자."

미즈키도 이의는 없었다. 백팩을 내려 옆구리에 달아둔 보드를 풀었다.

엑스퍼트 A코스를 향해 다섯 명이 달리기 시작했다. 계속 쏟아지는 눈 덕분에 앞서간 사람들의 트랙은 사라지고 한참을 달려도 깨끗한 눈밭이었다. 하지만 지금은 그런 걸 즐기고 있을 상황이 아니었다.

이윽고 갈림길이 나타났다. 직진할 것인가, 아니면 옆의 임도로 들어갈 것인가. 어느 쪽으로 가든 엑스퍼트 A코스와는 연결이 된다. 모두가 그 갈림길 앞에서 일단 멈춰 섰다.

"두 팀으로 갈라지자." 히다가 제안했다.

"그래, 우리는 직진할게. 아키나 쪽은 임도로 가는 게 좋겠어."

아니, 라고 히다가 미즈키의 의견에 이의를 제기했다. "우리가 임도로 가자."

그 말투가 묘하게 확신에 차 있어서 미즈키는 "왜, 그게 더 좋을 것 같아?"라고 물었다.

"잘 모르겠어. 그냥 그런 느낌이 든다."

흐음 하고 고개를 끄덕이고 미즈키는 아키나를 돌아보았다. "그럼 그렇게 하자. 아키나, 그쪽 부탁할게."

알았어, 라면서 아키나가 다시 출발했다. 쓰키무라 부부도 뒤따라갔다.

"가자." 히다가 달리기 시작했다.

좁은 임도를 둘이 쌩쌩 나아갔다. 앞쪽에 인적이라고는 없었다.

하지만 갑작스럽게 히다가 멈춰 섰다. 옆쪽으로 쌓인 눈을 지그시 바라보고 있었다. 높이가 1미터 가까이나 되었다.

"왜 그래?" 미즈키가 물었다.

히다는 턱짓으로 가리켰다. "누군가 들어간 흔적이 있어."

그의 시선 끝을 보니 분명 여기저기 눈을 밟은 자국이 있었다. 그리고 그 끝에는 스노보드 트랙이 길게 이어졌다. 누군가 거기서부터 타고 내려간 것이리라.

"여기, 비밀장소인 모양이야." 히다가 말했다. "압설용 차가 들어오지 못해서 이렇게 눈이 높이 쌓이면 입구가 어딘지 알 수 없지만 그래도 이 눈 밑은 엄연히 정규 코스야."

"그거야 나도 알지. 어쨌든 그녀가 여기로 내려갔다는 거야?"

"전에 둘이서 왔을 때, 이곳을 지나갔어. 근데 그녀가 갑자기 멈춰 서서 지그시 아래쪽을 보고 있더라고. 그때는 지금처럼 눈이 쌓이지 않아서 경사면이 내려다보였으니까. 왜 그러느냐고 물었더니 경치가 좋아서 잠깐 바라본 것뿐이라고 했었는데, 어쩌면 뭔가 다른 이유가 있었는지도 모르겠다."

"이유라니?"

"모르겠어. 하지만 뭔가 약간 눈치가 이상했어."

그 일이 머릿속에 걸려 있어서 히다는 조금 전에 이 임도를 택했는가, 라고 미즈키는 생각했다.

히다는 바인딩을 풀기 시작했다. 아무래도 이 코스로 들어갈 생각인 모양이다. 하시모토가 이쪽으로 갔을 가능성은 희박하다고 생각했지만 미즈키도 그의 뜻을 따르기로 했다.

보드를 껴안고 허벅지까지 쌓인 눈 속을 걸어갔다. 이윽고 경사면이 시야에 들어왔다. 기막히게 멋진 노 트랙의 파우더 존이 펼쳐져 있었다. 지금 이런 상황만 아니었다면 아마 미친 듯이 기뻐 날뛰었을 것이다.

앗, 하고 히다가 목소리를 높였다. "저기, 누군가 있어."

그가 가리킨 쪽을 바라보니 경사면 중턱에 뭔가 빨간 것이 보였다. 꾸물꾸물 움직이는 걸 보면 사람일 것이다. 아무래도 눈에 파묻혀 꼼짝도 못하는 것 같았다.

"하시모토의 보드복이야. 틀림없어. 비니모자도 그녀 것이야." 그렇게 말하고 히다는 바인딩을 장착하기 시작했다.

둘이서 달려 내려갔다. 가까이 갈수록 역시 하시모토였다. 고글을 이마 위로 올린 것은 눈 속에서 분투하느라 몸이 달아올랐기 때문일 것이다. 이 근처는 특히 눈이 깊이 쌓였다. 너끈히 허리를 넘을 정도다. 일어나려고 해도 두 팔이 눈에 빠져서 어떻게도 헤어 나올 수 없다.

두 사람을 발견한 하시모토는 겸연쩍은 듯 얼굴을 붉히며 딱딱한 억지웃음을 지었다. "이런 데서 깜빡 넘어져버려서……."

히다는 말없이 백팩에서 폴을 꺼냈다. 그것을 길게 쭉 펴서 그녀 쪽으로 내밀었다.

"아, 고마워요." 그녀는 폴을 붙잡았다. 갑작스럽게 나타난 구세주가 누구인지, 물론 그녀는 아직 알지 못했을 것이다.

미즈키는 히다의 노림수를 눈치챘다. 그녀를 무사히 구조해낸 다음에 정체를 밝히고 프러포즈를 할 생각인 것이다. 이 무슨 신의 장난인가. 원래 계획보다 훨씬 더 드라마틱하지 않은가. 미즈키는 은근슬쩍 카메라 스위치를 켰다. 이런 명장면을 놓칠 수는 없다.

히다가 힘껏 끌어당기자 하시모토는 가까스로 눈밭에서 몸을 일으켰다. 보드가 미끄러지기 시작하자 그대로 천천히 경사면을 타고 내려갔다.

그녀를 따라가듯이 히다가 출발해서 미즈키도 그 뒤를 이었다.

정비된 코스에 들어선 참에 하시모토가 멈춰 섰다. 두 사람을 기다리는 것 같았다. 히다가 그쪽으로 다가갔다. 그의 등을 지켜보며 미즈키는 가슴이 두근거렸다. 운명의 순간이 코앞에 다가온 것이다.

"고마워요. 덕분에 살았습니다." 하시모토는 고글을 벗고 히다를 향해 머리를 숙였다.

히다는 고개를 끄덕이더니 페이스마스크에 손을 얹었다. 드디어 정체를 밝힐 생각인 것이다.

그때였다. 경사면 아래쪽에서 요란한 엔진 소리가 울렸다. 돌아보니 스노모빌 한 대가 맹렬한 속도로 올라오는 참이었다. 아까 목격한 그 2인조였다.

무슨 일인가 하고 지켜보는데 뒷좌석의 남자가 갑자기 부르짖었다. "미유키!"

그 순간, 하시모토의 표정이 바뀌었다. 깜짝 놀란 듯 두 손으로 입을 가렸다. 눈이 둥그레져 있었다.

스노모빌이 가까이 다가와 멈췄다. 뒷좌석에 탔던 남자가 고글을 벗더니 스노보드를 껴안고 뛰쳐나왔다. 그의 시선은 오로지

하시모토만을 보고 있었다. 뒤에 서 있는 미즈키와 히다는 아예 시야에 들어오지도 않는 모양이었다.

"미유키!" 그가 다시 한번 부르짖었다. 그와 동시에 그것이 하시모토의 이름이라는 게 생각났다. 한자로는 분명 '美雪'이었을 것이다.

"고타……." 하시모토 미유키가 중얼거렸다. "고타가 어떻게 여기에?"

"유미 씨가 얘기해줬어, 미유키가 회사 사람들과 사토자와온천 스키장에 갔다고. 나, 미유키를 보려고 무작정 달려왔어. 이렇게라도 하지 않으면 만나주지 않을 것 같아서."

하시모토 미유키는 무슨 영문인지 모르겠다는 얼굴로 그 남자와 스노모빌을 번갈아 보았다.

"저기 패트롤 대원은 내가 아는 분이야." 고타라는 남자가 스노모빌 쪽을 돌아보며 설명했다. "이 스키장에 여러 번 들락거리다 보니 알게 됐는데……. 이번에 사정을 얘기하고 미유키 찾는 일을 좀 도와달라고 부탁했어. ─고맙습니다. 덕분에 무사히 찾았어요. 이제 내가 어떻게든 해볼 테니까 그만 가셔도 됩니다."

패트롤 대원은 손을 번쩍 들더니 스노모빌을 발진시켰다. 그대로 경사면을 내려갔다. 그 모습을 지켜본 뒤, 고타는 하시모토에게로 향했다. 보드와 고글을 내던지고 눈밭에 털썩 무릎을 꿇었다.

"미유키, 정말 미안해." 그대로 깊숙이 머리를 숙여 이마를 눈밭에 댔다. "나한테 다시 돌아와줘. 만회할 기회를 줘. 제발 부탁이야."

갑작스러운 일에 하시모토 미유키는 잠시 할 말을 잃은 모습이었지만 마음을 가라앉히려는 듯 몇 번인가 하얀 숨을 토해낸 뒤에 이윽고 입을 열었다.

"말도 안 돼. 그게 가능할 것 같아? 자기가 무슨 짓을 했는지 알기나 해?"

"물론 잘 알지. 내가 잘못했어. 너무 어리석었어. 하지만 나를 좀 믿어줘. 그 여자와는 아무 일도 없었다니까."

"그건 우연히 곤돌라에서 나와 마주쳤기 때문이잖아. 그때 우리가 만나지 않았다면 어떻게 됐을까. 그래도 아무 일 없었다고 말할 수 있어?"

"그, 그건……. 입이 열 개라도 할 말이 없지만, 그래도 아무 일 없었다는 건 사실이야."

"내가 하고 싶은 말은 그런 게 아니야. 자기는 명백히 나를 배신했었다는 얘기야." 하시모토의 목소리가 뒤집혔다. 상당히 흥분한 것 같았다.

"맞아, 그래서 진심으로 사과하고 싶어. 그리고 맹세할게. 앞으로는 절대로 바람피우지 않을게."

"그런 말은 믿을 수 없어. 내가 얼마나 상처받았는지 알아? 자기하고 같은 업계에 있다가는 언젠가 한 번은 마주칠 것 같아서 나는 이직까지 했단 말이야." 하시모토의 목소리가 울먹거리고 있었다. 실제로 그녀의 뺨은 눈물에 젖어 있었다.

"그것도 유미 씨에게서 들었어. 정말 미안해서 어쩔 줄을 모르겠다. 진심으로 깊이깊이 반성했어."

"그딴 거, 입으로는 무슨 말을 못하겠어!"

"미유키, 나는 진심이야." 그렇게 말하고 남자는 머리에 쓴 비니모자를 쥐어뜯듯이 벗어버렸다.

미즈키는 앗 하는 소리를 낼 뻔했다. 남자가 까까머리였기 때문이다. 방금 밀고 왔는지 아직 푸르스름했다.

"나, 이런 곳에서 용서받을 거라고는 생각하지 않아. 머리를 밀어버린 것쯤은 아무것도 아니라고 생각하겠지만, 그래도 내 나름대로 최소한의 형식이나마 갖추려고……."

역시나 허를 찔렸는지 하시모토는 말문이 턱 막힌 기색이었다.

침묵의 시간이 흘러갔다. 어느 새 눈은 그쳤다. 일진의 바람이 눈밭을 훑으며 가루눈을 말아 올렸다.

이윽고 하시모토가 천천히 몸을 움직였다. 바인딩을 풀고 남자에게 다가가더니 그 손에서 비니모자를 빼앗아 까까머리에 씌웠다.

"감기 걸리겠다."

지금까지와는 다른 다정한 말투였다.

"미유키……." 남자가 얼굴을 들었다.

"나, 이 스키장에 두 번 다시 오고 싶지 않았어." 하시모토가 말했다. "지금 만나는 사람이 가자고 해서 별수 없이 지난 연말에 왔었어. 근데 역시 고타 생각만 나더라. 항상 이 비밀의 파우더 존에서 둘이 달렸었는데, 하고."

남자가 눈을 깜빡이며 물었다. "지금 만나는 사람이 있어?"

"응. 하지만 괜찮아. 아주 착한 사람이니까 내가 솔직하게 사정을 얘기하면 이해해줄 거야. 게다가 그 사람과는 아직 아무 사이도 아니야. 여기 왔을 때도 당일치기였고."

엇 하고 미즈키는 옆에서 우두커니 서 있는 히다를 돌아보았다. 아직 아무 일도 없었다는 것인가—.

히다는 그 자리에서 굳어버린 듯 아무런 움직임도 없었다.

"그럼 우리 다시 시작하는 거야?" 남자가 물었다.

하시모토는 미소를 지으며 고개를 끄덕였다. "하지만 다음에는 어림없어."

미유키, 라면서 고타는 그녀를 와락 끌어안았다. "도쿄에 돌아가는 길로 구청에 가자. 우리, 결혼하자. 내가 꼭 행복하게 해줄게."

그 말에 고개를 끄덕이며 하시모토도 고타의 몸을 마주 껴안았다. "응, 기꺼이."

미즈키는 현기증이 날 것만 같았다. 일이 이런 식으로 흘러가

다니. 히다가 프러포즈를 해야 하는데 갑작스럽게 뛰어든 딴 남자가 선수를 쳐버렸다. 게다가 그녀는 그 청혼을 받아들였다.

히다가 지금 어떤 심정일지, 도저히 그의 얼굴을 마주 볼 수 없다, 라고 생각한 직후였다. 옆에서 짝짝짝 하는 메마른 소리가 들려왔다. 미즈키는 저절로 시선이 그쪽으로 향했다.

믿을 수가 없었다. 히다가 장갑 낀 손으로 박수를 치고 있는 것이었다.

미즈키가 놀라서 멍하니 쳐다보자 히다가 그를 향해 슬쩍 고개를 끄덕였다. 이것도 나름대로 괜찮아, 라고 말하려는 듯이.

이럴 수가……

이 착한 친구는 조용히, 사랑하는 여자의 행복을 축하해주고 있었다.

미즈키도 천천히 손뼉을 쳤다. 그렇게 할 수밖에 없었다.

하시모토와 고타는 퍼뜩 정신을 차린 듯 포옹을 풀었다. 다른 사람들이 있다는 것을 이제야 깨달은 모양이었다.

"회사 사람이야?" 고타가 물었다.

아니, 라고 하시모토는 고개를 저었다. "내가 눈 속에 빠졌었는데 이 분들이 도와주셨어."

"엇, 그랬구나. ―정말 감사합니다." 하시모토를 빼앗아간 고타가 그녀를 빼앗긴 히다에게 감사인사를 했다.

히다는 말없이 고개만 끄덕였다. 축하합니다, 잘됐네요, 라고 하는 것처럼 보였다.

"자, 갈까?" 고타가 하시모토에게 말했다. 응, 이라고 대답하는 하시모토.

두 사람은 보드를 장착하고 가볍게 활주하며 시야에서 멀어져 갔다.

미즈키는 새삼 히다를 보았다. 눈앞에서 연인을 빼앗긴 친우는 멀거니 서 있었다. 그 눈이 무엇을 바라보는지, 그 가슴속에 어떤 생각이 번져가는지, 미즈키는 상상도 되지 않았다. 하지만―.

오늘밤은 막판까지 이 친구와 함께하자, 아침까지 마시고 또 마시고 둘이서 실컷 울어보자, 라고 생각했다.

1

도쿄 시티호텔에 와보는 게 얼마만인가, 라고 생각하며 히노 모모미는 정면 현관 자동문을 지나왔다. 로비는 널찍하고 환해서 딱히 화려한 장식을 한 것도 아닌데 화려한 분위기가 감돌았다.

로비 안쪽에 오픈스페이스의 카페가 있었다. 입구에 서서 둘러 봤더니 구석 자리에서 움직임이 있었다. 하시모토 미유키가 자리 에서 일어나 슬쩍 손을 흔들었다. 호텔 유니폼이 아니라 사복 차 림이었다. 모모미는 고개를 끄덕여주고 그쪽으로 다가갔다.

"미안해. 기다렸어?" 맞은편 자리에 앉으면서 물었다.

"아니, 괜찮아. 나도 방금 왔어."

검은 롱스커트의 여성 점원이 다가와 두 사람 앞에 물이 든 잔 을 놓았다.

"뭐 마실래?" 미유키가 물었다.

"추천 메뉴가 뭐야?"

"로열 밀크티 정도?"

"그럼 그걸로 할게."

미유키가 롱스커트의 여성 점원에게 로열 밀크티 두 잔, 이라고 말했다.

모모미는 유리잔을 들어 물을 한 모금 마셨다. 상대의 얼굴을 제대로 볼 수가 없었다. 긴장으로 몸이 굳어진 것이 스스로도 느껴졌다.

"미안해, 일부러 나오라고 해서." 미유키가 말했다. "내가 너한테 갔어야 하는데."

아냐, 라고 고개를 젓고 슬쩍 눈을 들었다. 미유키와 눈이 마주쳐서 급히 시선을 돌렸다.

"이런 일이라도 아니었다면 호텔 카페에서 함께 차 마실 기회도 없잖아." 모모미는 그렇게 말하고 다시 주위를 둘러보았다. "그나저나 멋진 호텔이다. 이런 곳에서 근무하는 거, 정말 부러워."

"나는 주로 뒤쪽 업무만 하는데, 뭘. 게다가 모모미 직장도 멋있어. 화장품 매장이라면 백화점 안에서도 가장 화려한 근무지잖아?"

"겉으로 보기에는 그렇지. 실제로는 이래저래 힘들어. 진상 손님도 많고."

"그건 호텔도 마찬가지야."

"하하하, 아마도 그렇겠지?"

아무래도 마음이 편치 않다, 라고 모모미는 생각했다. 하지만 거북스러운 것은 미유키도 마찬가지일 터였다.

미유키에게서 전화가 온 것은 어제였다. 착신 표시를 보고 놀랐다. 마지막으로 전화 통화를 한 게 벌써 1년도 넘었다. 그 이후로는 메일도 주고받지 않고 SNS 등으로 교류한 적도 없었다.

할 얘기가 있는데 만날 수 있겠느냐, 라고 미유키는 전화로 물었다. 좋다고 대답했더니 장소와 시간은 네가 정해줘, 라고 했다. 그래서 미유키의 직장이 어딘지 물어보았다. 호텔이라는 말을 듣고, 그렇다면 그쪽에서 만나자고 모모미가 말했던 것이다.

로열 밀크티가 나왔다. 두 사람은 동시에 잔을 들었다.

"1년만이네." 먼저 잔을 내려놓은 미유키가 말했다.

"응, 그러게."

"잘 지냈어?"

흐음 하고 슬쩍 신음 소리를 내고 모모미는 고개를 끄덕였다. "그냥 그럭저럭. 미유키는?"

이번에는 미유키가 흐음 하고 신음 소리를 냈다. 고개를 갸웃하면서 대답했다. "이래저래 일이 많았다고나 할까……."

그럴 것이라고 모모미는 생각했다. 정신적으로나 물리적으로

나 그녀 쪽이 상처가 훨씬 더 컸을 것이다.

그래도, 라고 미유키는 말했다. "어쨌거나 앞으로는 자리가 잡힐 것 같아."

"무슨 말이야?"

모모미가 물어보자 미유키는 등을 꼿꼿이 세우고 진지한 시선을 던져왔다.

"나, 고타와 다시 시작하기로 했어. 아니, 이미 다시 시작했어. 혼인신고도 했고."

모모미는 눈이 둥그레졌다. "엇, 그렇구나……."

"놀랐어? 하긴 그럴 만도 하지."

"응, 하지만 어쩐지 그럴 거라는 생각은 들었어. 미유키가 나한테 할 얘기가 있다면 분명 그 사람 일일 테니까……." 모모미는 하얀 커피잔에 시선을 떨구었다. 그날 스키장에서 본 하얀 빛이 떠올랐다.

1년 전, 모모미에게는 연인이 있었다. 정확히 말하면 연인이라고 생각했던 남자가 있었다. 그의 요청으로 둘이 사토자와온천 스키장에 갔었다. 거기서 덜컥 마주친 것이 고등학교 때 친구였던 미유키다. 하지만 우연은 그것만으로 끝나지 않았다. 미유키는 모모미와 함께 있던 남자와 동거 중이었던 것이다. 더구나 결혼식 날짜까지 받아놓은 상태였다.

그 남자가 바로 고타. 물론 모모미는 그 즉시 고타와 헤어졌다.

스키장에서 모모미 혼자 집에 돌아왔던 것이다. 나중에 미유키에게서 전화가 와서 고타와의 혼담이 깨졌다는 소식을 들었다. 그참에 서로에 대해서는 원망하지 않도록 하자, 라고 약속했다.

"미유키 쪽에서 그 사람에게 연락한 거야?"

"아니, 그 사람 쪽에서 만나러 왔어. 사토자와온천 스키장까지." 미유키는 뺨이 풀리면서 쓴웃음을 지었다. "머리를 박박 밀고."

"머리를 왜……"

놀라는 모모미에게 미유키는 자세한 경위를 이야기해주었다. 아무래도 고타는 미유키가 동료들과 스노보드 여행을 떠났다는 정보를 얻어듣고 그걸 마지막 기회로 여기고 달려간 모양이었다.

"파릇파릇한 까까머리로 무릎 꿇고 납작 엎드린 고타를 보니까 다시 만나도 좋지 않을까 하는 마음이 들어서……" 변명하는 듯한 얼굴로 미유키는 말했다.

"응, 그랬구나."

"미안해."

"미안하기는 뭐가? 난 정말 잘된 일인 것 같은데. 나도 마음이 좀 편해지기도 하고."

거짓이 아니었다. 고타에 대한 마음 따위, 눈곱만큼도 남아 있지 않았다. 어떤 얼굴이었는지도 제대로 생각나지 않을 정도다. 오히려 미유키가 내내 마음에 걸렸다. 자신에게 뭔가 잘못이 있었다고는 생각하지 않지만, 미유키 커플의 파국의 원인이 되었다는 건 사실인 것이다.

"그렇게 말해주니 나도 마음이 놓인다." 미유키는 후우 숨을 내쉬며 입가로 밀크티 잔을 가져갔다.

모모미도 밀크티를 마시면서 결국 미유키는 고타를 잊지 못했었구나, 라고 이해했다. 그러지 않고서야 머리를 밀고 무릎을 꿇은 정도로 용서해줄 리가 없다. 머리칼이야 시간이 지나면 다시 자라나는 것 아닌가. 게다가 바람피우는 남자라는 건 몇 번을 들켜도 반성하지 않는 법이다. 그런 점을 주의해야 한다고 미유키에게 말해줘야 할까 하고 잠시 망설였지만 결국 입 밖에 내지는 않았다. 질투하는 것처럼 비치기라도 하면 너무 어처구니없는 일이기 때문이다.

그 뒤로는 서로의 근황 등을 주고받았다. 미유키는 이달 말까지 지금 하는 호텔 일을 그만두고 예전 건축 관련회사로 다시 돌아갈 생각인 모양이었다. 아이가 생겼을 때, 그쪽이 더 시간을 융통하기가 편리하다고 했다.

"모모미는 누군가 좋은 사람 생겼어?" 화제가 끊기려는 참에 미유키가 물었다. 그 질문을 해도 좋을지 어떨지, 내내 망설였는지도 모른다.

"웬만해서는 사람 만날 일이 없더라고. 요즘에는 소개팅에 불러주는 일도 없어졌어."

고타를 만난 소개팅이 마지막이었나, 라고 그제야 퍼뜩 생각났다.

"그러면 이런 게 있던데 한번 가볼래?" 그렇게 말하면서 미유키가 곁에 둔 가방에서 종이 한 장을 꺼냈다. 팸플릿인 것 같았다.

모모미는 팸플릿을 받아서 들여다보았다. "겔팅?"

"아까 여기 직장 선배가 주더라고. 주최자가 지인이라서 참가자를 모집하는 중인가 봐. 별로 관심이 없을지 모르지만 그래도 혹시나 해서……."

"응."

팸플릿에는 '겔렌데[1]에는 아름다운 만남이 가득! 스키와 스노보드를 타면서 새로운 사랑을 찾아봐요'라고 적혀 있었다. '겔팅'이란 스키장 겔렌데에서 하는 소개팅을 말하는 모양이었다.

장소를 보고 아, 하는 소리가 새어나왔다.

"왜?" 미유키가 물었다.

모모미는 팸플릿 한쪽 부분을 가리켰다. "모임 장소가 사토자와온천 스키장이야."

미유키가 헉 숨을 삼키는 얼굴을 했다.

"엇, 그렇구나. 미안, 내가 제대로 못 봤어. 거기는 아무래도 불쾌하지? 팸플릿, 그냥 내버려도 돼."

모모미는 쓴웃음을 지으며 팸플릿을 착착 접었다. "뭔가 재미

---

1 gelände. 스키를 탈 수 있게 정비해놓은 경사지, 혹은 스키장 전체를 가리키는 말..

있다. 챙겨둘래."

"나, 정말 일부러 그런 거 아니야."

"알아. 게다가 그 스키장이 무슨 트라우마가 된 것도 아닌데 뭘."

"응, 그렇다면 다행이지."

곧 또 만나자, 다음에는 술을 마시자, 라고 약속하고 나란히 자리에서 일어섰다. 자신이 찻값을 내겠다는 미유키를 계산 카운터에 남겨두고 모모미는 호텔 정면 현관으로 향했다.

2

사토자와온천 스키장, 시각은 오전 10시 조금 전이다.

집합장소로 지정된 리프트권 매장으로 가보니 '겔팅 참가자는 이쪽으로'라고 적힌 플랜카드가 눈에 들어왔다. 옆에 설치된 카운터가 접수처인 모양이었다. 벌써 사람들이 줄지어 서 있었다.

"어휴, 진짜 와버렸네. 이제 나이도 먹을 만큼 먹었는데 무슨 짓인지 모르겠다." 사람들이 줄을 선 것을 바라보며 모모미는 말했다.

"뭘 시들한 목소리를 내고 있어? 액땜을 해야 하니까 함께 가자고 한 건 모모미잖아. 그러니까 좀 더 의욕을 보여줘야 할 거 아냐." 옆에서 툴툴거린 것은 직장 동료 야마모토 야요이였다.

"똑같은 말을 자꾸 하는 것 같지만, 그냥 내친 김에 신청한 거라니까. 술도 취했었고."

"기왕 온 거 마음껏 즐기자. 자, 어서 가자." 야요이가 앞장서서 걸음을 뗐다.

접수처에서 수속을 마치고 리프트권과 겔팅 참가자의 표식이기도 한 리프트권 홀더를 받았다.

"왠지 가슴이 두근두근한데? 이런 분위기, 너무 오랜만이야." 홀더를 팔에 끼우며 야요이가 말했다.

"어떤 사람들이 왔는지 모르겠다. 하긴 그리 큰 기대도 없지만." 모모미는 주위에 서 있는 참가자인 듯한 사람들을 둘러보았다.

당연히 모두가 스키복과 보드복을 차려입고 있어서 체형 등은 알아보기 어려웠다. 고글과 페이스마스크 때문에 얼굴도 거의 감춰졌다. 그들이나 이쪽이나 마찬가지라고 한다면 그렇긴 하지만, 이래서는 마치 가면무도회 같다고 생각했다.

그런 생각을 하고 있는데 스피커에 전원이 켜지는 소리가 들려왔다. 이윽고 어디선가 마이크를 든 남자가 나타났다.

"겔팅에 참가해주신 여러분, 안녕하십니까? 사토자와온천 스키장에 잘 오셨습니다. 오늘을 위해 풍성한 눈을 준비하고 기다렸습니다. 설질(雪質)은 최고, 날씨도 최고, 자아, 여러분의 기분은?" 느닷없이 한껏 흥분한 목소리로 마이크를 청중 쪽에 쑥 내밀었다.

"최고……"라는 당혹스러움이 담긴 목소리가 어디에선가 나왔다. 남자 MC는 얼굴을 찌푸렸다.

"이 힘없는 대답, 뭡니까? 그래서야 좋은 인연을 만나기 어렵죠. 다시 한번 해볼까요? 이번에는 잘 부탁해요. 설질 최고, 날씨도 최고, 자아, 여러분의 기분은?"

"최고!"라고 이번에는 조금 큰 목소리의 합창이 나왔다.

"아직도 약간 부족한데요? 다시 한번, 사토자와온천 스키장, 설질 최고, 날씨도 최고, 겔팅 참가자 여러분의 기분은?"

"최고!!" 고함 소리까지 섞인 대합창이 되었다. MC도 그제야 만족했는지 크게 고개를 끄덕였다.

역시 이런 느낌인가, 하고 모모미는 내심 짜증스러웠다. 이런 식의 이벤트를 멀리하게 된 이유 중의 하나가 주최자 측의 요구대로 억지 춤을 추어야 하는 게 너무 싫다는 것이었다. 좀 더 나이가 어릴 때는 그것도 별 저항감 없이 받아들였지만.

MC가 오늘의 일정을 대략 얘기한 뒤, 겔팅 규칙이라는 것에 대해 설명하기 시작했다. 그래봤자 별로 대단한 내용은 없었다. 매너를 잘 지키면서 활주하라, 마음에 드는 상대를 발견하면 주저 없이 적극적으로 공략하라, 혹시 거절당하더라도 스키나 스노보드를 싫어하지는 마라, 라는 식이다. 그럭저럭 웃음을 이끌어내고 있었다.

"그러면 오늘 하루, 즐겁게 지내세요"라는 대사와 함께 남자 MC는 물러갔다.

이어서 스태프 여러 명이 나타나 참가자들을 리프트 승차장으로 안내하기 시작했다. 우선은 산기슭의 패밀리 슬로프를 모두 함께 달리는 모양이었다. 사토자와온천 스키장의 장점 중 하나는 곤돌라를 사용하는 장거리 활주일 터였지만, 겔팅이라는 행사의 특성상 참가자가 뿔뿔이 흩어지는 것을 방지하기 위해 활주 구역을 제한하는 것 같았다.

리프트 앞에서 참가자들은 남녀로 나뉘어 각각 줄을 섰다. 남녀 모두 이번 모임에는 2인1팀으로 참가했다. 남자 두 명과 여자 두 명이 순서대로 4인승 리프트에 타는 시스템이라고 했다.

모모미와 야요이 차례가 돌아왔다. 함께 타게 된 남자 2인조가 잘 부탁한다면서 머리를 꾸벅 숙였다. 양쪽 다 스노보더였다. 잘 부탁합니다, 라고 모모미 쪽에서도 응했다.

리프트에 올라가 자리를 잡자 모모미 옆의 남자가 "어디서 오셨어요?"라고 물었다.

"도쿄예요." 모모미가 대답했다.

"아, 우리랑 같네. 우리도 그렇거든요. 겔팅은 처음이에요?"

"네. 두 분은 처음 아닌가요?"

"우리도 처음이에요. 그래서 어떻게 해야 할지 잘 모르겠네요.

우선 자기소개를 해도 될까요?"

"좋아요."

남자 두 명이 자기소개를 시작했다. 그것에 의하면, 사무기기 메이커에서 근무하는 회사원들이고 둘은 직장 동료였다. 나이가 스물다섯 살이라는 말을 듣고는 덜컥 실망했다. 자신들보다 한참 어리다.

이야기의 흐름상 모모미와 야요이도 자기소개를 하지 않으면 안 되었다. 직업을 밝힌 뒤, 잠깐 망설이기는 했지만 서른 살이라는 진짜 나이를 밝혔다. 나이를 속이는 짓만은 하지 말자, 라고 야요이와는 미리 얘기했었다.

"아, 그러세요?" 남자들 쪽에서 나온 목소리는 담담하기는 했지만 낙담한 기색이 노골적으로 전해져왔다. 첫 방부터 폭탄인가, 라고 내심 한탄하는 건 아닐까.

하지만 리프트에 타고 있는 동안만큼은 이 상황에서 도망칠 수도 없다. 체념한 듯 남자들은 이런저런 말을 건넸다. 지금까지 어떤 스키장에 갔었는가, 어느 곳이 가장 좋았는가—. 별 대수로울 것도 없는 평범한 화제뿐이었다. 어떤 타입의 남자를 좋아하느냐는 둥의 질문은 하지 않았다. 물을 필요가 없다고 생각한 것이리라.

이윽고 리프트가 종점에 도착했다. 모모미 일행이 바인딩을 채우는 것을 남자들은 먼저 장착을 끝내고 기다려주었다. 우선은 함께 타고 내려갈 마음은 있는 모양이었다.

"자, 갈까요?" 모모미 일행이 일어서는 것을 보고 그들은 보드를 타고 달리기 시작했다.

하지만 거기까지였다. 그들은 이따금 멈춰 서서 모모미 일행을 기다려줬지만 그 시선은 시종 주위를 향하고 있었다. 괜찮은 여자를 찾고 있는 것이다. 흥, 하고 모모미는 코웃음을 쳤다. 고글과 보드복 차림이어서는 어차피 나이를 짐작할 수도 없다.

또한 그들은 유독 리프트 바로 옆으로만 달리려고 했다. 그리 대단한 실력도 없는 주제에 리프트에 탄 다른 여자들에게 보드 타는 기술을 어필할 생각인 모양이다. 완만한 경사면에서 멋진 트릭을 써보려다가 넘어지는 것을 보고 혼자서 쌤통이다, 라고 중얼거렸다.

리프트 승차장 앞은 조금 전과는 상황이 약간 달라져 있었다. 팻말이 서 있고 '다시 한번 같은 상대와'라는 줄과 '팀 바꾸기 희망'이라는 줄로 갈라지는 것이다.

"자, 누님들, 인연이 있다면 또 만나요." 한쪽 남자가 그런 말을 던지고 '팀 바꾸기 희망'의 남자 쪽 줄로 향했다.

"저것들이 뭐라는 거야, 누님들이라니?" 모모미는 부아가 났다.

"뭐, 별수 없지. 실제로 우리가 누님이긴 하잖아. 기분 풀고 이쪽으로 서자." 다독거려주는 야요이의 말에 모모미는 부루퉁하게 줄에 섰다.

그다음에 리프트에 같이 탄 남자들은 스키어 2인조였다. 나이가 30대 후반이라는 것은 나쁘지 않지만 자꾸 고글을 벗어보라고 졸라대는 데는 할 말을 잃을 수밖에 없었다.

"얼굴도 모르는 채 대화하는 거, 시간낭비라고 생각하지 않아요? 고글 벗자마자 실망했다는 말을 듣는 것보다 미리 얼굴 보여주는 게 더 나을 것 같은데."

"하지만 MC가 파티 회장에 들어갈 때까지는 되도록 고글을 벗지 말라고 했어요."

"그거야 가능하면 그러라는 거죠. 괜찮아요, 본인들끼리 합의하면. 자, 우선 우리가 먼저 고글을 벗을 테니까 그다음에 결정해도 좋아요." 그렇게 말하자마자 남자는 고글을 위로 올렸다. 옆의 남자도 똑같이 했다. 둘이 나란히 어떠냐는 듯이 웃음을 건네왔다.

아, 그렇구나, 라고 모모미는 이해했다. 둘 다 용모가 단정한 편에 속했다. 아마도 자신이 있었던 것이리라. 그렇다면 파티 때까지 감춰뒀으면 좋았을 텐데, 라고 생각하지 않을 수 없었다. 이런 곳에서 신이 나서 얼굴을 드러내는 그 경박함이 모든 것을 망쳐버린다는 생각은 못하는 것인가.

"우리는 파티 때까지 안 밝히는 걸로 할게요." 저절로 냉담한 목소리가 튀어나왔다.

그들과도 그걸로 끝이었다. 다시 '팀 바꾸기 희망' 줄에 섰다.

그 뒤에도 몇 팀과 함께 보드를 타고 내려왔지만 뭔가 조금씩 사고방식이 맞지 않았다. 몇 번씩이나 '팀 바꾸기 희망' 쪽에 서게 되었다.

그리고 몇 번쯤 지난 뒤에 그들을 만났다. 둘 다 스노보더이고 한쪽은 파란색 보드복, 또 한쪽은 회색 보드복 차림이었다.

"저기요, 두 분을 꽃게 씨라고 불러도 될까요?" 리프트에 앉자마자 파란색 보드복의 남자가 모모미에게 엉뚱한 말을 건넸다.

"엇, 왜요?"

"아니, 보드 탈 때 두 팔을 이렇게 올리잖아요. 꽃게가 집게발을 번쩍 들고 있는 것처럼." 그는 팔꿈치를 굽히고 두 손을 어깨 높이쯤까지 올렸다.

모모미 옆에서 야요이가 푸홋 웃음이 터졌다.

"그랬나요? 계속 우리를 지켜본 모양이네요."

"아까 아래에서 봤어요. 이 친구하고 둘이서, 저것 좀 봐, 꽃게가 스노보드를 타네, 하고 얘기했다니까요. 보드복과 장갑이 빨간색이고 게다가 그 자세였으니까 꽃게를 떠올리지 말라는 게 오히려 무리겠죠."

"그런 말을 한 건 이 친구예요. 나는 그냥 듣기만 했습니다." 또 한 명의 남자가 말했다.

"정말 그런가? 내가 그런 식으로 탔어?" 야요이에게 물어보았다.

"응, 맞아. 아하하하, 꽃게."

"근데 꽃게 씨의 정체는 뭐예요? 알려주지 않으면 집에 갈 때까지 계속 꽃게 씨라고 부를 겁니다."

"그건 안 되죠. 나는 히노예요."

"히노 씨? 흠, 히노 씨라고 성씨로만 부르면 꽃게 씨라고 부르는 것과 별 차이도 없잖아요. 그럼 계속 꽃게 씨라고 부르고 싶은데요?"

"아이, 너무하잖아요."

"게다가 이 녀석 성씨가 히다예요." 옆의 남자를 엄지로 가리켰다. "히다와 히노, 너무 헷갈려요. 그러니까 이름으로 부르게 해주시죠. 이름은 뭐예요?"

"모모미예요."

"모모미! 와아, 진짜 좋은 이름이네요. 그거라면 꽃게 씨보다 훨씬 듣기 좋군요. 아, 잠깐, 꽃게와 복숭아? 뭔가 그런 옛날이야기가 있었던 것 같은데? 꽃게가 복숭아나무를 키우고 그 열매를 원숭이가 가로채가고……."

"그건 복숭아가 아니라 감이야." 또 한 명의 남자가 지적했다. "원숭이와 꽃게의 전쟁[1]."

"아차, 그렇지. 원숭이와 꽃게의 전쟁에 나오는 건 감이었어. 맞

---

1 일본의 민화. 교활한 원숭이가 꽃게를 속여 죽게 하자 그 꽃게의 새끼들이 복수한다는 이야기이다.

다, 맞아. 그러면 꽃게 씨 건너편에 계신 원숭이 씨의 이름을 좀 들어볼까요?"

"나요?" 갑작스러운 지명에 야요이가 당황했다.

"그쪽 말고 또 누가 있습니까? 알려주지 않으면 집에 갈 때까지 원숭이 씨라고 부를 겁니다."

"그건 안 되죠. 야마모토 야요이예요."

"야요이 씨군요. 오케이, 입력됐습니다."

파란 옷의 남자는 미즈키라고 이름을 밝혔다. 그리고 또 다른 남자의 이름은 히다라고 하는 모양이었다.

그들의 직장이 어딘지를 듣고 모모미는 조금 놀랐다. 미유키와 같은 호텔이었기 때문이다. 미유키는 직장 동료가 지인이 주최하는 젤팅 이야기를 듣고 참가하기로 했다고 말했었다.

모모미는 그제야 이해가 됐다. 그녀는 미유키가 보여준 팸플릿으로 이번 젤팅을 소개받았다. 미유키는 그것을 직장 선배에게서 받았다고 말했었다. 그 인물이 아마도 미즈키 일행의 선배일 터였다.

미유키에 대해 말할까 말까 망설이다가 결국 말하지 않기로 했다. 고등학교 동창과 어떤 형태로 재회했는지에 대한 질문이 들어왔을 때, 거짓말을 하기가 귀찮았기 때문이다. 어떤 남자가 양다리를 걸쳤는데 미유키와 자신이 그 상대였다는 얘기는 입이 찢어져도 할 수 없었다.

모모미 일행의 직장이 백화점 화장품 매장이라는 것을 알고 미즈키는 묘하게 흥분하는 모습을 보였다.

"그렇다면 화장에는 프로잖아요. 이거 큰일이네? 그러잖아도 겔렌데 마법으로 눈에 콩깍지가 씌어 있는데 프로 메이크업에 깜빡 넘어가면 맨 얼굴을 간파하는 건 거의 불가능하죠. 우와, 뭐야, 이거? 두 분은 우리 마음을 뒤흔드는 것쯤 누워서 떡먹기처럼 쉬운 일이라는 거잖아요? 그런 프로 겔렌데 마법사가 섞여 있어도 되는 겁니까? 앗, 그게 아니면 속임수인가? 주최자 쪽에서 고용한 여자 분들이에요?"

"말도 안 돼. 자꾸 프로, 프로 하지 말아주세요. 그냥 평범하니까요." 모모미가 말했다.

"아뇨, 아뇨, 기대가 되는데요. 이다음에 있을 파티, 벌써부터 두근두근 기다려집니다. 모모미 씨와 야요이 씨, 두 분 중 누구의 메이크업이 더 대단할까요?"

"어휴, 얼른 도망쳐야겠네." 야요이가 중얼거렸다.

"안 되죠, 이 옷, 다 기억하고 있는데요?"

미즈키는 화술(話術)이 뛰어났다. 리프트에 있는 몇 분 사이에 모모미 일행을 이름으로 부르게 되었고 편하게 수다를 떠는 분위기를 만드는 데 성공했다.

리프트에서 내리자 바인딩을 장착하고 넷이서 달리기 시작했다. 미즈키도 히다도 상당한 실력이었다. 특히 히다는 스피드광인지 눈 깜짝할 사이에 저 멀리 작아져갔다. 그를 뒤쫓듯이 야요이가 타고 내려갔다.

미즈키가 중간에서 멈춰 서서 모모미를 기다려주었다.

"하하하, 역시 꽃게 자세예요." 손뼉을 쳐가며 웃었다.

"그런가?" 모모미는 고개를 갸웃거렸다.

"두 손을 가볍게 펼치는 건 좋은데 손바닥이 위로 향하니까 이상한 거예요. 손바닥을 아래로 향해 봐요. 그러면 괜찮은 자세가 나오고 보드 타는 느낌도 달라질 테니까."

"이렇게요?"

"그렇죠! 네, 그렇게 타봐요."

알려준 대로 해보았다. 위화감은 있었지만 어쩐지 안정적으로 내려가는 듯한 느낌이었다.

"좋아요, 아주 좋아요." 미즈키가 뒤따라왔다. "꽃게는 졸업했네요. 타는 건 상당한 수준에 올랐으니까 이제는 스타일에 주의를 기울여봐요."

"아이, 그렇게 잘 타는 편은 아니에요."

"잘 타는 편이죠. 정확히 판에 올라타고 있어요. 그게 중요하죠. 좋아요, 그런 식으로 단숨에 타고 내려갈까요?" 그렇게 말하고 미즈키는 출발했다.

칭찬을 받고 기분 나쁠 사람은 없다. 모모미는 경쾌하게 깡충 뛰어오르고 그의 궤적을 따라갔다.

리프트 승차장에 도착하자 히다와 야요이가 기다리고 있었다. 미즈키가 히다에게로 가서 뭔가 이야기한 뒤, 모모미 일행 쪽으로 다가왔다.

"우리는 '팀 바꾸기' 쪽에 줄을 설 생각이 없는데, 두 분은 어떠신지요. 다른 멋진 남자를 좀 더 물색해보고 싶으시다면 우리는 깨끗이 포기할 수밖에 없긴 합니다만." 지금까지와는 확 달라진 공손한 말투가 우스웠다.

모모미는 야요이와 마주 보며 고개를 끄덕였다. 기꺼이, 라고 대답했다.

"네에, 그렇게 나오셔야죠." 미즈키는 두 손으로 승리 포즈를 취했다. "좋아요, 오늘을 위해 준비해둔 개그 소재를 아낌없이 쏟아내기로 하죠." 그러고는 스케이팅 자세로 승차장으로 향했다.

그들을 따라가면서 드디어 당첨이 된 건가, 라고 모모미는 생각했다.

3

결국 그 뒤에는 한 번도 팀 바꾸기 쪽에 줄을 서는 일 없이 모모미와 야요이는 계속 미즈키 일행과 보드를 탔다. 오후가 되자 참가자들은 파티 회장으로 이동하라는 알림방송이 나왔다.

파티 회장은 스키센터 안의 휴게실이었다. 하지만 그곳에 가기 전에 모모미는 야요이와 함께 화장실로 향했다. 물론 화장을 고치기 위해서였다.

화장실은 같은 목적의 여자들로 크게 붐볐다. 세면실 거울 앞에 진지한 표정으로 화장을 고치는 얼굴이 줄줄이 늘어서 있었다. 모모미는 자연스럽게 하나하나 품평에 들어갔다. 명백히 20대 초반으로 보이는 여자가 반 가까이나 되었다. 그런 가운데서 30대에 접어든 여자가 어떻게 비칠지 적잖이 불안해졌다. 야요이에게 그런 말을 했더니 시원시원한 대답이 돌아왔다.

"그런 건 괜히 고민해봤자 별 볼일 없어. 그보다 아까 그 두 사람, 어떤 거 같아?"

"호텔에서 근무한다는 사람들?"

"물론 그 사람들이지. 난 그리 나쁘지 않은 거 같은데."

"나도. 대화도 재미있고 자상하기도 하고."

"미즈키 씨, 너무 재미있지? 게다가 그 사람 꽤 미남인 거 같아. 콧날이 반듯하고 턱도 잘 빠졌어."

모모미도 동감이었다. 역시 평소에 사람 얼굴을 접하는 직업인 만큼 둘 다 그런 점에서는 보는 눈이 남다른 것이다.

"히다라는 사람은 어때?"

모모미의 질문에 야요이는 흐음 하고 고개를 갸우뚱했다.

"뭔가 선뜻 감이 잡히지를 않아. 속을 잘 모르겠어. 말을 거의 안 하잖아. 리프트 위에서도 미즈키 씨의 말에 반대하거나 맞장 구치거나, 그것만 하고."

"그래도 야요이 너, 함께 보드 탔잖아."

"어쩌다 보니 그런 거지. 모모미가 미즈키 씨하고 탔으니까. 히다 씨는 진짜 스노보드 선수 급이긴 한데 혼자서 마구 내달리고 나는 그냥 제쳐두는 느낌이었어. 그 사람 여기에 뭐하러 왔는지 모르겠다니까."

"미즈키 씨가 가자고 하니까 그냥 따라와서 여자에게는 별 관심이 없는 거 아닐까?"

"그런 것 같아, 아마도. 하지만 미즈키 씨는 명백히 모모미를 노리는 것 같던데?"

"아이, 그건 아직 모르지. 내 얼굴 보면 실망할지도."

"아니, 그렇지는 않은 것 같아. 하긴 뭐, 보증할 수는 없지만."

"고글 벗은 우리를 보고 뭐라고 할까?"

"아예 아무도 우리한테는 오지 않는다거나?"

"그런 섭섭한 상황이 되면 일찌감치 파티 회장을 나와서 우리 둘이 보드나 타자."

"그래, 그러자."

기대와 불안을 가슴에 품은 채 파티 회장으로 들어갔다. 4인용 테이블이 줄줄이 놓였고 이미 수많은 참가자들이 자리를 잡고 있었다.

모모미 일행이 스노복을 입은 채 멀뚱히 서 있자 한 남자가 뛰어왔다. 상의를 벗고 있었지만 바지 색깔을 보고 알았다. 미즈키였다.

"히노 모모미 씨와 야마모토 야요이 씨, 이쪽입니다. 자, 어서 오시죠. 두 분의 자리를 준비해뒀습니다." 그 목소리도 귀에 익은 것이었다.

두 사람을 안내하는 미즈키의 몸짓이 세련되어서 역시나 호텔에서 일하는 사람답다고 생각되는 구석이 있었다. 그리고 무엇보다 그의 맨 얼굴이 모모미의 가슴을 설레게 했다. 외까풀이지만 시원스러운 눈매가 그녀의 타입에 딱 맞아떨어졌다. 그런 미즈키는 우리 쪽 얼굴을 보고 어떻게 생각할까, 하고 마음에 걸렸다.

패션센스도 나쁘지 않았다. 노란색 티셔츠에 체크무늬 오픈셔츠를 겹쳐 입었고 옷자락은 당연히 바지 위로 꺼내 입었다. 직업상 필요 때문인지 머리를 짧게 잘랐지만 그것도 아주 잘 어울렸다.

모모미 일행이 테이블 좌석으로 다가가자 앉아 있던 남자가 쓱 일어섰다. 전혀 알지 못하는 사람이지만 상황으로 보면 아마도 히다일 거라고 짐작이 갔다. 그의 경우, 바지 색깔조차 모모미의 기억에 남지 않았다.

"어서 앉으세요, 여기, 여기."

미즈키가 권해줘서 모모미와 야요이는 상의를 벗고 자리에 앉았다.

테이블을 끼고 마주하자 미즈키는 모모미와 야요이를 번갈아 보며 "정말 대단하시군요"라고 머리를 깊숙이 숙였다. "미리 각오는 했었지만 역시 두 분은 프로십니다. 프로 겔렌데 마법사. 우리 같은 아마추어는 도저히 못 알아보겠어요. 영락없이 진짜 미인으로만 보입니다. 부디 우리의 무지함을 너그럽게 용서해주십시오. 엇, 너도 어서 머리 숙여." 옆에 있는 히다의 머리를 꾸욱 눌렀다.

아하하하, 하고 야요이가 웃었다.

"진짜 미인으로만 보이다니, 그건 듣기에 따라서는 안 좋은 말이지만, 일단 띄워주는 말로 들어도 되겠죠?"

미즈키가 고개를 들고 상쾌하게 웃었다.

"약간의 립 서비스도 없진 않지만, 말 그대로 받아주시면 되겠습니다. 메이크업에 능숙하다기보다 두 분 다 본바탕이 좋은 거겠죠?" 친근한 말투로 되돌아와 술술 칭찬의 말을 얹어주는 게 얄밉지 않았다.

화술이 보통이 아니네, 틀림없이 여자 다루는 데도 익숙하겠구나, 라고 생각하면서도 모모미는 점점 더 미즈키에게로 마음이 쏠리기 시작했다.

파티 회장에는 간단한 요리와 음료가 뷔페식으로 준비되었다. 미즈키와 히다가 접시에 담아 테이블까지 가져다주었다.

술이 조금 들어가자 미즈키의 말투는 한층 더 매끈해졌다. 그는 자신이 말하는 것뿐만이 아니라 모모미와 야요이의 이야기를 이끌어내는 데도 능숙했다. 직장에서의 별스러울 것 없는 에피소드를 얘기한 것뿐인데 그가 과장되게 물고 늘어져 마지막에는 재미있는 결말로 마무리를 지었다. 덕분에 모모미와 야요이까지 말을 잘하는 듯한 느낌이 들었다.

그런데 한 시간쯤 지난 무렵부터 미즈키의 태도에 미묘한 변화가 보이기 시작했다. 유난히 야요이에 대해 꼬치꼬치 캐묻기 시작한 것이다. 게다가 처음에는 모모미의 정면에 앉았는데 어느 틈엔가 히다와 자리가 바뀌었다.

"야요이 씨는 극단 시키(四季)의 뮤지컬을 좋아하시는군요. 나도 자주 보러 가는데. 가장 좋았던 것은 〈캣츠〉였어요."

"나도 〈캣츠〉는 좋았어요. 근데 가장 좋았던 건 역시 〈오페라의 유령〉인가?"

"그건 상시 공연이니까 당연히 좋지요. 하지만 숨겨진 명작은 역시 〈오버 더 센추리〉예요."

"아, 그건 잘 모르겠네요."

"그럴 거예요. 왜냐면 웬만해서는 상연 자체를 안 하거든요. 아무튼 댄스가 굉장해요." 미즈키와 야요이는 모모미가 끼어들 수 없는 이야기로 한창 신이 나 있었다.

바꿔 탄 건가, 라고 모모미는 생각했다. 야요이가 말했던 대로 처음에는 명백히 미즈키의 타깃은 모모미였을 터였다. 하지만 이제 그의 관심은 야요이에게로 옮겨갔는지도 모른다. 있을 수 없는 일은 아니었다. 야요이도 상당한 미인이다.

저어, 라고 히다가 모모미에게 말을 건넸다. "미식축구, 좋아해요?"

"미식축구?"

"아메리칸 풋볼이라고 하죠. NFL이라든가."

"아, 네……. 저는 별로."

별로, 라기보다 전혀, 였다.

"그래요? 하지만 올해 슈퍼볼은 진짜 재미있었어요. 경기 종료까지 10초가 남았을 때, 패하던 팀이 7점 차로 따라잡았고, 게다가 역전을 노린 온사이드 킥이 성공해서……."

모모미가 전혀 흥미를 보이지 않는데도 히다는 열심히 늘어놓고 있었다. 그 내용은 그녀에게는 횡설수설로 들릴 뿐, 무슨 말인지 알 수 없는 것이었다.

"DVD로 녹화해뒀어요. 그러니까 언제라도 빌려드릴 수 있어요." 이야기를 마치면서 히다는 말했다.

고마워요, 라고 모모미는 답했다. 이 사람, 바보 아닌가, 하고 마음속으로 투덜거렸다.

옆에서는 미즈키와 야요이가 여전히 뮤지컬 이야기를 하고 있었다. 화제가 바뀔 듯한 기미는 보이지 않았다.

별수 없이 히다에게로 시선을 되돌렸다. 미즈키와는 달리, 그는 헬멧에 눌린 머리를 어떻게든 다듬어보려는 발상은 없는 모양이었다. 앞머리가 찰싹 이마에 달라붙었는데도 전혀 신경이 쓰이지 않는 건가.

"왜요?" 히다가 물었다.

"아뇨……. 그 이너웨어, 대단하다 싶어서요."

찬찬히 보니 그는 보호용구를 겸한 내의를 입고 있었다. 딱딱한 쿠션은 착용감이 그리 좋아 보이지 않았다.

"이거요? 스노보드를 탈 때는 역시 이걸 입어줘야 마음껏 활주할 수 있죠. 이 이너웨어, 색깔만 다른 걸로 두 벌이 더 있어요." 히다는 자랑스럽다는 듯이 말했다.

겔팅에 굳이 그런 투박한 옷을 입고 나올 것까지는 없는데, 라고 생각했지만 "대단하시네요"라고 슬쩍 흘려 넘겼다. 히다의 경우, 여자와의 만남은 두 번째 문제고 본인이 속이 시원할 때까지 스노보드를 타는 게 첫 번째 목적인 모양이었다.

그럭저럭하는 사이에 프리토크 시간이 끝나고 처음에 인사했던 남자 MC가 마이크를 들고 나타났다. 이제부터 게임을 시작할 모양이었다. 간단한 설명을 해주었지만, 한마디로 말하자면 가위바위보 대회였다. 남녀가 한 팀이 되어 다른 팀과 대결하는 것이다. 남자들끼리, 여자들끼리, 차례대로 가위바위보를 해서 먼저 2연승을 한 남녀 팀이 이긴다는 규칙이었다.

모모미는 히다와 한 팀이 되어버렸다. 미즈키가 당연한 듯이 야요이를 데려갔기 때문이다.

"좋아, 열심히 해봅시다." 히다가 어깨를 빙빙 돌리면서 힘찬 목소리를 냈다.

가위바위보 대회가 시작되었다. 모모미 팀은 바로 옆에 있던 팀과 겨뤄 간단히 2연승을 거뒀다. 내심 일찌감치 패하고 끝내버리고 싶었지만 이런 때일수록 마음대로 져지지도 않는다.

MC의 지시에 따라 2회전이 시작되었다. 모모미 팀은 다시 이겨버렸다. 미즈키 팀은 졌는지 자리에 앉아 있었다.

3회전이 시작되었다. 설마 했는데 이번에도 이겨버렸다. 문득 깨닫고 보니 남아 있는 건 네 팀뿐이었다. 이번에 이기면 결승 진출이라는 얘기가 된다. 이런 곳에서 남의 눈에 두드러지고 싶지 않은데. 게다가 이런 사람과 한 팀으로—.

라고 생각했는데 그다음 판에서 어이없이 져버렸다. 모모미는 안도했지만 히다는 몹시 억울한 모양이었다. 큰 실수를 했네, 바로 직전까지 가위를 내려고 했는데 왜 갑자기 바꿔버렸는지 모르겠어, 라는 말을 언제까지고 주절거리고 있었다.

이 사람과는 안 맞아, 라고 새삼 생각했다.

가위바위보 대회가 끝나자 다시 슬로프로 나가 스키와 스노보드 활주 타임이었다. 오전과 마찬가지로 미즈키, 히다와 함께 타기로 했지만 모모미의 기분은 크게 달라졌다. 리프트 위에서의 미즈키의 개그도 그다지 재미있게 느껴지지 않았다.

눈 위에 내려서자 미즈키와 야요이는 화기애애하게 출발했다. 그리고 히다는 곁눈 한번 팔지 않고 휙휙 속도를 올려 달려갔다. 모모미는 마이페이스로 달리기로 했다.

4

"자아, 드디어 운명의 시간이 다가왔습니다. 여러분, 각오는 되셨습니까? 만일 아직 각오가 안 된 분이 계시면 꼭 말씀해주세요. 제가 격려와 성원을 보내드릴 테니까요." MC가 기합이 잔뜩 들어간 목소리를 왕왕 울리며 회장 안을 둘러보았다.

모모미 일행을 비롯한 참가자 전원이 파티를 했던 휴게실에 모여 있었다. 넓은 공간을 끼고 남녀 각각 32명이 한 줄로 마주 섰다.

"안 계십니까? 여러분, 이제 됐지요? 네, 그러면 드디어 고백 타임에 들어갑니다. 지금부터 남자들 앞에 장미꽃 바구니를 돌리겠습니다. 마음에 드는 여자가 있는 남자는 장미꽃 한 송이를 들고 점찍어둔 여자 앞에 나가 고백해주십시오. 만일 그 여자에게 고백하고 싶은 또 다른 남자가 있을 경우에는 '아, 잠깐!'이라고 말하고 바구니에서 장미꽃을 뽑아 첫 번째 남자 옆에 나란히 서주십시오. 여자는 고백을 승낙할 경우에는 장미꽃을 받아들고, 그렇지 않을 경우에는 '죄송합니다'라고 대답해주세요. 자아, 아시겠지요?"

장미꽃 바구니를 든 스태프가 남자 쪽 줄로 다가갔다. 첫 번째 남자는 고개를 저었다. 두 번째 남자도 장미꽃에 손을 내밀지 않았다.

"이거 어떻게 된 겁니까, 어떻게 된 거예요? 혹시 거절당할까 봐 두렵습니까? 그래서는 행복을 거머쥘 수 없어요. 자아, 용기를 내서 가봅시다." MC가 힘차게 독려해주었다.

그러자 세 번째 남자가 망설임 없이 장미꽃을 손에 들었다. 오오, 하고 주위가 술렁거렸다. "좋아요, 좋아요, 그렇게 적극적으로 나오셔야죠." MC도 요란하게 흥을 돋웠다.

그 남자는 거침없이 한 여자 앞으로 갔다. 이 단계에서는 상대 여자도 자신에게 온다는 것쯤은 미리 눈치챘을 텐데 새삼스럽게 깜짝 놀란 몸짓을 보이는 건 연기일 것이다.

잘 부탁드립니다, 라고 남자가 장미꽃을 내밀었다. 여자는 잠깐 한 박자 틈을 두었다가 네에, 라고 답하며 꽃을 받아들었다.

"와아, 벌써 커플 탄생이네요. 축하합니다!" MC의 목소리와 함께 박수 소리가 울려 퍼졌다. 모모미도 손뼉을 쳤다.

그런 식으로 커플이 성사되고, 남자가 거절을 당하고, 때로는 "아, 잠깐!"이 나오기도 하면서 고백 타임이 진행되었다. 그리고 마침내 장미꽃 바구니가 미즈키 일행에게로 도착했다.

히다가 장미꽃을 뽑아 손에 들었다. 진지한 얼굴 표정인 채로 모모미에게 일직선으로 다가오고 있었다.

설마, 하고 생각했다. 당신은 스노보드가 우선이고 여자에게는 관심 없는 거 아니었어? 겔팅의 의미를 잘 모르는 거 아닌가. 알았다면 좀 더 제대로 행동했어야지. 미식축구 얘기 따위만 늘어놓지 말고―.

히다가 모모미 앞에 섰다. 눈가가 불그레해져 있었다. 모모미는 미즈키를 흘끗 쳐다보았다. '아, 잠깐!'이라고 말해주지 않을까 하고 기대했지만 그는 빙글거리고 있을 뿐이었다.

"히노 모모미 씨, 잘 부탁드립니다." 히다가 두 팔을 길게 뻗어 장미꽃을 내밀었다.

모모미의 마음에 망설임이라고는 전혀 없었다.

"죄송합니다"라고 머리를 숙였다.

아아, 하는 시들한 웃음 소리가 주위에서 들려왔다.

히다는 풀죽은 얼굴로 미즈키가 서 있는 곳으로 돌아갔다. 그 미즈키는 장미꽃 바구니에 손을 내밀지 않았다.

"뭔가 좀 시원찮았지? 모처럼 맞이한 휴일이었는데 이상한 모임에 데려와서 미안해." 도쿄로 돌아가는 신칸센 안에서 모모미는 야요이에게 사과했다.

"아냐, 나는 즐거웠어. 게다가 모모미에게 고백한 사람이 있어서 다행이야. 애써 참가했는데 남자들에게 우리 둘 다 무시당하면 상당히 비참할 뻔했는데."

"아무리 그래도 히다 씨는 좀……."

"배부른 소리를! 아무도 불러주지 않은 내 심정도 좀 생각해줘야지."

"나는 미즈키 씨가 틀림없이 야요이에게 갈 거라고 생각했는데."

야요이는 슬쩍 손을 내저었다.

"그건 아냐. 미즈키 씨가 그러더라고. 이번에는 철저히 도우미 역할만 할 거라고."

"도우미 역할?"

"히다 씨의 도우미 역할. 자세한 사정까지는 모르겠지만, 그 사람이 최근에 크게 실연을 했다나봐. 그래서 미즈키 씨가 그 사람을 위로해주려고 이번 겔팅을 추천한 모양이야. 히다 씨가 마음에 든 여자가 생기면 철저히 응원해줄 생각이라고 하더라고. 미즈키 씨가 중간쯤부터 모모미에게 거의 말을 걸지 않았지? 그건 히다 씨가 모모미한테 마음이 있다는 걸 알고 조심해준 거야."

"……그랬구나."

야요이는 킥킥 웃었다.

"미즈키 씨가 투덜거리더라고. 어렵사리 밥상을 차려줬는데도 히다 녀석은 여자 다루는 게 영 서툴러서 진짜 난감하다나? 미식축구니 슈퍼볼이니, 상대가 별로 관심도 없는 얘기만 늘어놓고, 대체 어쩌자는 건지 모르겠다고 답답해하더라고."

"우리 얘기, 다 듣고 있었던 모양이네?"

야요이와 신나게 뮤지컬 이야기를 한다고 생각했었는데 미즈키는 친구의 동향에 계속 신경을 쓰고 있었던 것이다.

"미즈키 씨, 좋은 사람이구나." 저도 모르게 입 밖에 나온 말이었다.

"응. 근데 그 사람, 요주의 인물이야. 틀림없이 여자 친구도 있을 거고, 히다 씨와는 정반대로 여자 다루는 데는 아주 선수야. 섣불리 관계를 맺었다가는 뜨거운 꼴을 당할 수도 있어." 그렇게 말하며 야요이는 가방에서 티켓 두 장을 꺼냈다. "아까 올 때, 미즈키 씨가 이거 주던데."

모모미는 한 장을 받아들었다. 점심 무료티켓이었다. 미즈키와 히다가 근무하는 호텔에서 쓸 수 있는 모양이었다.

"둘이 꼭 한번 와서 이용해달라고 했어. 히다 씨에게 '죄송합니다'라고 했던 것은 걱정하지 않아도 된대. 미즈키 씨 얘기로는, 그 사람이 워낙 재기가 빠른 편이라 괜찮을 거래."

"응⋯⋯."

이런 빈틈없는 행동력이 히다에게 반만이라도 있었다면 결과는 조금 달라졌을지도 모르는데, 라고 모모미는 티켓을 들여다보며 생각했다.

5

모모미와 야요이가 점심티켓을 들고 호텔 정면 현관을 들어선 것은 4월 초였다. 한번 가보자고 생각하면서도 직장에서 거리가 꽤 멀었기 때문에 미루고 미루다가 유효기간이 코앞에 닥친 것을 알고 서둘러 찾아온 것이다.

로비를 걸으면서 모모미는 묘한 느낌을 품었다. 이곳에서 미유키를 만났던 것이 지난달이다. 하지만 아주 오래 전인 듯한 느낌이 들었다. 그때 그녀에게서 겔팅 팸플릿을 받지 않았다면 오늘 이런 식으로 찾아올 일도 없었다. 그리고 그 미유키는 이제 이곳에는 없었다.

호텔 안에 어떤 레스토랑이 있는지 사전에 인터넷으로 검색해 보았다. 야요이와 둘이 상의해서 일식으로 하기로 정했다. 일본 요리점은 4층에 있는 모양이라서 엘리베이터를 탔다.

요리점 앞에 가보니 런치메뉴가 내걸려 있었다. 그 내용이 인터넷 검색과 똑같다는 것을 확인하고 안으로 들어갔다.

"어서 오십시오." 계산대 옆에 서 있던 검은 옷의 남자가 다가왔다.

"저어, 이거 쓸 수 있을까요?" 야요이가 티켓을 내밀었다.

"잠깐 보여주시겠습니까?"

네에, 라고 야요이는 티켓을 남자에게 건넸다.

남자는 쓱 들여다보더니 곧바로 고개를 끄덕였다.

"네, 물론 이용하실 수 있습니다. 오늘의 메뉴는······." 거기까지 막힘없이 얘기한 참에 갑자기 말을 끊었다. "엇, 두 분은?"

그제야 모모미는 상대의 얼굴을 찬찬히 보았다. 모르는 사람이 었다. 하지만 어디선가 본 적이 있는 듯한 느낌도 들었다.

앗, 하고 야요이가 목소리를 높였다. "히다 씨?"

네, 라고 남자는 웃는 얼굴로 고개를 끄덕였다.

"야마모토 야요이 씨와 히노 모모미 씨지요? 지난번에는 실례 가 많았습니다." 정중히 고개를 숙였다.

모모미는 할 말을 잃었다. 눈앞에 있는 사람은 분명 히다였다. 하지만 스키장 겔팅 때와는 분위기가 전혀 달랐다. 검은 정장이 며 단정한 머리스타일 때문만이라고는 생각되지 않았다.

"이 티켓, 우리 호텔의 미즈키가 드린 것이군요?" 히다가 물었 다. 온화하지만 발음이 또렷한 말투도 그때와는 전혀 달랐다.

맞아요, 맞아요, 라고 야요이가 대답했다. 목소리가 들떠 있 었다.

"잘 오셨습니다. 지금 바로 좌석에 안내해드리겠습니다. 자아, 이쪽으로." 얼굴을 살짝 기울이고 오른손으로 안쪽을 가리켰다.

그런 별스러울 것 없는 동작에서조차 기품이 느껴졌다.

히다의 안내를 받아 두 사람은 테이블 석에 앉았다.

"이쪽이 런치메뉴입니다. 먼저 음료수라도, 어떠십니까?" 그렇게 말하고 히다는 허리를 살짝 숙이더니 목소리를 낮춰 뒤를 이었다. "괜찮으시다면 제가 잔 샴페인을 대접해드리고 싶은데요. 낮 시간이라 술은 좀 어렵다고 하신다면 뭔가 다른 것으로 준비하겠습니다."

야요이가 어떻게 할까, 라고 묻는 눈빛을 던져왔다. 모모미는 괜찮다고 대답하는 대신 고개를 끄덕였다.

"그러면 부탁드릴게요." 야요이가 대답했다.

"네, 알겠습니다." 고개 숙여 인사하고 히다는 테이블을 떠났다.

요리점 안을 씩씩하게 걸어가는 그에게서 모모미는 눈을 뗄 수가 없었다. 그때의 무신경하고 둔해빠진 스노보더와 동일인물이라고는 도저히 생각할 수 없었다.

"얘, 모모미." 야요이가 슬쩍 그녀를 불렀다. "와우, 깜짝 놀랐어."

응, 하고 모모미도 고개를 끄덕였다. "진짜 놀랍다."

"완전 딴사람 같이 변했잖아."

"진짜."

모모미는 다시 그의 모습을 눈으로 찾고 있었다.

'겔렌데 마법'이라는 말이 생각났다. 겔렌데에서 만나면 이성이 실제보다 몇십 퍼센트쯤 더 멋있어 보이는 현상을 말한다. 고글로 얼굴을 확인하기 어렵다든가 스키복으로 몸매를 가릴 수 있다든가 스키나 스노보드의 실력을 보고 눈이 어두워지기 때문이라는 등의 이유가 있다고 한다. 눈밭에서 도움을 받고 자상한 배려를 받다보면 마음이 움직인다, 라는 것도 있다.

하지만 히다는 그 반대였다. 겔렌데에 가면 이성으로서의 매력이 오히려 반감되는 매우 희귀한 개성의 소유자였던 것이다. '역변 겔렌데 마법'이라고나 해야 할까.

"모모미, 얘, 모모미." 다시 야요이가 작은 소리로 불렀다. "너, 눈이 하트 모양이 됐어."

헉 하고 숨을 삼키며 모모미는 가슴을 지그시 눌렀다.

히다가 돌아왔다. 모모미와 야요이 앞에 샴페인 잔을 놓고 익숙한 손놀림으로 따르기 시작했다. 모모미는 그의 얼굴을 마주 바라볼 수 없었다.

유리잔 속에서 춤추는 가느다란 거품을 바라보며 뭔가가 시작된다는 예감을 품었다.

스키 가족

1

고속도로에서 내려와 일반도로를 30분쯤 달렸을 무렵부터 눈발의 기세가 더해지기 시작했다. 3월이라고 해도 대설 지역은 걸핏하면 이런 식이라 방심할 수가 없다. 쓰키무라 하루키는 속도를 늦추고 신중하게 핸들을 조종했다. 전방에 제설차가 가고 있었다. 대향차선을 확인하고 때를 노려 추월한 다음에 원래 차선으로 다시 들어갔다. 타이어가 약간 미끄러졌지만 허둥거릴 정도는 아니었다.

호오, 하고 뒷좌석에서 쓰치야 데쓰로가 감탄의 소리를 냈다.

"대단하네. 역시나 눈의 고장에서 자란 사람답구먼. 눈길 운전에 아주 익숙해."

"뭘요, 그 정도는 아니에요."

분명 쓰키무라 하루키의 출신지 후쿠시마현에는 설산이 많지만 그가 태어난 곳은 평지라서 눈의 고장에서 자랐다는 것은 적합하지 않은 말이었다. 하지만 그런 자세한 얘기는 하지 않고 그냥 넘어가기로 했다. 눈길 운전에 익숙한 것에는 또 다른 이유가 있기 때문이지만 그런 얘기를 여기서 할 수는 없었다.

"그나저나 희한하네. 그런데도 스키는 거의 타본 적이 없다니. 눈의 고장에서는 아이들의 체육 수업으로 반드시 스키를 타야 한다고 들었는데." 데쓰로가 뭔가 석연치 않다는 기색의 목소리를 냈다.

"아빠, 또 그 얘기예요? 그건 하루키 씨가 몇 번이나 얘기했잖아요. 대체 몇 번을 얘기해야 속이 시원할까." 조수석에서 마호가 부루퉁하게 말했다. "미안해, 하루키 씨. 대답 안 해도 돼. 운전에 집중해야지."

"나는 괜찮아. 전에도 말씀드렸던 것 같은데, 수업이 가능할 만큼 가까운 스키장이 없었어요. 그래서 스키를 탈 기회도 없었고……."

"아, 그랬던가? 거참, 아쉽구먼. 나였다면 주말마다 차를 몰고 달려갔을 텐데."

"안타깝게도 운전면허를 땄을 때는 이미 도쿄에 있었거든요."

"그러면 눈길에 운전하는 건 귀성 때 정도인가?"

"네, 그렇죠."

"전에 사돈과 얘기할 때, 우리 아들은 전부터 고향집에는 영 내려오지 않는다고 하시던데 말이야. 1년에 한 번이라고 하셨던가. 그런데도 이렇게 눈길 운전에 익숙해질 수 있나?"

"그 단 한 번의 귀성 때마다 시장에도 가고 이런저런 심부름도 해야 하니까요, 네."

설명이 점점 힘들어졌다. 이제 슬슬 이 화제는 마무리해주셨으면, 하고 쓰키무라는 마음속으로 빌었다.

흐흠, 하고 데쓰로가 코를 울렸다.

"눈의 고장에서 자랐으니 아마 눈에 대해서는 누구보다 잘 알겠지. 그러니 약간의 경험만으로도 눈길 운전이 척척 되는 게야. 응, 틀림없어." 자신을 납득시키려는 듯이 말했다.

묘하게 맞장구를 쳤다가 얘기가 길어지면 귀찮다. 쓰키무라는 입을 꾹 다물기로 했다.

"그나저나 하루키가 운전을 해주니 얼마나 다행이에요. 당신, 앞으로는 편하게 다닐 수 있겠어요." 뒷좌석에서 또 한 사람, 쓰키무라에게는 장모님에 해당하는 사유리가 말했다.

"그건 그렇지. 덕분에 편하고말고. 전에는 네다섯 시간을 운전해도 별로 힘들지 않았는데 역시 나이는 못 속인다니까. 요즘 좀 힘에 부치기 시작하던 참이야."

"작년에 우리 둘이서 갔을 때, 내년에는 신칸센을 이용하자고 했었죠."

"그랬지, 그랬지. 하지만 우리 둘뿐이라면 또 모르지만 네 명이라면 얘기가 달라져. 신칸센을 이용하는 건 너무 호사스럽지. 게다가 스키라는 건 으레 다 함께 차를 타고 가는 게 정석이야. 그게 더 싸게 먹히고, 번거롭게 갈아타고 이어타고 하지 않아도 되고, 무엇보다 재미있잖아. 우리는 그러려고 차를 바꿀 때는 항상 사륜구동으로 선택하잖아. 그나저나 정말로 고맙네. 운전을 해야 하는 하루키에게는 큰 민폐인지도 모르겠네만."

"아뇨, 그렇지 않습니다. 제가 도움이 되어서 너무 좋죠."

"감사인사라고 하면 좀 그렇지만, 스키에 대해서는 걱정할 거 없어. 내가 기초부터 제대로 가르쳐줄 테니까. 괜찮아, 내가 이래 봬도 스키 가르치는 데는 꽤 자신이 있어. 나한테 배워서 스키 자격시험에 합격한 사람이 몇 명이나 된다니까."

"대단하시네요. 저도 잘 부탁드립니다." 쓰키무라는 틀에 박힌 인사치레처럼 들리지 않게 말에 억양을 붙였다.

그나저나 이것 참, 이라고 데쓰로가 우울하게 들리는 목소리로 투덜거렸다. "사토자와온천 스키장이라는 게 영 마음에 안 든단 말이야."

"당신은 또 그 소리예요? 끈덕지기는." 사유리가 어이없다는 듯이 말했다. "이제 어지간히 좀 포기하시지. 숙소가 잡히지 않아서 어쩔 수 없었잖아요."

"이 시기에 설마 그런 상황일 줄은 생각도 못했지 뭐야. 좀 더 서둘러서 예약을 했어야 하는데 내가 큰 실수를 했어."

"좋잖아요, 사토자와온천도? 괜찮은 스키장이라던데."

"그건 알지. 꽤 오래 전에 딱 한 번 가본 적이 있어. 원체 넓은데다 코스가 변화무쌍하고 설질도 아주 좋아. 단지 그게 좀……."

데쓰로가 떨떠름해하는 것은 그가 원래 가려던 곳이 다른 스키장이었기 때문이다. 그쪽 스키장에는 지금 가는 사토자와온천 스키장에는 없는 큰 특징이 있었다.

그 특징이란 슬로프 전체가 스키 전용이고 스노보드는 활주 금지라는 것이었다.

"아빠처럼 스키 전용만 원했다가는 앞으로 갈 수 있는 스키장이 없을 거예요." 마호가 부루퉁하게 말했다. "이제 그만 포기하시는 게 좋다니까 그러네."

데쓰로가 큰 소리로 혀를 끌끌 찼다.

"그래도 좀 이상하잖아. 명색이 스키장인데 무엇보다 스키를 우선해야 할 게 아니냐고. 애초에 스키를 즐기기 위해 만들어진 시설이야. 그런 이상한 녀석들이 설치고 다니게 놔두는 것은 아무리 경영이 힘들어졌다고 해도 자부심을 상실한 짓이지. 최소한 활주 장소만이라도 제한해야 돼. 그 녀석들 때문에 스키 타는 사람들이 얼마나 큰 피해를 입는지 알기나 해?"

"또, 또, 시작이시네." 마호가 지겹다는 듯이 중얼거렸다.

"마호 너도 부딪혔던 적이 있었잖아."

"그런 옛날 일을 들춰내시고……. 그건 내가 잘못했던 거예요. 내가 뒤에서 달렸으니까."

"아니, 그게 아니지. 너는 제대로 잘 달렸어. 근데 그쪽이 앞을 가로질러 가려고 했지. 내가 처음부터 다 지켜봤어."

"어느 정도는 별수 없어요. 백사이드 턴을 할 때 스노보더는 뒤쪽을 살펴보기가 어렵거든요. 그런 점을 고려하지 않은 내가 잘못이었죠."

"고려하다니, 왜 우리가 그런 것까지 신경을 써줘야 해?"

"그래도 스키장에서는 타인을 배려해주라고 아빠가 항상 얘기했잖아요."

"그건 상대가 스키어일 경우야. 스노보더는 배려해줄 필요 없어."

"어휴, 그건 일방적인 횡포예요."

"마호, 너 유난히 스노보더 편을 들어주는 거 같다? 어떻게 된 거야, 설마 스노보드를 타볼 생각인 것은 아니지?"

"그런 생각은 안 하지만……." 마호는 어물어물 말끝을 흐렸다.

"뭐야, 대답이 영 시원찮네. 미리 말해두겠지만 결혼했다고 해서 쓰치야 가의 가훈을 버려도 되는 건 아니야."

"가훈이라니, 과장도 심하시네. 아빠가 마음대로 정한 거잖아요."

"가훈을 정하는 것은 가장으로서의 역할이야. 쓰치야 가문 사람은 스키를 탄다. 그리고 스노보드 따위는 절대로 타지 않는다. 잊지 마."

"네네, 알아 모시겠습니다."

"대답이 뭐냐, 그게? 정말로 알아들은 거야? —이보게, 하루키, 잘 감시해주게나. 우리 딸이 조금만 눈을 떼면 금세 이상한 것에 손을 내민다니까. 스노보드 타고 싶다는 얘기를 꺼내더라도 절대로 허락해서는 안 돼."

"아버님, 제가 잘 몰라서 여쭤보는 건데요." 쓰키무라는 슬쩍 입을 핥고 신중하게 첫머리를 뗐다. "스노보드가 그렇게 좋지 않습니까?"

"좋지 않고 말고 할 정도가 아니야. 그건 악이야. 불량한 놈들이나 하는 짓이라고."

"하지만 스노보드는 동계올림픽 경기 종목에도 올랐는데요."

"그게 잘못이라는 게야." 데쓰로가 씁쓸한 듯이 말했다. "그런 것을 스포츠로 인정해서는 안 돼. 하프파이프[1] 라는 게 있지? 그건 곡예 이외에 아무것도 아니야. 그런 건 서커스단에 가서 하면 될 거 아니냐고."

하지만 최근에는 스키 하프파이프도 있는데요, 라고 말하고 싶은 것을 쓰키무라는 지그시 참았다.

"하루키, 자네는 잘 모르겠지만 그 녀석들 옷차림을 보면 정말

---

1 half-pipe. 파이프를 세로로 자른 듯한 반원통형 슬로프. 점프와 회전 등의 공중연기가 가능하다.

어이가 없어. 완전히 양아치 건달이야. 지금 미리 말해두겠네. 만일 아이가 생기더라도 반드시 스키를 가르치라고는 하지 않겠어. 그건 자네 부부가 결정할 일이야. 하지만 스노보드만은 안 돼. 그것만은 명심해주게."

네, 명심하겠습니다, 라고 쓰키무라는 전방에 시선을 향한 채 대답했다. 사토자와온천 스키장이라는 표지판이 보였다. 쓰키무라가 가장 좋아하는 스키장이다. 지난달에도 직장 동료들과 함께 왔었다.

단 스노보더로서―.

2

쓰키무라 하루키와 쓰치야 마호는 도쿄 시내의 호텔에서 근무하고 있다. 즉 직장 동료다. 교제한 지 반년 만에 결혼하기로 결정했다.

마호의 본가는 가나가와현 후지사와에 자리잡고 있지만, 쓰키무라가 처음 인사하러 갈 때, 실은 중요한 이야기가 있다고 마호가 털어놓았다. 평소에는 활발하고 아무튼 명랑해서 동료들에게 4차원 소녀로 취급받는 그녀가 웬일로 몹시 심각해 보이는 얼굴이어서 쓰키무라는 불안해졌다.

중요한 이야기라는 것은 마호의 아버지에 관한 것이었다.

열렬한 스키 마니아로 한 시즌에 열 번쯤은 스키장에 간다고 했다. 마호가 어렸을 때는 겨울과 봄에 온 가족이 함께 스키 여행을 떠나는 것이 항례행사였다. 즉 쓰치야 가는 스키 가족인 것이다.

그 이야기를 듣고 쓰키무라는 적잖이 놀랐다. 마호에게 스키 경험이 있다는 말은 들었지만 설마 그렇게까지 대단한 마니아 집안인 줄은 생각도 못했기 때문이다. 그녀와는 몇 번이나 스키장에 갔었다. 하지만 항상 둘이서 스노보드를 탔을 뿐이다. 다만 그녀는 스노보드는 그리 능숙한 건 아니었다.

실은 스키라면 상당히 잘 타는 편이라고 마호는 말했다. 어릴 때부터 아버지에게서 배운 덕분에 어떤 지형이라도 어려움 없이 탈 수 있는 모양이었다. 하지만 비슷한 또래 친구들이 모두 스노보드를 타는 쪽이었기 때문에 마호도 그쪽으로 바꾼 것이라고 했다.

근데, 라고 마호는 목소리를 낮춰 말을 이었다. 내가 스노보드를 탄다는 것은 아버지에게는 비밀이야, 라고.

왜냐면 아버지가 스노보드라면 질색을 하며 반대했기 때문이다. 스노보드 얘기만 나오면 험담이 줄줄줄 멈추지를 않고, 스노보드가 텔레비전 화면에 나오면 즉각 채널을 돌려버린다는 것이다.

그래서 쓰키무라가 스노보드를 가장 중요한 취미로 즐긴다는 것은 우선 말하지 않는 게 좋다, 라고 마호는 당부하는 것이었다.

"스노보드를 타면 안 된다는 게 아니라 스노보드 탄다는 것을 아빠에게 말하지 않으면 되는 것뿐이야. 아빠 엄마와 따로 살 테니까 들킬 일도 없고, 아무 문제없어."

마호의 주장에 쓰키무라도 납득했다. 결혼 승낙을 얻기 위해 상대의 부친을 만나는 것만 해도 긴장되는 일이다. 굳이 그쪽에서 불쾌하게 생각하는 얘기를 꺼낼 필요는 없다.

그리고 얼마 뒤에 쓰키무라는 마호의 부모님에게 인사를 하러 갔다. 부친 데쓰로는 듣던 대로 고집이 강해 보이는 인물이었지만, 다행히 쓰키무라를 마음에 들어하는 기색이었다. 그가 후쿠시마현 출신이라는 것을 알고는 당장 스키 얘기부터 꺼냈다. 반다이산과 아이즈고원 스키장 이름을 대면서 가본 적이 있느냐고 물은 것이다.

그런 스키장에는 가본 적이 있었다. 하지만 스노보드를 타러 갔던 것이다. 따라서 쓰키무라로서는 가본 적이 없다, 라고 대답할 수밖에 없었다.

아쉽네, 라면서 데쓰로는 떨떠름한 표정을 지었다. 스키는 안 하는가, 라고 물었다.

거의 해본 적이 없다고 대답했다. 실제로 그랬기 때문이다. 그러자 데쓰로는 다음과 같이 말했다.

"마호에게서 들었을 테지만 우리는 스키 가족이야. 예전에는 온 가족이 스키 여행을 가는 것이 해마다 항례행사였어. 자네도 시작해보는 게 어떻겠나."

그 말에 대해, 저는 스포츠에는 소질이 없어서 관두겠습니다, 라고 분명하게 거절을 했더라면 좋았을지도 모른다. 하지만 어쨌거나 상대는 약혼자의 부친이다. 딱 잘라 거절하는 식으로 대답할 수는 없다고 생각했다. 그래서 저도 모르게 가볍게 튀어나온 말이 "네, 기회가 닿는다면 꼭 가르쳐주십시오"라는 것이었다.

그 말을 후회한 것은 그로부터 약 1년 뒤였다. 결혼하고 넉 달이 지난 참이다. 저녁을 먹는데 마호가 일이 귀찮게 되었다, 라고 한 것이다.

"그때 하루키 씨가 한 말을 진심으로 받아들이고 아빠가 스키 여행 수속을 하겠다는 거야. 하루키 씨의 시간에 맞춰줄 테니까 일정을 물어보라고 하셨어."

깜짝 놀라버렸다. 정말 일이 귀찮게 되고 말았다. 하지만 마호가 두 손을 맞대고 미안하다고 하는데 투덜거릴 수도 없었다. 자업자득이기도 한 것이다.

"어쩔 수 없으니까 이번만 함께 가도록 하자. 거기 가서 스키를 배우는 게 너무 힘들다, 라는 이유를 대고 다음부터 나는 빼달라고 하면 되겠지."

"응, 그게 좋겠어. 그리고 또 한 가지 부탁이 있어."

스키장까지 운전을 해줄 수 있겠느냐, 라는 것이었다. 지금까지는 아빠가 운전을 했는데 이제 나이도 있고 슬슬 걱정스럽다고 엄마가 말한 모양이었다.

"그 정도야 할 수 있지. 눈길 운전에는 익숙해졌으니까."

마호와 둘이서 스노보드 여행을 할 때는 대부분 차로 다녔다.

단 그런 얘기도 해서는 안 되는구나, 라고 쓰키무라는 한숨을 내쉬었다.

3

"시선이야, 시선! 고개를 숙이면 안 돼! 먼 곳을 봐야지. 먼 곳이라고, 먼 곳!"

데쓰로의 고함 소리가 울렸다. 하라는 대로 먼 곳을 보려고 쓰키무라는 상체를 급하게 세워버렸다. 그 순간, 중심이 뒤로 쏠리는 것이 스스로도 느껴졌다. 스키 판은 앞으로 빠져나가고 몸만 남겨졌다.

"아차차, 큰일이다."

제대로 서보려고 했지만 이미 때늦은 일이었다. 쓰키무라는 요란하게 엉덩방아를 찧었다. 하필 그곳만 묘하게 얼음판이 만들어져 있었다. 꼬리뼈를 세게 부딪치면서 격통이 엉덩이에서 머리끝까지 훑고 지나갔다.

"제기랄, 왜 이렇게 안 되지?" 답답함에 저도 모르게 투덜거리는 소리가 새어나왔다.

스키 폴을 이용해 일어서려는 참에 데쓰로가 스키를 타고 옆으로 다가왔다.

"안 되겠네, 자꾸 발밑을 보고 있어. 시선을 좀 더 멀리 두어야 해. 시선을 올린다고 몸까지 세우라는 게 아니야. 몸은 전경 자세(前傾 姿勢)를 유지한 채 시선만 올려야 한다고. 안 그러면 방금처럼 몸이 뒤로 쏠려서 스키 판을 제어할 수 없게 돼."

"네, 알고 있습니다." 쓰키무라는 대답했다. 그저 입에 발린 소리가 아니라 정말로 알고는 있었다. 왜냐하면 원리는 스노보드도 똑같기 때문이다.

"하긴 다 알면서도 도무지 마음먹은 대로 되지 않는 게 스키야."

맞는 말이라고 쓰키무라는 마음속으로 동의했다. 스노보드를 처음 시작했을 때도 그랬었다.

저어, 라고 머뭇머뭇 입을 열었다.

"스키 판을 딱 맞춰서 달리는 건 아무래도 너무 빠른 것 같습니다. 좀 더 익숙해질 때까지 보겐[1] 자세로 탔으면 하는데요."

보겐 자세라면 그나마 조금쯤은 탈 수 있을 것이다.

---

1 bogen. 스키 회전 기술의 하나로, 스키 판의 뒤쪽 끝을 V자형으로 벌리고 속도를 줄이면서 도는 것을 말한다.

"그게 무슨 소리인가!" 데쓰로는 답답하다는 듯 목소리를 높이며 스키 폴을 눈에 쿡 꽂았다. "그런 소리를 하다가는 아무리 오래 타도 보겐 자세밖에 못하게 된다니까. 어린애라면 또 모르지만 다 큰 성인인데 좀 더 과감하게 도전해야지. 자, 다시 한번 해봐."

예에, 라고 목을 움츠리며 쓰키무라는 슬금슬금 타고 내려가기 시작했다.

"자세가 그게 뭐야! 허리가 뒤로 빠졌어." 뒤쪽에서 데쓰로의 질타가 날아왔다. "그래, 거기서 턴이야. 턴이라니까! 무게중심을 한껏 앞으로 기울여. 앞이야, 앞!"

쓰키무라는 앞쪽으로 중심을 이동하려고 했다. 그런데 아무리 해도 제대로 되지 않았다. 스키 판 앞쪽 끝이 경사면의 아래쪽을 향한 참에 몸이 뒤로 쏠리는 게 스스로도 느껴졌다. 폭주를 시작한 스키 판을 어떻게도 제어할 수 없었다.

데쓰로의 고함 소리가 날아왔지만 무슨 말인지도 알아듣지 못했다. 혼란스러운 상태로 다시 콰당 넘어져버렸다.

"아이쿠……." 힘없는 목소리가 입 밖으로 새어나왔다. 이번에는 곧바로 일어날 기력도 없었다.

주저앉은 채 무심코 저 먼 곳에 시선을 던졌다. 비압설 코스를 스노보더들이 달리고 있었다. 눈보라를 피워 올리며 실로 상쾌한 기분을 만끽하는 것 같았다. 분명 환성을 올리고 있을 게 틀림없었다.

누군가 다가와 바로 옆에서 멈췄다. 어차피 데쓰로일 것이라고 생각했는데, 아니었다. 노란 스키복 차림의 마호였다.

"하루키 씨, 괜찮아?" 걱정스러운 듯 이쪽을 들여다보았다.

"응, 그럭저럭." 그녀의 손을 빌려 몸을 일으켰다. "장인어른은?"

"하루키 씨를 좀 쉬게 해주라고 말했더니 아빠는 먼저 레스토랑에 가 있겠대."

"그렇구나. 어휴, 살았다."

"미안해, 이상한 일에 끌어들여서."

"이상한 일이라고는 생각하지 않지만, 스키는 역시 어렵다."

"나는 스노보드가 훨씬 더 어렵던데."

"어느 쪽을 먼저 시작했느냐에 따라 달라지는 것 같아." 쓰키무라는 다시 저 멀리 경사면을 바라보았다. 여러 명의 스노보더가 활주하고 있었다. "아, 나도 스노보드로 파우더 존을 쌩쌩 달리고 싶다."

"괴롭겠지만 잠시만 참아줘."

"응, 알았어."

마호가 출발해서 쓰키무라도 그 뒤를 따랐다. 잘 탄다고 하더니만 정말로 마호의 활주는 상당한 실력이었다. 쓰키무라의 보겐 자세로는 도저히 따라잡을 수 없었다.

4

레스토랑에 가보니 휴일인 만큼 사람들로 상당히 북적거렸다. 긴 테이블이 줄줄이 놓였지만 빈곳이라고는 없었다. 그나마 데쓰로와 사유리가 자리를 확보하고 기다리고 있었다.

"오래 기다리셨지요?" 헬멧을 벗으며 쓰키무라는 사과했다. 얼굴이 땀으로 흠뻑 젖었다.

하핫핫, 하고 데쓰로가 유쾌한 듯 웃었다. "아주 녹초가 된 모양이구먼."

"네, 힘들어요. 완전히 지쳤어요."

"처음에는 누구나 다 그래." 그렇게 말하고 데쓰로는 바로 옆 테이블로 시선을 옮기며 미간에 주름을 잡았다. "이봐, 여기 있는 물건, 자네들 것이지? 이런 식으로 어질러놓으면 다른 사람이 앉을 수가 없지. 자기 손 밑에 두도록 해." 옆에서 담소하던 젊은이들에게 말을 건넸다.

그곳에 장갑이며 고글이 있었던 것이다. 젊은이들은 죄송합니다, 라고 목을 움츠리며 물건을 자기들 쪽으로 끌어갔다. 아직 10대나 20대 초반일 것이다. 잔소리꾼 아저씨, 라는 식으로 생각했을 게 틀림없다.

데쓰로는 젊은이들의 발치를 내려다보고 입을 ㅅ자로 비쭉였다.

"역시 스노보드 타는 녀석들이야." 목소리를 낮춰 말했다. "저 놈들, 아무튼 매너가 형편없어."

쓰키무라는 말없이 고개를 갸우뚱했다. 아닌 게 아니라 옆에 앉은 젊은이들은 약간 배려가 부족한 것 같았다. 하지만 그것과 스노보드와는 관계가 없다. 단지 인간성의 문제다. 실제로 스키어 중에도 그들과 마찬가지로 짐을 늘어놓고 테이블을 필요 이상으로 차지하는 자들도 있다. 하지만 그런 말을 해봤자 데쓰로의 기분이 더욱 악화될 것 같아 굳이 입 밖에 내지는 않았다.

"하루키, 저것 좀 봐, 저 꼬락서니." 데쓰로가 입을 툭 내밀고 턱으로 가리켰다.

쓰키무라는 그쪽으로 시선을 던졌다. 스노보더 두 명이 레스토랑에 들어서는 참이었다.

"무슨 문제라도 있습니까?" 쓰키무라가 물었다.

데쓰로는 불만스러운 듯 미간을 좁혔다.

"저 꼴을 좀 보라고. 바지를 칠칠맞게 내려 입었잖아. 안 그래도 헐렁한 바지를, 저런 꼴로 용케도 걸어 다니지 뭐야."

아하, 하고 쓰키무라는 그제야 이해했다. 스노보더 특유의 엉덩이에 걸쳐 입는 스타일이 눈에 거슬리는 모양이었다.

"그것도 나름대로 괜찮은데?" 마호가 말했다. "일종의 패션이라니까."

"뭐가 패션이야? 칠칠맞게. 내가 보기에는 불량기를 고스란히 드러내고 다니는 꼴이야." 얼굴을 일그러뜨리며 데쓰로는 내뱉었다.

그때였다. 헬멧과 캔 커피를 손에 든 체격 좋은 남자가 데쓰로 옆에 다가와 죄송합니다, 라고 말을 건넸다. "여기, 비었습니까?" 옆의 의자를 가리켰다.

"응, 비었어요." 그렇게 말하고 데쓰로는 흘끗 남자의 발치로 시선을 떨구었다. 스키어인지 스노보더인지 확인해본 것이다.

남자는 의자를 당기고 상의를 벗어 등받이에 걸치더니 자리에 앉았다. 나이는 30대 중반 정도일까. 그 발의 움직임을 보면 명백히 스키 부츠를 신고 있었다.

캔 커피의 풀탭을 당겨 그야말로 맛있다는 듯 한 모금 마시고 남자는 눈밭에서 가무잡잡하게 탄 얼굴을 쓰키무라 일행 쪽으로 향했다. "온 가족이 함께 스키 여행을 오신 것 같네요?"

"예에, 뭐, 온 가족이라고 할까……." 쓰키무라가 대답했다.

"그야 물론 가족이지." 데쓰로가 쓴웃음을 지었다. "우리 사위예요. 스키를 별로 타본 적이 없다고 해서 그렇다면 배워보자고 데려왔어요. 우리는 예전부터 스키 가족이라서." 남자에게 설명했다.

"그렇습니까. 실은 조금 전에 멀리서 지켜봤는데 좀 이상하긴 하더라고요. 스키에 익숙한 가족처럼 보이는데 딱 한 분만 초보자가 섞여 있어서 좀 의아했습니다. 이제야 수수께끼가 풀렸네요." 남자는 싱글벙글하면서 말했다. "그나저나 참 부럽습니다. 부모님께서는 앞으로 점점 더 스키 여행이 즐거워지시겠는데요?"

"그렇게 기대하고 있는데 그러자면 사위가 열심히 해줘야지요, 와하하핫." 기분이 좋아진 데쓰로가 웃으면서 대답했다. 스키어를 상대로 하면 그 즉시 친절해지는 것이다.

"그야 금세 실력이 늘겠지요. 일단 가르치는 분이 워낙 훌륭하시니까요." 그렇게 말하고 남자는 데쓰로 쪽을 향했다. "스키 타시는 모습을 제가 좀 지켜봤는데 상당한 실력이더군요. 본격적인 경기 스키를 하신 것 아닙니까?"

아니, 아니, 라고 데쓰로가 손을 내둘렀다.

"작은 대회에는 몇 번 나간 적이 있지만 도저히 경기라고 할 수준은 아니에요. 게다가 아주 옛날 일이라 지금은 그저 마이페이스로 즐기는 것뿐이죠."

"그러십니까. 아까 타시는 것을 보니 영락없이 예전에 선수로 활동하신 실력이던데요."

"고맙군요. 뭐, 젊은 시절에는 상당히 엄격한 훈련을 받았죠."

"그러시겠죠. 안 그러고서는 그만한 실력은 나올 수가 없어요."

아이, 뭘, 이라고 데쓰로는 겸연쩍은 듯이 웃었다. 칭찬을 받고 그리 싫지만은 않은 눈치였다.

"혼자 오셨어요?" 사유리가 옆에서 남자에게 물었다.

"그렇습니다. 오늘 제가 오프라서요, 오랜만에 느긋하게 즐겨 볼까 하고요."

"오프, 라는 건 무슨……?" 데쓰로가 물었다.

"평소에는 이 스키장에서 근무하고 있습니다."

아하, 하고 데쓰로가 눈을 둥그렇게 떴다. "스키장에서 어떤 일을?"

"패트롤 대원입니다." 남자가 선선히 답했다.

"아하, 그렇군." 데쓰로의 눈에 동경의 빛이 떠올랐다. "그럼 스키도 상당한 실력이시겠네."

"아뇨, 그리 대단한 건 아니고요." 남자는 겸연쩍은 듯 웃으면서 고개를 저었다. "사토자와온천에는 자주 오십니까?"

"아주 오래 전에 딱 한 번 왔었어요. 그러니 코스가 거의 기억이 나지 않아 어디를 달려야 할지도 모르겠더군요. 아무튼 스키장이 원체 넓다 보니."

남자는 고개를 끄덕였다.

"괜찮으시다면 제가 안내해드릴까요? 추천 코스가 몇 군데 있거든요. 비밀 장소도 있고요."

오호, 하고 데쓰로의 뺨이 환하게 풀어졌다. "그래도 되겠어요?"

여보, 라고 사유리가 데쓰로의 팔을 살짝 쳤다. "미안해서 안 돼요."

"저에 대해서는 걱정하시지 않아도 됩니다. 혼자 타는 것보다 여럿이 함께하는 게 더 재미있거든요. 물론 가족끼리만 타시고 싶다면 무리하게 권하지는 않겠습니다." 남자는 부드러운 어조로 말했다.

"어떻게 할까?" 가족의 의견을 묻듯이 데쓰로가 좌중을 한 바퀴 둘러보았다.

"나는 안내해주셨으면 좋겠어요." 마호가 오른손을 들었다.

"그래. 하루키는 어때?"

"보겐 자세로도 탈 수 있는 곳인가요?" 쓰키무라는 남자에게 물었다.

"보겐이 가능하다면 네, 괜찮아요."

데쓰로는 얼굴을 찌푸리며 머리를 긁적였다. "뭐, 오늘은 특별히 보겐을 허락해주도록 하지."

"자, 그러면 결정됐네요. 덕분에 즐거운 오프가 될 것 같습니다." 남자가 웃는 얼굴로 말했다.

서로 자기소개를 주고받았다. 남자는 네즈라고 이름을 밝혔다.

5

전방으로 시선을 향하고 두 발을 넓게 벌려서 짚고 버텼다. 속도를 억누르기는 했지만 질주감은 충분했다. 설질이 좋고 경사도도 적당했기 때문이다. 게다가 사람이 없었다. 가로 폭이 넓은 코스를 이 끝에서 저 끝까지 마음껏 쓸 수 있다. 스노보드로는 몇 번 달려본 적이 있는 코스지만 스키로 달리고 보니 또 다른 감각을 얻을 수 있었다.

보겐 자세의 자신도 이토록 상쾌한데 아득히 저 앞쪽을 달려가는 데쓰로 일행의 쾌감은 보통이 아닐 것이다, 라고 쓰키무라는 짐작했다.

그럭저럭 달려 내려가자 모두가 중간에서 기다리고 있었다.

"하루키, 괜찮은가?" 데쓰로가 물었다.

"네, 다행히. 아주 상쾌했습니다."

"그런 보겐 자세로? 내가 보기에는 모처럼 차려준 최고급 요리에 마요네즈를 뿌려 먹는 것 같은 일이야." 이상한 비유를 해가며 말한 뒤 데쓰로는 네즈 쪽을 보았다. "그나저나 아주 훌륭해요. 안내해줘서 얼마나 고마운지 모르겠네. 우리끼리만 탔다면 아마 이런 코스는 찾아내지 못했을 거야."

"그렇게 말씀해주시니 제가 거들고 나선 보람이 있네요."

"게다가 댁은 스키 실력도 대단해요. 아까 나한테 잘 탄다고 칭찬을 했지만 그 말에 좋아했던 것을 후회했다니까. 댁이야말로 프로 수준이에요."

"아이, 그렇지도 않습니다." 네즈는 손을 내저었다. "전에 함께 일했던 여성 패트롤 대원은 알파인 국가대표팀 선수였죠. 그녀가 타는 모습을 보면 제가 싫어지던데요."

"그런 대단한 사람과 함께라면 그런 생각이 들지도 모르지만, 우리 시선으로 보면 댁도 충분히 대단해요."

"고맙습니다. 쓰치야 씨도 훌륭하세요."

"아니, 아니."

단지, 라고 네즈가 약간 말투를 바꾸었다.

"제 욕심 같아서는 조금만 더 정교한 데가 있었으면 좋겠어요. 미묘하게 설면을 스키 날로 미처 다 잡지 못하는 순간이 있던데요. 그것 말고는 거의 완벽하시니까 몹시 안타까운 느낌이 듭니다."

데쓰로가 몸을 뒤로 슬쩍 젖혔다.

"역시 알아보시네. 그렇다니까. 예전부터 그런 나쁜 버릇이 들어서 영 고쳐지질 않아요." 답답한 듯이 말했다.

"버릇이라기보다 생각하는 방식의 문제일 거예요. 무릎을 굽히고 펼 때, 혹시 정강이를 부츠에 딱 대는 것을 의식하지 않습니까?"

"맞아, 그걸 의식해요. 그게 나쁜 건가?"

"나쁘지는 않지만, 한 단계 더 높은 수준으로 달리려면 생각하는 방식 자체를 바꿀 필요가 있겠지요. 자, 그 자리에서 두 무릎을 굽혀보시겠어요?"

"이렇게?" 데쓰로가 허리를 낮췄다.

"그 상태에서 무릎 밑까지 물에 잠겼다고 상상해보세요."

네즈의 말에 데쓰로는 입을 헤벌렸다. "오, 물에?"

"그렇습니다. 그 수면에 전혀 파문이 생기지 않게 한다, 즉 물에 잠긴 부분은 전혀 움직이지 않는다, 라는 이미지로 무릎 위쪽만 굽히고 펴도록 해보세요."

"엇, 그게 가능한가?" 당황하면서도 데쓰로는 몸을 어색하게 움직여보았다.

그렇죠, 그렇죠, 라고 네즈가 말했다.

"그렇게 하시면 됩니다. 달리는 중에도 그 동작이 가능하다면 틀림없이 눈에 띄게 달라질 겁니다."

"아닌 게 아니라 설면에 힘이 전해지는 느낌이 드는군요."

"그 점을 유의해가며 달려보세요. 처음에는 위화감이 들겠지만 점차 익숙해져서 그 차이를 실감하시게 될 겁니다."

"음, 알았어요, 한 번 해봐야겠네."

데쓰로는 스키를 타기 시작했다. 몇 차례 턴을 했는데 자세가 지금까지보다 좀 더 신중해진 것처럼 보였다. 아마 네즈가 알려 준 사항을 의식했기 때문일 것이다.

"그렇습니다. 네, 그런 식으로!" 네즈가 큰 소리로 말을 건네며 데쓰로를 따라갔다.

데쓰로가 중간에서 멈췄기 때문에 다시 모두가 그쪽으로 모였다.

"아주 좋아요. 방금 그런 식으로 하시면 됩니다."

네즈의 말을 듣고 데쓰로는 고개를 끄덕였다.

"흠, 나름대로 감이 잡히는군요. 발바닥 전체로 설면을 누르는 느낌이 있어."

"바로 그겁니다. 꾸준히 하시면 틀림없이 더 좋아질 거예요."

"참으로 고맙구먼. 큰 공부가 됐어요."

"그러면 이제 단숨에 곤돌라 승차장으로 달려볼까요? 따라오십시오." 그렇게 말하더니 네즈가 달리기 시작했다. 그 자세가 정확하다는 것은 쓰키무라도 알아볼 수 있었다.

"이 나이에 새로운 것을 배우게 될 줄은 생각도 못했네. 역시 스키의 세계는 심오해." 감탄의 말을 내비치고 데쓰로도 출발했다. 사유리가 그 뒤를 이어 달려갔다.

마호는 출발하기 전에 쓰키무라 쪽을 향했다. "아빠가 오늘은 아주 기분이 좋으시네."

"응, 그런 것 같아."

마호가 달리기 시작해서 쓰키무라도 따라갔다. 마호는 그를 배려해주려는지 속도를 줄인 채 달리고 있었다. 스노보드로 수없이 타고 다니던 곳이라서 길을 잃을 염려는 없지만 역시 넘어질까 봐 걱정이 된 모양이다.

아래쪽에 도착해 다섯 명이 곤돌라에 올랐다.

"그나저나 실로 훌륭한 스키장이야." 고글을 벗고 데쓰로가 감탄의 목소리를 높였다. "넓기도 하고 코스도 변화무쌍해. 이런 곳에서 스키를 타면 누구라도 실력이 쭉쭉 늘 것 같아."

"그 말씀, 스키장 사장님께 전해드려야겠는데요?" 네즈가 웃으면서 응했다.

창문으로 밖을 내다보던 사유리가 어라라 하는 소리를 흘렸다. 왜 그래, 라고 데쓰로가 물었다.

"저런 곳에 사람이 있어요. 저기 들어가도 괜찮은 건가요?" 아래를 가리키며 사유리는 네즈에게 물었다.

쓰키무라는 고개를 길게 빼고 손끝이 가리킨 쪽을 보았다. 밀집한 나무들 사이로 컬러풀한 옷이 보였다가 사라졌다가 하고 있었다. 스노보더인 것 같았다.

네즈의 얼굴 표정이 흐려졌다.

"저곳은 활주 금지구역이에요. 하지만 무단으로 드나드는 사람들이 꽤 있습니다. 눈에 띄는 대로 단단히 주의를 주는데도 도무지 줄지를 않네요."

"스노보드 타는 자들이지? 저 녀석들은 규칙을 무시해버리는 통에 참 난감하다니까." 데쓰로가 몹시 불쾌하다는 듯이 말했다.

아뇨, 라고 네즈가 슬쩍 고개를 저었다.

"스노보더뿐만이 아니에요. 요즘에는 스키어도 많이 들어갑니다."

"설마. 있더라도 스키어는 극소수일 게야."

"그게 꼭 그렇지도 않습니다. 심설용 스키 판이 유행하면서 비압설 구역을 즐기는 사람이 많아졌거든요. 그 바람에 코스 밖으로 나가는 스키어가 많아졌어요."

"그, 그건…… 안 되지."

"스키장 측에서도 그런 경향을 받아들여 활주 가능한 비압설 구역을 점차 늘려가는 추세지만, 역시 아무도 들어가지 않은 눈밭을 내달리고 싶은 욕구를 이기지 못하는 사람이 많은 것 같습니다. ―아참, 그건 그렇고……." 네즈는 이야기를 이어갔다. "쓰치야 씨는 심설 활주는 어떠십니까? 나이 지긋하신 스키어들 중에는 심설은 별로 좋아하지 않는다는 분이 많던데요."

"아니, 천만의 말씀!" 데쓰로는 등을 쭉 폈다. "스키로 달리는 것이라면 어느 곳이든 다 좋아하지. 아이스코스든 울퉁불퉁한 곳이든 아무렇지도 않아요. 더구나 심설이라면 침을 흘릴 만큼 좋아하고말고. 심설용 스키 판 같은 것도 필요 없어요." 열을 내어 말했다.

"그거 잘됐네요. 실은 비장의 파우더 존이 있거든요. 마무리로 그곳을 안내해드리지요."

"오호, 참으로 기대가 되는군요. 단지 초보자가 있어서 좀……." 데쓰로가 불안한 듯 쓰키무라를 보았다.

"우회 코스도 있으니까 괜찮습니다. 아래쪽에서 합류할 수 있어요."

"그렇다면 안심이네. 파우더 존이라, 거참, 잘됐네." 데쓰로는 당장 구미가 당기는 표정이었다.

곤돌라에서 내리자 다시 네즈를 선두로 달리기 시작했다. 보겐 자세로나마 쓰키무라도 점점 스키에 익숙해지면서 여유가 생겼다. 그러자 네즈가 향하는 곳이 어딘지 대략 짐작이 갔다. 동료들과 스노보드를 타러 왔을 때, 반드시 찾아가는 장소가 있는 것이다. 사람이 거의 들어가지 않는 비밀 장소다.

도착한 곳은 예상했던 바로 그곳이었다. 임도에서 옆으로 빠져나간 구역으로, 정식 코스인데도 눈이 많이 내리면 입구를 알아보기가 어렵기 때문에 이곳의 지형을 잘 모르는 사람은 그쪽으로는 들어가지 못하는 것이다.

"눈 상태가 어떤지 잠깐 보고 오겠습니다." 네즈는 스키 판을 풀어둔 채 눈 쌓인 길을 걸어서 들어갔다. 부츠를 신고 있어서 이동하기가 상당히 힘들어보였다.

경사면 아래를 들여다보던 네즈는 두 손으로 크게 동그라미를 그려 보이고 다시 돌아왔다.

"딱 좋아요. 아무도 달리지 않은 노 트랙 상태입니다."

"와아, 이건 기막히게 좋구먼." 데쓰로가 말했다.

"우리는 어떻게 하면 될까요?" 사유리가 물었다. "나는 심설을 타는 건 어려운데."

"저기 임도를 따라 조금만 가시면 됩니다. 그러면 왼편에 압설된 코스가 있으니까요. 그곳을 타고 내려가면 저희와 다시 합류하실 수 있습니다." 그렇게 말하며 네즈는 스키를 신으려고 했다. 하지만 뭔가 잘 안 되는지 몇 번이나 되풀이하고 있었다. "어떻게된 거지? 엇, 혹시……." 스키 판의 바인딩을 들여다보더니 혀를 찼다.

"왜 그래요?" 데쓰로가 물었다.

"바인딩이 낡아서 이따금 말썽을 일으키는군요. 큰일이네, 공구가 없으면 어떻게 해볼 수가 없는데. 패트롤에 전화해서 누군가에게 가져오라고 해야겠어요." 네즈는 스키복 호주머니에 손을 넣었다.

그때였다. 스노보더 여러 명이 다가왔다.

"네즈 씨? 거기서 뭐하고 있어요?" 그중 한 사람이 말을 건넸다. 목소리가 상당히 어리다.

"오, 너희들이냐? 오프라서 여기 이 분들을 안내해드리는 참이야."

"그렇구나." 젊은이는 쓰키무라 일행을 흘끗 쳐다보았다. 데쓰로는 뭔가 더러운 것을 피하듯이 시선을 돌려 딴 곳만 보고 있었다.

"너희들, 혹시 지금부터 이 아래로 타고 내려갈 생각이야?" 네즈가 젊은이들에게 물었다.

"응, 그럴 거예요. 왜요?"

"미안하지만 이번에는 좀 양보해주면 좋겠다. 이 분들에게 노트랙의 파우더를 즐기게 해드릴 생각이야."

네즈 씨, 라고 데쓰로가 말을 끼웠다. "나는 괜찮아요."

"아뇨, 모처럼 찾아주셨는데. —애들아, 어때? 너희는 언제라도 탈 수 있잖아." 네즈는 다시 젊은이들에게 물었다.

"알았어요. 그런 일이라면 양보해야죠. 멀리서 오신 손님이 최우선이니까. —다들, 괜찮지?" 리더 격인 젊은이의 말에 다른 친구들도 고개를 끄덕였다.

"그리고 너희 중에 발 사이즈 270밀리미터인 사람 없어?"

"내가 그 사이즈예요." 키가 큰 젊은이 하나가 손을 번쩍 들었다.

"마침 잘됐다. 실은 한쪽 바인딩이 망가져서 난감하던 참이야. 도구 좀 교환해줄래? 아래 패트롤 대원실에서 돌려줄 테니까."

"좋죠. 아무리 네즈 씨라도 한쪽 다리만으로 파우더를 내달릴 수는 없겠죠?" 그렇게 대답하자마자 키 큰 젊은이는 바인딩을 풀고 부츠를 벗기 시작했다.

엇, 하고 데쓰로가 네즈를 돌아보았다. "도구를 교환한다고? 네즈 씨가 스노보드를 타요?"

"네, 어느 쪽인가 하면 스노보드가 더 전문이에요."

"전문이라고?"

"네즈 씨는 스노보드 크로스[1] 선수였어요. 게다가 올림픽 국가 대표 후보." 젊은이 한 명이 나서서 말했다. "아쉽게도 후보에서 그치긴 했지만."

"쓸데없는 소리는 하지 말고." 네즈는 스키 부츠를 벗고 그 대신 키 큰 젊은이에게서 받은 스노보드 부츠를 신기 시작했다.

쓰키무라는 데쓰로의 얼굴 표정을 슬쩍 살펴보았다. 이제 곧 예순여섯이 되는 장인은 너무 놀란 나머지 할 말을 잃은 것처럼 보였다.

네즈가 부츠를 신고 바인딩을 장착하기 시작했을 무렵에 키 큰 젊은이는 벌써 달릴 준비를 끝냈다. 단 스키 판은 오른쪽 발에만 달았다. 고장난 한쪽 판은 다른 젊은이가 껴안고 있었다.

"그럼 네즈 씨, 나중에 봐요." 키 큰 젊은이가 말했다.

"응, 미안하다."

젊은이들이 출발했다. 키 큰 젊은이는 한쪽 발만으로도 아무 문제없이 내달렸다. 그 자세는 명백히 상급자의 것이었다.

"저 친구들 모두 스키도 자격시험 1급의 실력이에요." 네즈가 아연한 기색의 데쓰로에게 말했다.

"아, 그렇구먼……." 대답하는 데쓰로의 목소리에는 쓸쓸한 기색이 담겨 있었다.

"참 착한 젊은이들이네. 먼 곳에서 온 손님이 최우선이라니."

---

1 cross. 스노보드 4가지 경기 종목 중 하나. 4~6명의 선수가 한 조로 뱅크, 롤러, 스파인, 점프 등 다양한 지형지물로 구성된 슬로프 코스에서 경주를 펼친다.

사유리가 감격한 듯이 말했다.

"다들 우리 스키장에 더 많은 손님이 찾아와 즐겨주시기를 진심으로 바라거든요." 네즈는 자랑스러운 기색이었다.

"하루키 씨." 옆에서 마호가 슬쩍 불렀다. "우리도 갈까? 먼저 내려가서 아빠와 네즈 씨가 타시는 거 지켜보자."

"아, 그게 좋겠네. —그럼 저희는 먼저 내려가겠습니다." 쓰키무라는 네즈와 데쓰로에게 말했다.

"그래요. 우리는 적당히 시간 맞춰 출발해서 그쪽으로 갈게요."

쓰키무라와 마호, 사유리는 먼저 내려가기 시작했다. 임도를 잠시 달려가자 왼편으로 코스가 보여서 그쪽으로 진입했다. 압설된 쾌적한 코스였다.

아래쪽에 도착한 참에 왼편의 경사면을 올려다보았다. 기막히게 멋진 파우더 존이 우뚝 솟아 있었다.

쓰키무라는 저절로 크흐흑 하는 탄식을 흘렸다. "나도 타고 싶다. 진짜 최고의 파우더야."

그 말을 들었는지 마호가 사유리 쪽을 흘끔 돌아보고 급하게 입에 검지를 댔다.

잠시 뒤 경사면 위쪽에서 멋진 눈보라가 피어올랐다. 그 눈보라를 일으킨 사람은 데쓰로였다. 노 트랙의 파우더를 그야말로 상쾌하게 달리고 있었다. 그리도 좋아하더니 역시 심설에서의 테크닉도 상당한 수준이었다.

그런 데쓰로를 뒤따르듯이 네즈가 스노보드를 타고 힘차게 달려 내려왔다. 한눈에 반해버릴 만한 자세에, 호쾌하면서도 안정감이 뛰어난 활주였다.

데쓰로가 쓰키무라 일행이 기다리는 곳에 도착했다.

"여보, 어땠어?" 사유리가 물었다.

"응, 아주 좋았어." 그렇게 말하고 데쓰로는 뒤를 돌아보았다.

네즈가 스노보드를 타고 내려와 옆에 멈춰 섰다. "어떠셨어요?" 자신만만한 어조로 데쓰로에게 물었다.

"최고였어요. 이런 건 정말 오랜만이야."

"그렇지요? 괜찮으시면 한 번 더 타시겠어요? 리프트를 이용하면 금세 올라갈 수 있어요."

"그러면 다시 한바탕 달려볼까요?"

가시죠, 라면서 네즈가 출발했다. 그 모습을 바라보며 데쓰로가 중얼거렸다.

"정말 스노보드도 잘 타는구나……."

"아빠, 그쪽이 전문이라잖아요."

마호의 말에 조용히 고개를 끄덕이고 데쓰로는 출발했다. 그 뒷모습은 뭔가에 낙담한 것처럼 보였다.

6

여관 창문에서 올려다본 밤하늘은 별이 아름다웠다. 내일은 날씨가 맑을 것이다. 3월도 중반에 접어들어 이곳 사토자와온천 스키장도 앞으로는 눈이 내릴 일은 점점 줄어들 것이다. 그렇게 생각하니 오늘 스노보드로 그 파우더 존을 활주하지 못한 게 진심으로 아까운 마음이 들었다.

하지만, 이라고 생각했을 때였다.

등 뒤에서 뭔가 소리가 들려서 쓰키무라는 돌아보았다. 장지문이 열리고 목욕가운 차림의 마호가 들어왔다. 얼굴이 불그레하게 상기되어 있었다. 느긋하게 온천을 즐기고 온 모양이었다. "아, 개운해." 테이블 앞에 정좌해 화장품 파우치를 꺼냈다.

"장모님에게서 뭔가 들은 얘기 없었어?" 쓰키무라가 물었다.

마호는 화장수를 얼굴에 바르면서 빙그레 웃었다.

"역시 아빠가 상당히 충격을 받았나봐. 그럴 만도 하지. 우연히 그렇게 된 것이라지만 갑작스레 스노보더와 친해져버렸잖아. 게다가 스키까지 한 수 배우고, 자존심에 상당히 상처가 났을 거야."

"그렇겠지." 쓰키무라는 아내의 맞은편 자리에 앉았다.

"이제 아빠도 스노보더에 대해 더 이상 험담은 못하겠지? 모든 게 우리 계획대로야. 척척 잘 풀렸지 뭐야."

"응, 맞아."

"이따가 미유키 씨에게 보고해야겠어. 작전 성공, 정말 고맙습니다, 라고." 마호는 콧노래를 흥얼거려가며 얼굴 손질을 계속했다.

미유키 씨라는 건 쓰키무라와 마호가 다니는 호텔의 요식부에서 근무하는 여성이다. 우연한 인연으로 서로 친해져서 지난달에 이 사토자와온천에 함께 놀러 왔던 멤버이기도 하다.

실은 그때의 여행에서는 자그마한 사건이 있었다. 원래 쓰키무라 일행의 선배 히다가 하시모토 미유키 씨에게 프러포즈를 한다는 서프라이즈가 준비되어 있었고, 쓰키무라 부부도 거기에 협력하기로 했던 것이다. 그런데 하시모토 미유키 씨의 전 남자 친구라는 사람이 갑자기 나타나 먼저 프러포즈를 해버렸다. 그리고 안타깝게도 미유키 씨는 그쪽의 프러포즈를 받아들였다. 원래 프러포즈를 하기로 했던 히다 선배가 얼마나 풀이 죽었는지, 곁에서 지켜보기가 딱할 정도였다.

그건 어찌됐든, 그때 미유키 씨의 전 남자 친구를 스노모빌에 태우고 그녀를 찾는 데 협력해준 패트롤 대원이 있었다. 그 전 남자 친구는 사토자와온천 스키장의 단골 고객이라서 전부터 얼굴을 아는 사이였다고 한다.

쓰키무라 부부와 그 패트롤 대원 사이에 인연이 맺어지게 된데는 작은 계기가 있었다.

마호의 말에 의하면, 미유키 씨와 함께 있을 때 우연히 아버지가 스노보드라면 질색을 한다는 것과 이번에 온 가족이 스키 여행을 떠나게 된 것에 대해 투덜거리면서 얘기했다고 한다. 그러자 미유키 씨가 뜻밖의 제안을 해주었다.

"사토자와온천 스키장이라면 현지 스태프 중에 아는 사람이 있으니까 한번 상의해볼까? 패트롤 대원으로 근무하는 분인데, 어쩌면 그런 일을 해결할 묘안을 내줄 수도 있어."

생각지도 못한 얘기였다. 별로 기대할 만한 건 아니라고 생각하면서도 그러면 잘 부탁한다고 마호는 대답했다. 그러자 미유키 씨는 실제로 그쪽과 상의를 해본 모양이었다. 며칠 뒤, 한 통의 메일이 쓰키무라에게 도착했다. 제목은 '사토자와온천 스키장 건'이라고 되어 있었다.

내용은 다음과 같은 것이었다.

'안녕하십니까? 사토자와온천 스키장 패트롤 대원 네즈라고 합니다. 하시모토 미유키 씨에게서 자세한 이야기를 들었습니다. 모처럼 우리 스키장에 오시는데 그토록 좋아하는 스노보드를 탈 수 없다니, 이건 난감한 일이지요. 나한테 계획이 있으니 맡겨주시겠습니까. 이 계획대로 일이 진행된다면 쓰키무라 씨가 스노보더라는 것을 장인 장모님께 솔직히 말씀드리는 것도 그리 어렵지 않을 것입니다.'

깜짝 놀라서 곧바로 답장을 보냈다. 정말로 그렇게 좋은 방법이 있느냐고 묻는 내용이었다.

틀림없이 성공한다고까지는 말할 수 없으나 웬만큼 자신이 있다, 라는 답이 돌아왔다. 스키어와 스노보더가 서로 친해지는 것은 스키장의 발전으로도 이어지는 일인 만큼 꼭 협력해드리고자 한다, 라고 덧붙여 있었다.

그 뒤, 메일로 몇 번 대화를 주고받았다. 네즈는 데쓰로의 스키 기량 등을 문의했다. 하지만 계획의 자세한 내용은 알려주지 않았다. 아마 그러는 게 계획이 더 잘 진행될 거라고 생각했던 것이리라. 둘이 약속한 것이라고는 스키장에서 만났을 때 서로 모르는 척한다, 라는 것뿐이었다.

즉 네즈가 휴게실에 불쑥 나타난 뒤의 일들은 모두 다 미리 계획된 것이었다. 파우더 존의 위쪽에서 갑자기 바인딩이 망가졌던 것도, 마침 그때에 동네 젊은이들이 나타난 것도 네즈가 짠 계획의 일부였던 것이다.

대단한 사람이다, 라고 쓰키무라는 감탄했다. 작전은 보기 좋게 맞아떨어졌다. 실제로 그 이후 데쓰로는 스노보더에 대한 험담은 일절 하지 않고 있었다.

"그나저나 어느 타이밍에 할까?" 마호가 장난기 가득한 눈빛으로 말했다.

"뭘?"

그녀가 답답하다는 듯 입을 열었다. "하루키 씨가 스노보더라는 것을 고백할 타이밍 말이야. 그리고 내가 스노보드를 탄다는 것도 얘기해야지."

"그래, 맞아." 쓰키무라는 팔짱을 꼈다.

아닌 게 아니라 오늘밤이라면 데쓰로는 놀라기는 해도 화를 내지는 않을 것이다. 아니, 그보다 찍소리도 못하지 않을까.

헤어질 때 네즈가 데쓰로에게 했던 말이 생각났다.

"스키장을 운영하는 저희에게 가장 중요한 것은 고객의 마음을 이해하는 것이에요. 고객 중에는 스키어도 있고 스노보더도 있으니까요. 어느 한쪽밖에 알지 못하면 아무래도 배려가 부족한 부분이 나오게 되죠. 양쪽을 다 알아두는 것이 저희로서는 아주 중요합니다."

그 말을 듣고 있던 데쓰로는 마치 선생님에게 꾸지람을 듣는 학생 같았다. 고글을 쓰고 있어서 잘 보이지는 않았지만 옆얼굴에서는 패배감 비슷한 것이 묻어나고 있었다.

"너무 기대된다. 아빠가 이번에는 틀림없이 져주실 거야. 그러면 우리는 내일 마음껏 스노보드를 즐길 수 있어. 대여 스노보드를 이용해야 한다는 게 약간 유감이긴 하지만."

마호의 말에 쓰키무라의 가슴속에 복잡한 감정이 번져갔다. 아내의 말대로 두 사람의 고백을 들으면 장인어른은 몹시 기가 죽을 게 틀림없다.

정말 그렇게 해도 괜찮을까. 그렇게 하고서 과연 우리는 기분이 좋을까.

"마호……." 쓰키무라는 조용히 입을 열었다. "우리, 그만두자."

"뭘?"

"우리가 스노보드를 탄다고 고백하는 것 말이야. 장인어른에게 더 이상 충격을 주고 싶지 않아. 장인어른, 이제 충분히 아셨을 거야. 스노보드에 대해서도 다시 생각해주실 거라고. 그렇다면 그걸로 됐잖아."

"하루키 씨……. 하지만 오늘 밤에 털어놓지 않으면 다시 그런 말을 꺼내기가 어려워."

"그래도 괜찮아. 아니, 그보다 우리 가족여행에서는 나도 스키를 타는 게 좋겠어. 스노보드는 부모님이 안 계실 때 얼마든지 탈 수 있잖아? 네즈 씨의 말을 듣고 깨달았어. 두 가지 중 하나밖에 알지 못하는 거, 몹시 손해나는 일이잖아. 그러니까 나도 열심히 스키 연습을 할 거야. 물론 장인어른과 비슷한 수준이 되려면 시간이 꽤 오래 걸리겠지만……. 아무튼 우리, 이 스키 여행을 다시 한번 해마다 하는 항례행사로 만들자."

하루키 씨, 라면서 마호가 네 발로 쓰키무라에게 다가왔다. 그의 눈을 지그시 들여다본 뒤 사랑해, 라면서 와락 품에 안겼다.

쓰키무라는 그녀의 가느다란 몸을 끌어안으며 다시 한번 맑은 밤하늘로 시선을 던졌다. 이번 시즌은 이제 파우더와는 작별이다. 그 대신 압설한 코스를 스키로 활주하는 자신의 모습을 상상하면서 그것도 나쁘지 않지, 라고 생각했다.

프러포즈 대작전 리벤지

1

하이볼 잔을 들어 건배한 뒤에 미즈키는 맞은편의 두 여자를 번갈아 바라보며 천천히 고개를 가로저었다.

"그나저나 여전히 변함이 없으시네. 정말 두 분에게는 못 당하겠어요. 와아, 정말 대단하십니다."

"또 시작이네." 야마모토 야요이가 쓴웃음을 지었다. 갸름한 얼굴의 미인이다. "미즈키 씨 그 얘기 또 나왔어. 만날 때마다 그 말을 하실 거예요?"

"그래도 만날 때마다 그런 생각이 드는데 어쩔 수 없잖아요. 대단하다, 역시 전문가는 다르구나, 저절로 감탄하게 된다니까요. ―어때, 너도 그렇게 생각하지 않냐?" 옆의 히다에게 동의를 구했다.

"응? 뭐가?"

둔감한 히다는 대화를 전혀 따라오지 않고 있었다. 미즈키는 얼굴을 찌푸렸다.

"여태 내 얘기 안 들었어? 두 분의 메이크업 능력이 너무 대단해서 내가 감탄하고 있는 참이잖아. 우리 넷이 만날 때마다 꺼내는 단골 개그야. 이제 슬슬 외워둘 만도 한데."

"어머, 단골 개그였던 거예요?" 어이없다는 듯 중얼거린 것은 야요이 옆에 앉은 히노 모모미였다. 눈이 크고 입술이 도톰하다. 육감적이라는 표현이 딱 맞는 얼굴이었다.

"어떤 일에나 루틴이라는 게 중요하거든요. 이치로 선수를 좀 봐요. 게임에 나가지 않을 때도 평소와 완전히 똑같이 준비운동을 한다잖아요."

"그러니까 미즈키 씨가 우리를 칭찬해준 것은 루틴이었군요. 진심으로 그렇게 생각하는 게 아니라."

야요이의 말에 대해 아뇨, 아뇨, 하고 미즈키는 검지를 내둘렀다.

"형식적으로 하는 준비운동 따위는 의미가 없죠. 물론 진심으로 칭찬해드린 겁니다. 두 분은 프로예요. 프로 메이크업 아티스트. 두 분은 어디서 어떻게 보건 진짜 미녀로만 보이거든요. 네, 존경스럽습니다." 깊숙이 머리를 숙였다.

아하하, 하고 야요이가 손을 마주치며 웃었다. "또 그거예요?

칭찬인지 비꼬는 건지 모르겠는 그 이상한 공치사."

"글쎄 공치사가 아니라니까요. 왜 나의 진심을 몰라주는 겁니까."

남자 점원이 다가와 "돼지고기 김치 몬자야키[1] 입니다"라면서 반죽이 담긴 그릇을 철판 옆에 차려놓고 갔다. "히다, 부탁한다." 미즈키가 말했다.

"몬자야키, 나더러 부치라는 거?"

"당연하지. 네가 잘하잖아."

"어머, 그래요?" 모모미가 히다의 얼굴을 보았다.

"잘한다고 할 정도는 아니고요." 히다는 반죽 그릇을 자기 앞으로 당겨왔다.

"어쨌거나 요식부잖아요. 게다가 정통 일본요리점."

"그게 무슨 관계가 있어? 호텔 요리는 내가 하는 것도 아닌데."

히다는 먼저 반죽의 건더기를 철판에 넣기 시작했다. 하지만 국물은 최대한 흘러들지 않게 조심하고 있었다. 그 손놀림이 상당히 노련해보였다.

미즈키와 히다는 도쿄의 시티호텔에서 근무하는 호텔리어다. 그리고 두 여자는 백화점 화장품 매장을 담당하고 있다. 미즈키와 히다가 그녀들을 만난 것은 올 봄이었다. 사토자와온천 스키장 겔렌데에서 개최한 단체 소개팅―통칭 '겔팅'에 참가했던 것

---

1 묽은 밀가루 반죽에 각종 야채와 고기 등을 잘게 썰어 넣고 즉석에서 철판에 부쳐내는 요리.

이 그 계기였다. 그때 커플이 되는 데 성공했던 것은 아니지만 그녀들이 히다가 근무하는 일본요리점에 가볼 기회가 있었고, 그 이후 이따금 이렇게 만남의 자리를 갖곤 했다.

오늘은 서로의 직장과 가까운 쓰키시마에 와 있었다. 쓰키시마라고 하면 몬자야키가 명물이다.

히다는 양손에 주걱 두 개를 들고 건더기를 재빨리 잘게 갈라나갔다. 와아, 잘하시네, 라고 야요이와 모모미가 탄성을 올렸다.

"여기 가게 직원 같아요." 야요이가 눈이 둥그레졌다.

"혹시 알바로 일했었어요?" 모모미도 재우쳐 물었다.

"예, 뭐, 전에 잠깐."

멋쩍은 듯 대답하는 히다를 보며 '그런 비밀을 순순히 불어버리면 어떡하냐'라고 미즈키는 내심 씁쓸하게 생각했다. 이런 때는 말끝을 흐려두는 게 수수께끼 같은 분위기를 풍겨서 좋은 것이다. 하긴 뭐, 그리 대단한 수수께끼도 아니지만.

히다는 잘게 가른 건더기로 둥근 제방을 만들었다. 그 손놀림이 전문가 뺨치는 수준이었다.

"그나저나 드디어 12월이 되었는데, 스노보드 일정은 정해졌습니까?" 미즈키는 두 여자에게 물었다.

전혀, 라고 야요이가 고개를 저었다.

"주위에 스노보드 타는 사람이 별로 없고, 서른 살 지난 뒤부터는 함께 가자는 사람도 뚝 끊겨버렸어요." 그리고는 "그렇지?"라고 모모미에게 동의를 청했다.

"미즈키 씨 쪽은 벌써 일정이 잡혔어요?" 모모미가 물었다.

"우리도 아직 못 잡았어요. 하지만 가긴 갈 겁니다. 연말에 어딘 가로 떠나보자고 히다와 얘기했거든요. 그래서 두 분도 함께 가 시면 어떨까 싶은데."

"진짜요?" 모모미는 눈이 둥그레져서 자신의 가슴을 지그시 눌 렀다.

"작년까지 함께 타던 친구들이 연달아 결혼하는 바람에 웬만 해서는 우리하고 어울려주지 않게 됐거든요. 우리도 남자 둘이서 만 가면 별 재미도 없고, 그렇다면 두 미녀 분께 말해보자, 얘기가 그렇게 된 거예요. 어때요?" 여기에서도 미녀라는 말을 슬쩍 끼 워 넣었다. 칭찬에는 돈이 들지 않는다, 라는 것이 미즈키의 평소 신조였다.

"어떻게 할까?" 모모미가 야요이를 돌아보며 물었다.

"너만 좋다면 나는 가고 싶어." 야요이가 순순히 응했다. "올 연 말에는 아직 예정도 전혀 없으니까."

"나도 좋아. 날짜가 서로 맞아야 하겠지만."

미즈키가 손뼉을 타악 쳤다.

"좋았어, 결정! 서로 일정이 정해지는 대로 계획을 세우기로 하 죠. —히다, 너도 좋지?"

"응? 뭐, 좋지. 몬자야키 다 됐어. 어서 드십시오." 히다는 몬자야키를 얇게 펼치면서 말했다.

"뭐야, 내 얘기 제대로 들은 거야? 이런 미녀들과 스노보드 여행을 가게 됐단 말이야. 좀 더 감격해야 하는 거 아냐?"

"그래, 물론 듣고 있었지. 잘됐다." 히다는 뭔가 좀 반응이 미적지근했다. "자아, 어서 드세요. 시간을 끌면 모처럼의 몬자야키, 맛이 없어져요. 막 부쳐냈을 때 먹는 게 좋죠."

"근데 스노보드 타러 가려면 나는 이것저것 새로 사야 하는데." 모모미가 몬자야키 주걱을 집어 들며 말했다. 각자 철판에서 떼어 먹는 작은 전용 주걱이다. "특히 부츠가 문제예요. 작년 시즌부터 어쩐지 발가락이 아팠거든요."

"에이, 그건 안 좋죠." 미즈키가 맞장구를 쳤다. "부츠 때문에 발이 아프면 정말 괴롭거든요. 스노보드 타는 것 자체가 싫어지잖아요. 그런 거라면 히다에게 골라달라고 하는 게 좋겠네요. 히다가 간다의 스포츠용품점에서 알바를 한 적이 있거든요. 그렇지, 히다?"

"앗, 그렇게 하면 안 돼요. 전용 주걱은 스푼처럼 떠먹는 게 아니라 이런 식으로 쓰는 게 정석이에요." 미즈키의 말은 귀에 들어오지도 않는지 히다는 진지한 얼굴로 여자들에게 전용 주걱의 사용법을 설명하기 시작했다.

도무지 말이 안 먹히네, 라는 듯이 미즈키는 어깨를 으쓱 쳐들었다.

몬자야키 집에서 나온 뒤, 근처의 바에서 다시 한잔하기로 했다. 그리고 그 바에서 나올 때쯤에는 벌써 밤 11시가 넘은 시각이어서 남자들 쪽이 여자들을 택시로 바래다주기로 했다. 미즈키는 모모미를 히다에게 맡기고 야요이와 함께 택시를 탔다.

"어휴, 히다 녀석, 여전히 신경 쓰이네요. 도무지 분위기 파악을 못한다니까." 미즈키는 한숨을 섞어 말했다. "아무리 몬자야키 집에서 알바를 했다지만 먹는 방법까지 이러니저러니 얘기해서 뭘 어쩌겠다는 거냐고요. 2차로 간 바에서는 일부러 카운터 석에 모모미 씨와 단둘이 앉게 해주었는데도 내내 따분한 소리만 하고 있었잖아요."

야요이는 우후훗 하고 웃었다. "오늘도 또 미식축구 얘기만 했지요?"

"쿼터백이 어쩌고저쩌고 하던데요? 진짜 학습능력이 떨어지는 녀석이라니까. 상대가 그런 얘기에 관심이 있는지 없는지, 척 보면 알 텐데 말이에요. 그러고도 어떻게 호텔리어 일을 하는지, 원."

"그거, 나도 정말 신기해요. 접객업에는 전혀 소질이 없는 성격 같은데."

"그런데 회사에서의 평가는 전혀 나쁘지 않아요. 오히려 좋은 편이죠. 그 녀석, 호텔 제복만 입혀놓으면 그 즉시 각이 딱 잡히더라고요."

"진짜 그렇죠? 처음 호텔에서 만났을 때는 깜짝 놀랐어요. 스키장에서 봤을 때와는 전혀 다른 사람이었거든요. 덕분에 히다 씨를 바라보는 모모미의 시선이 확 달라졌죠."

"정말 아쉽다니까요. 그 모습을 먼저 보여줬으면 겔팅의 결과도 달라졌을 텐데. 하긴 뭐, 이제 와서 다 쓸데없는 얘기지만."

겔팅에서 히다는 모모미에게 사랑을 고백했었다. 하지만 모모미의 대답은 '죄송합니다'였다. 아닌 게 아니라 그날 행사에서 보여준 히다의 덜 떨어진 모습을 되짚어보면 거절당하는 것도 당연하다고 미즈키는 생각했다.

"히다 씨 쪽은 어때요? 지금도 모모미가 마음에 있는 건가요?"

"그건 틀림없어요. 오늘 만남도 단박에 오케이했거든요. 다른 일정이 있었던 모양인데 그걸 취소하고 이쪽으로 온 거예요."

"그런데도 둘만의 데이트 신청을 안 했어요?"

끄응 하고 미즈키가 신음 소리를 냈다.

"어쨌든 겔팅에서 한 차례 거절당한 게 영 마음에 걸리는 모양이에요."

"겔팅은 그냥 재미로 하는 거잖아요. 그런 건 마음에 담아두지 않아도 되는데."

"아뇨, 그게 그리 간단하지를 않아요. 히다가 최근 몇 년 동안 계속 실연만 거듭했고 게다가 상당히 강하게 퇴짜를 맞은 적이 있어서 일종의 트라우마 같은 게 생겨버렸어요. 그 바람에 완전히 자신감을 상실해서 모모미 씨에게 데이트 신청하는 건 애초에 안 될 일이라는 식으로 생각하는 것 같아요. 그러니까 모모미 씨 쪽에서 히다에게 먼저 접근해주면 일이 한결 수월해질 텐데, 어때요, 그건 기대하기 어렵겠죠?"

이번에는 야요이가 끄응 하고 신음했다.

"호텔에서의 재회를 계기로 모모미가 히다 씨를 다시 보게 된 건 확실해요. 평소의 얼굴과 직장에서의 얼굴에 큰 차이가 있다는 거, 상당히 매력적이거든요. 조금 전에 미식축구 이야기, 모모미는 일단 재미있게 받아주는 눈치였잖아요. 하지만 모모미도 이래저래 가슴 아픈 사연이 있었어요. 얼마 전에 남자 문제로 따끔한 일을 겪기도 한 모양이고, 그래서 모모미에게 지나치게 신중한 건 도리어 좋지 않다는 말을 하기가 좀 어렵더라고요."

"사정이 그렇다면 역시 우리가 팔을 걷어붙이고 나설 수밖에 없겠네요."

"네, 그래야 할 것 같아요. 저대로 두면 둘 다 꿈쩍도 안 할 거예요."

"그럼 역시 승부는 이번 스노보드 여행이군요. 그나마 모모미 씨가 꽤 적극적으로 응해주던데요."

"네, 함께 갈 생각이 있는 거예요. 그런 게 아니라면 딱 잘라 거절했을걸요. 그런 때 무심코 분위기 맞춰서 대답하는 그런 성격은 아니니까요."

"그럼 예정대로 추진해볼까요? 우선 작전 회의부터 해야겠네."

"그렇죠, 그렇죠."

겔팅 이후에 도쿄 호텔에서 다시 본 것을 계기로 넷이서 이따금 만나고 있지만 그런 자리를 주선하는 것은 매번 미즈키와 야요이였다. 사실은 둘이 상의해 히다와 모모미를 맺어주자고 얘기가 됐던 것이다. 오늘 저녁, 미즈키가 두 사람을 스노보드 여행에 청한 것도 야요이에게는 미리 귀띔을 해둔 일이었다.

택시가 야요이의 맨션 근처 도로로 들어섰다. 미즈키는 몇 번 바래다준 적이 있어서 잘 알고 있었다.

"자, 그러면……." 미즈키는 야요이의 귓가에 입을 바짝 대며 속삭였다. "계획의 방향성이 정해진 김에 지금 야요이 씨 집에 올라가 잠깐 작전 회의를 하는 건 어떨까요?"

어라, 하고 야요이가 그의 얼굴을 마주 보았다. "또 그 얘기인가요? 진심이에요, 농담이에요?"

"항상 그렇듯이 반은 진심이죠." 미즈키는 말했다. "그리고 반은 밑져야 본전이라는 생각."

"말도 안 돼."

"안 될까요? 어려우시다면 진짜로 작전 회의만 해도 되는데."

"역시 작전 회의만 할 생각이 아니었군요?"

"회의를 하더라도 기왕이면 즐거운 일과 함께하는 게 좋잖아요. 적어도 나는 그렇습니다."

"안 돼요."

"흠, 안 되나, 역시." 미즈키는 과장스럽게 얼굴을 일그러뜨렸다. "그럼 오늘은 이만 물러가겠습니다."

"미리 말하겠는데, 앞으로도 계속 안 돼요. 명심하세요."

"꿈을 탁 깨버리는 그런 말씀을 하시다니! 미래는 바꿀 수 있다고 하잖습니까. —아, 기사 아저씨, 저기서 세워주세요. 한 사람만 내립니다."

택시가 멈추고 뒷좌석 문이 열렸다.

"수고하셨어요. 안녕, 잘 자요." 미즈키가 오른손을 내밀었다. "오늘도 악수만 하는 걸로 만족해야 하는 건가요?"

야요이는 어이없다는 얼굴로 입가를 풀며 악수에 응해주었다. "잘 가요. 오늘 덕분에 잘 먹었습니다."

"나는 포기 안 합니다." 작은 소리로 말하고 미즈키는 그녀의 손을 놓아주었다.

택시가 출발하자 미즈키는 방금 야요이와 주고받은 대화를 되짚어보았다. 다시 한 걸음 발전했다는 실감이 손에 잡혔다.

오늘 저녁의 모임은 히다와 모모미를 위해 마련된 것이기는 했다. 하지만 실은 미즈키에게도 딴마음이 있었다. 상대는 물론 야마모토 야요이. 어떻게든 그녀를 함락시킬 수 없을지 호시탐탐 노리고 있었다.

하지만 그리 쉽게 성공할 거라고는 생각하지 않았다. 일단 미

스키에게 사귀는 여자가 있다는 것도, 미즈키가 그녀와 헤어질 의사가 없다는 것도, 야요이는 이미 알고 있기 때문이다. 다름 아닌 미즈키 자신이 그런 사정을 밝힌 바 있었다. 그런 상태에서 작업에 들어간 것이다. 즉 나의 불륜상대가 되어 달라, 라는 지극히 염치없는 부탁을 하는 셈이다. 일반적으로는 크게 화를 낼 만한 일이다.

하지만 야요이는 그러지 않았다. 그건 말하자면 가능성이 전혀 없지는 않기 때문, 이라고 미즈키는 내다보았다. 어쩌면 툭 터놓고 깔끔한 관계를 맺는 것도 나쁘지 않다고 생각하는 건 아닐까. 야요이에게도 사귀는 남자가 있지만 약간은 매너리즘에 빠진 상태였다. 그렇다면 이따금 불장난을 즐기고 싶다는 식으로 생각할지도 모른다, 라는 기대를 걸고 있었다.

이번 스노보드 여행은 꽤 재미있겠네, 라고 미즈키가 회심의 미소를 지을 때, 상의 호주머니에서 스마트폰이 진동했다.

그가 사귀는 여자―기모토 아키나에게서 메시지가 온 것이었다. 연말 일정을 알려달라, 라는 내용이었다.

2

단골 정식집에 들어가자 히다는 벌써 도착해 있었다. 벽 쪽의 텔레비전이 가장 잘 보이는 좌석에 진을 치고 앉아 양념 두부와 풋콩을 안주 삼아 혼자 맥주를 마시고 있었다.

여어, 하고 슬쩍 손을 올리고 미즈키는 맞은편 의자를 꺼냈다. 곧바로 아주머니가 주문을 받으러 와서 새 유리잔을 내주었다. 미즈키는 맥주를 추가하고 닭튀김과 모듬 생선회를 주문했다.

"사토자와온천 스키장, 적설량이 1미터 가까이 된다는 소식이야." 히다가 유리잔에 맥주를 따라주며 말했다.

"거 잘됐네." 거품이 넘실넘실한 잔을 들고 둘이서 건배했다. "드디어 스키 시즌이 시작되는 건가. 히다, 휴가는 얻었지?"

"가까스로 얻어냈지. 미즈키는?"

"나도 아무 문제없어."

야요이, 모모미와 함께할 스노보드 여행 계획은 상당히 구체화되어 있었다. 행선지는 겔팅이 있었던 사토자와온천 스키장으로 정해졌다. 그런데 그녀들 쪽에서 제시한 날짜에는 미즈키도 히다도 호텔 일을 쉴 수 없어서 유급휴가를 낼 필요가 있었던 것이다.

"아키나에게는 뭐라고 얘기했어?" 히다가 물었다. 기모토 아키나도 같은 호텔의 동료여서 미즈키와 교제 중이라는 것은 그도 알고 있었다. "혹시 나랑 둘이 스노보드 타러 간다고 둘러댄 거 아니야?"

미즈키는 고개를 저었다.

"아키나는 눈치가 빨라서 그런 식으로 둘러대면 틀림없이 다른 여자와 함께 간다고 금세 알아채. 제사가 있어서 본가에 다녀올 거라고 말했어. 다행히 수상쩍어 하는 기미는 없었어."

"그러면 나도 아키나에게는 이번 스키 여행을 비밀로 해야겠네?"

"당연하지. 그런 부분은 잘 부탁한다. 그나저나 너, 모모미 씨의 부츠는 골라줬어?" 미즈키가 물었다.

"부츠라니, 무슨 얘기야?"

히다의 반응에 미즈키는 의자에서 흐늘흐늘 쓰러지는 시늉을 했다.

"넌 진짜, 그날 했던 얘기 생각 안 나? 부츠 때문에 발가락이 아프다고 모모미 씨가 말했었잖아. 그래서 새로 사야 한다고."

아, 하고 히다는 애매하게 고개를 끄덕였다. "그러고 보니 그런 얘기를 했었나."

"했었나, 가 아니지. 넌 대체 무슨 생각으로 사는 거냐. 이런 때 점수를 따야지, 안 그러면 어쩔 건데?"

"아무리 그래도 부츠 좀 골라줬다고 점수를 딸 것 같지는 않은데." 히다는 느긋한 기색으로 양념 두부를 젓가락으로 집어 입에 넣었다. "애초에 모모미 씨는 이미 나를 거절했었잖아."

"겔팅에서?" 미즈키는 말했다. "그건 그냥 재미삼아 한 거라고 야요이 씨도 얘기했다니까? 너를 그렇게 싫어한다면 만나자고 해봤자 나올 리가 없잖아."

"아냐. 역시 겔팅에서의 그 대답에 본심이 담겨 있을걸. 요즘에 우리를 만나주는 건 식사비를 항상 우리 쪽에서 내니까 굳이 거절할 것까지는 없다는 생각일 거야."

히다의 너무도 소극적인 발언에 미즈키는 답답하기만 했다.

"거기서 좀 더 앞으로 나가볼 생각은 전혀 없어? 너, 모모미 씨 좋아하잖아. 아니면 이제 별로야? 대체 어떤 거냐고."

"그야 좋아하지. 안 그러면 내가 왜 겔팅에서 고백을 했겠어. 아, 그때는 진짜 너무 창피했다." 히다는 먼 곳을 보는 눈빛으로 씁쓸하게 말했다.

"뭘 간절한 눈빛으로 추억에 젖어 있어? 게다가 그런 떨떠름한 추억에? 넌 지금 그런 거에 젖어 있을 때가 아니야. 어떻게든 다시 시도해봐야 할 거 아니냐고."

"어떻게든, 이라니 어떻게?"

"고백을 하라고, 고백을." 아주머니가 닭튀김을 내줘서 그걸 맨손으로 집어 히다 쪽으로 쑥 내밀었다. "프러포즈를 하란 말이야."

"에이, 또? 야, 이제 됐어." 히다는 지겹다는 듯이 닭튀김을 젓가락으로 낚아채 덥석 베어 먹었다. "아주 넌덜머리가 난다."

"한두 번 실패했다고 그렇게 기가 죽으면 안 되지. 그러다가는 너 평생 결혼 못해. 걱정 말라고, 모모미 씨는 너한테 마음이 있어. 지금 고백하면 틀림없이 잘될 거란 말이야."

히다는 지그시 미즈키의 얼굴을 쳐다보았다. "그런 무책임한 소리를 참 잘도 지껄인다."

"무책임하기는커녕 책임지고 너의 연애를 반드시 성공시키려는 거야. 무대는 물론 사토자와온천 스키장, 네가 모모미 씨를 처음 만났던 그곳이야."

히다는 눈썹을 여덟팔자로 축 늘어뜨리고 입은 ㅅ자로 확 구부렸다. "악몽 같은 추억이 깃든 장소이기도 하지."

"그러니 반드시 리벤지를 해야지. 그 스키장을 이번에야말로 멋진 추억의 땅으로 만들자고."

"무슨 수로?"

"그건 나한테 맡겨. 작전은 내가 짤 테니까."

"사토자와온천 스키장의 파우더 존을 상쾌하게 달릴 수만 있다면 나는 그것만으로도 만족이야." 풋콩을 입에 넣으며 히다는 그다지 내키지 않는 목소리로 말했다.

3

사토자와온천 스키장에 도착한 그날 아침은 기막히게 쾌청한 날씨였다. 택시에서 내려 스키장을 올려다보니 온통 새하얀 세상에 눈이 시릴 정도였다.

"와아, 겔팅 때 이후로 처음이니까 아홉 달 만인가. 드디어 돌아왔구나, 약속의 땅에." 제설차가 깨끗이 닦아놓은 길을 걸으며 미즈키가 높직하게 말했다. 오늘밤의 숙소는 사토자와온천가에서 가장 호화스러운 호텔이다.

"이런 이른 시간에 스키장에 오는 거, 정말 오랜만이야. 잘해보자, 모모미."

"응, 재미있게 타야지."

야요이와 모모미도 한껏 들떠 있었다.

"어젯밤에 눈이 내렸나? 자동차 지붕에 쌓인 눈을 봐서는 2, 30센티미터는 내린 느낌인데." 히다가 주위를 둘레둘레 둘러보며 말했다.

이번 여행에서 네가 신경 써야 할 것은 그런 게 아니야, 라고 한마디 해주고 싶은 것을 미즈키는 꾹 참았다.

호텔에 도착하자 미즈키는 곧장 프런트로 갔다. 그의 이름으로 예약했기 때문이지만 그밖에 또 다른 이유도 있었다.

"미즈키 손님, 어서 오십시오. 오늘부터 일박, 스위트룸과 트윈룸을 이용하시는 것으로, 틀림없으십니까?" 직원이 예약을 확인했다.

틀림없습니다, 라고 대답하면서 미즈키는 등 뒤에 온 신경을 쓰고 있었다. 스위트룸, 이라는 말이 혹시라도 모모미의 귀에 들어가지 않았는지 걱정스러웠던 것이다. 하지만 다행히도 모모미는 다른 두 사람과 담소 중이었다.

수속을 마친 뒤 미즈키는 직원에게 물었다.

"저기요, 우리 짐이 도착했을 텐데요."

"네, 받았습니다. 지금 가져올까요?"

"아뇨, 나중에 가지러 올 테니까 그때까지 여기서 보관해주시 겠어요?"

"네, 잘 알겠습니다."

미즈키는 세 사람에게로 돌아갔다.

"얼리 체크인을 희망했는데 방이 하나밖에 없다네요. 또 하나 는 3시 이후에 나올 것 같아요. 우선 이 방을 두 분이 쓰세요." 미 즈키는 카드키 두 장을 내밀며 말했다. "우리는 탈의실에서 옷 갈 아입고 짐은 코인로커에 맡겨둘 거니까. —그래도 괜찮지?" 히다 에게도 동의를 청했다. 괜찮아, 라고 히다가 고개를 끄덕였다.

"그건 너무 미안해서 안 돼요." 야요이가 손을 저으며 말했다. "여행 수속을 전담해주셨는데 너무 죄송하잖아요. 우리가 탈의 실에서 갈아입을게요. 너도 문제없지, 모모미?"

응응, 하고 모모미가 고개를 끄덕였다. "그러는 게 좋겠어."

"그래요? 아니, 영 마음에 걸리는데. 옷은 그냥 함께 갈아입을 까요, 이 방에서?"

아하하, 하고 야요이가 웃었다. "그럴 수는 없죠. 우스운 소리 하지 말고 얼른 방으로 올라가요. 우리도 옷 갈아입을 거니까."

"오케이, 그럼 30분 뒤에 여기서 다시 모입시다."

미즈키의 말을 신호로 남성팀과 여성팀은 양쪽으로 갈라졌다.

미즈키와 히다가 올라간 방은 물론 스위트룸이 아니라 트윈룸 쪽이다. 침대 두 개가 나란히 놓였고 창가에 테이블과 의자가 있는 정통적인 타입이었다.

"여기까지는 계획대로 잘됐네." 보드복을 갈아입으며 미즈키가 말했다. "야요이 씨가 아주 잘해줬어. 아, 그리고 그 물건은 차질 없이 도착해서 일단 프런트에 맡겨두기로 했어. 이제부터는 전적으로 너의 수완에 달렸어. 정신 바짝 차리라고."

"그런 작전으로 정말 잘 될까?" 히다는 보호용구를 겸한 이너웨어 차림으로 팔짱을 끼며 고개를 갸웃거렸다.

"괜찮다니까. 나와 야요이 씨가 공들여 짠 계획이야. 실패할 리 없어."

"그런가……"

"자신감을 가져. 내가 단언할게. 너는 내일 아침에 스위트룸에서 최고로 맛있는 모닝커피를 마시게 될 거야. 새로운 연인과 함께."

그리고 나는 새로운 비밀의 연인과 모닝커피를 마시게 되겠지, 라고 미즈키는 마음속으로 중얼거렸다.

4

사토자와온천 스키장의 눈은 여전히 최고였다. 극상의 파우더 존을 지나치게 즐기다 보니 본래의 목적을 깜빡 잊어버릴 것 같았다. 그래도 오후가 되자마자 미즈키는 자꾸 시계를 들여다보며 시각을 확인했다.

"새삼스러운 얘기지만 역시 이 스키장은 너무 넓군요." 넷이 4인승 리프트에 탔을 때, 미즈키가 말했다. "잠깐 방심하면 뿔뿔이 헤어질 것 같은데?"

"그게 걱정된다면 조금만 천천히 달려주시지. 우리는 따라가기도 벅차서 주위를 둘러볼 여유도 없어요." 야요이가 투덜거렸다.

"나도 그래요. 두 분은 너무 빨라요."

"아, 그건 히다 때문이에요. 넌 정말 너무 속도를 높이더라. 여자 분들의 페이스에 좀 맞춰줘야 할 거 아니야."

"엇, 미안. 올해 처음 타는 거라서 나도 모르게 속도를 올린 모양이네."

"나 하고 모모미는 휴대전화를 안 가져왔어요. 그러니까 서로 흩어졌을 때를 생각해서 미리 약속을 해두는 게 좋겠어요. 장소를 정해서." 야요이가 제안했다.

"그게 좋겠네. 곤돌라 산정역 근처에 있는 커피숍, 거기 어때요?"

미즈키의 의견에 알았다고 모두가 찬성했다.

"근데 그 커피숍, 몇 시까지 영업이죠?" 야요이가 의문을 입에 올렸다.

"아마 3시까지였던 것 같아요." 히다가 대답했다.

"그럼 그 이후에 흩어지게 되면 어떡하죠?"

"그렇게 되면 뭐, 호텔로 돌아가는 게 가장 좋아요." 미즈키가 말했다. "한발 앞서 호텔 방에서 쉬고 있으면 되니까."

"근데 우리는 방 열쇠가 없는데요?"

"그건 괜찮아요. 프런트에 미즈키라고 이름을 말하면 또 다른 방의 열쇠를 내줄 테니까. 3시 이후에는 방이 나온다고 했어요."

"아참, 그랬죠? 그렇다면 우리도 마음이 놓이네."

"응, 그렇다. 하지만 서로 흩어지지 않는 게 제일 좋아."

모모미의 말에 "그야 당연히 그렇죠"라고 다른 세 사람이 웃었다.

일이 계획대로 잘 진행되고 있어서 미즈키는 내심 만족스러웠다. 방금 나눈 대화도 실은 이번 계획의 복선으로 깔아둔 것이다. 준비는 착착 갖춰지고 있다. 이제 마지막 마무리 작업만 남았을 뿐이다.

그 뒤에도 넷이서 신나게 스노보드를 탔다. 다행히 아무도 흩어지는 일은 없었다. 그리고 오후 3시를 조금 지났을 무렵—.

"이제 슬슬 때가 된 것 같은데요?" 야요이가 얘기를 꺼냈다. 미

스키는 그녀와 둘이서만 2인승 리프트에 타고 있었다.

"나도 그러려던 참이에요. 3시도 지났고."

"어디쯤에서 하죠?"

"여기 경사면을 내려가 조금 들어간 곳에 임도로 향하는 갈림 길이 있어요. 우선 그곳으로 들어갈 거예요. 길이 구부러져서 앞에 가는 사람을 못 보고 놓치는 일이 많아요. 그걸 이용하는 거죠. 틈을 노려서 옆의 숲 속으로 숨는다. 그리고 모모미 씨가 지나갈 때까지 기다린다."

"앞에서 달리던 사람들이 갑자기 보이지 않으면 모모미는 길을 잘못 들었다고 생각하겠죠. 어딘가에서 길이 갈라졌는데 그걸 못 보고 지나친 거라고."

"그렇죠. 아마 우리를 찾으려고 할 겁니다. 하지만 벌써 3시가 넘은 시각. 분명 일찌감치 포기하고 호텔로 돌아가겠죠. 그리고 프런트에 내 이름을 대고 카드키를 받을 거고."

"방에 올라가 보고 깜짝 놀라겠죠. 그곳은 무려 호화로운 스위트룸."

"게다가 먼저 와 있는 사람이 있어요. 미리 호텔로 돌아간 히다. 보드복은 벗고 그에게 가장 잘 어울리는 호텔 유니폼으로 갈아 입은 모습이죠. 그리고 정중한 태도로 '어서 오십시오'라고 머리를 숙입니다. 나아가 이렇게 말할 거예요. '당신이 몹시 지쳐 있더라도 제가 반드시 그 피로를 풀어드리겠습니다'라고. 또한 그의 손에는 그 물건이 쥐어져 있을 거고."

"우와, 멋있다, 멋있어." 야요이는 다리를 버둥버둥 흔들었다. "그런 대접을 받으면 여자는 당연히 감동하죠. 더구나 상대를 그리 밉지 않게 생각했다면 확실하게 넘어갈 거예요."

"문제는 시간이에요. 히다가 먼저 호텔로 돌아가 스위트룸 카드키와 그 물건을 찾아 일단 자기 방으로 올라가겠죠. 그리고 서둘러 유니폼으로 갈아입고 스위트룸에서 모모미 씨를 기다려야하잖아요. 최소한으로 잡아도 10분은 필요해요."

"시간 맞춰서 잘해낼까요?"

"히다가 그건 잘할 거예요. 아무튼 스피드광이니까."

"그렇죠? 드디어 작전 실행이네요. 가슴이 두근두근."

"스키장의 호텔 스위트룸에서 새로운 연인과 함께 하룻밤을 보내다니! 우리가 짠 작전이지만 히다가 정말 부럽군요. 그에 비하면 나는 남녀가 한 방에서 지내게 됐는데 매정하게 뿌리치기만 할 겁니까?"

"그 점에 대해서는 이미 몇 번이나 말씀드렸죠? 내 침대에 접근하는 순간, 레드카드 퇴장이라는 거, 똑똑히 기억해두세요."

"그쪽 침대로 접근하면 아웃이죠? 그럼 그쪽에서 내 침대로 온다면 아무 문제도 없겠네요."

"그런 일은 있을 수 없어요."

"그거야 모르는 일이죠. 내가 밤새 설득할 생각이거든요. 이쪽으로 오시지 않겠습니까, 이쪽은 물도 아주 맛있습니다, 라고."

"뭐예요, 그게? 내가 무슨 반딧불인가요? 그런 설득에 넘어갈 일은 절대로 없어요."

"그래도 나는 이 방법 저 방법을 동원해 한번 버텨보려는 거예요. 아니, 뭐, 싫다면 무시하시면 되잖아요."

"물론 그럴 생각이에요. 나는 피곤해서 금세 잠들 테니까. 미리 말해두겠는데 시끄럽게 하는 건 반칙이에요. 그럴 경우에도 레드카드예요."

"알았어요. 그렇다면 다른 작전도 생각해봐야겠네."

가벼운 농담을 주고받으면서도 미즈키는 뭔가 좋은 반응이 오는 것을 실감했다. 이를테면 침대는 따로따로여도 한방에 들어가면 일단 승리는 내 것이다. 어떻게든 공략할 방법은 있다고 생각했다. 여차하면 무릎 꿇고 납작 엎드리는 방법도 있다. 이건 성공률이 지극히 높은 필살기인 것이다.

리프트에서 내려 바인딩을 장착하고 있을 때 히다와 모모미도 뒤따라 내려왔다.

"히다, 이번에 달릴 때는 임도로 들어갈 거야." 미즈키가 말을 건넸다. 그것이 작전 실행의 신호였다.

알았어, 라고 대답하듯이 히다가 한 손을 번쩍 들었다. 고글과 페이스마스크 때문에 얼굴 표정은 보이지 않았지만 온몸에서 긴장감이 느껴졌다.

전원이 바인딩을 장착한 것을 확인하고 히다가 먼저 출발했다. 자세는 낮고 라인은 공격적이었다. 명백히 평소보다 더 기합이 들어가 있었다.

"저 친구, 속도 높이지 말라고 신신당부를 했는데 또 내달리네." 그렇게 말하면서 미즈키도 달리기 시작했다. 도중에 흘끗 뒤를 돌아보면서 야요이, 모모미의 순서로 따라오는 것을 확인했다.

앞에서 달리는 히다가 임도로 들어가는 것이 보였다. 미즈키도 따라갔다. 임도의 경사도가 완만하다는 것을 잘 알고 있어서 최대한 속도를 떨어뜨리지 않도록 조심했다.

한참 달려가자 옆으로 숲이 나타났다. 미즈키는 등 뒤를 돌아보았다. 야요이가 바로 뒤쪽에 있었지만 모모미의 모습은 보이지 않았다. 절호의 찬스였다.

야요이를 향해 손을 흔든 뒤 미즈키는 옆의 숲으로 뛰어들었다. 눈이 다져지지 않아서 몸이 가라앉았다.

그 바로 뒤를 따라 야요이도 숲으로 들어왔다. 신이 난 듯 킥킥킥 웃고 있었다. 둘이 나무 뒤에 숨어 상황을 살펴보았다.

잠시 뒤 빨간 보드복을 입은 모모미가 모습을 드러냈다. 미즈키와 야요이를 전혀 알아차리지 못한 기색으로 똑바로 앞만 보며 달려갔다.

"좋았어!" 미즈키는 주먹을 부르쥐었다. "성공했어요."

"이제는 히다 씨가 어떻게 하느냐에 달렸네요."

"네, 그렇죠."

임도로 돌아가 다시 보드를 타기 시작했다. 하지만 속도는 내지 않았다. 자칫 모모미를 따라잡게 되면 작전이 어그러지기 때문이다.

잠시 달려가자 앞이 툭 트이면서 말끔하게 압설된 넓은 경사면이 나타났다. 카빙 턴을 하면 그야말로 상쾌할 것 같았다.

하지만 그렇게 생각한 직후에 미즈키는 브레이크를 걸었다. 저 앞쪽에서 빨간 보드복이 눈에 들어왔기 때문이다. 저건 혹시 모모미 씨 아닌가. 경사면에서 몸을 웅크리고 있었다.

게다가 그 곁에 또 한 사람이 있었다. 회색 보드복을 입은 인물이다.

야요이도 곁으로 다가와 멈춰 섰다. "저거 모모미 아니에요?"

"그런 것 같군요. 근데 함께 있는 사람은…… 히다?"

"네, 히다 씨인 것 같아요."

"뭐야, 어떻게 된 거지?"

무슨 영문인지 알 수 없었지만 미즈키는 일단 그쪽으로 다가갔다.

가까이 가보니 역시 모모미와 히다였다. 뭔가 심각한 분위기가 금세 전해져 왔다. 히다는 스노보드를 떼어놓고 양쪽 무릎을 껴안은 자세로 앉아 있었다.

모모미 씨, 라고 불러보았다.

"앗, 미즈키 씨. 아, 다행이다. 두 사람과 흩어진 줄 알고 난처해하던 참이에요."

"무슨 일이에요?"

"그게…… 히다 씨가 좀 다친 모양이에요."

"뭣이?" 미즈키는 급히 히다 옆으로 달려갔다. "대체 어떻게 된 거야?"

"넘어졌어." 히다가 힘없이 대꾸했다. "빙판에서 보드 앞날이 빠져서……"

"어디를 다친 거야, 다리 쪽?"

"아니, 등인 것 같아."

"움직일 수 있어?"

히다는 슬쩍 고개를 외로 꼬았다. 상당히 힘들어 보였다.

미즈키 씨, 라고 뒤에서 야요이가 말을 건넸다. "내가 내려가서 패트롤 대원에게 연락할게요."

"네, 미안하지만 부탁해요."

미즈키는 야요이가 보드를 타고 달려가는 것을 지켜본 뒤에 히다에게로 시선을 돌렸다. 히다는 입을 꾹 다물고 있었다. 말을 할 기력도 없는 모양이었다.

"속도를 지나치게 올린 거야?"

"……응, 조금."

미즈키는 맥이 탁 풀리는 심정이었지만 모모미 앞이라서 꾸욱 참았다. 하필이면 왜 이 타이밍에 일을 이렇게 엉망으로 만드는가.

계획이 이렇게 물거품이 되는구나, 하고 생각했다. 기껏 예약해둔 스위트룸도 쓸모없게 되었다. 스위트룸은커녕 이번 여행 자체가 이걸로 중단될지도 모른다.

잠시 지나자 패트롤 사이렌 소리가 들려왔다. 스노모빌 한 대가 그들을 향해 힘차게 달려오는 중이었다.

5

다행히 히다의 부상은 그리 크지 않은 모양이었다. 양호실로 실려가고 잠시 뒤에는 침대에서 일어나 잠깐 걸을 수도 있었다. 하지만 여전히 통증은 심한 모양이었다.

"병원에서 진찰을 받아보는 게 좋겠어요." 스노모빌을 운전하고 온 키 큰 패트롤 대원이 말했다. "바로 이 근처니까 내 차로 태워다드리죠."

"그렇습니까. 정말 고맙습니다."

히다는 미안한 표정으로 머리를 숙이자마자 얼굴을 일그러뜨리며 으으윽 신음 소리를 냈다.

패트롤 대원의 부축을 받아 차로 향하는 히다를 배웅하며 미즈키는 한숨을 내쉬었다.

"미치겠네. 이제 어떻게 하죠? 스노보드, 좀 더 탈까요?"

"우선은 차라도 마시죠."

야요이의 제안에 모모미도 찬성이라고 말했다. 그 표정은 어두웠다. 히다가 걱정인 것이리라.

패밀리 슬로프가 내다보이는 레스토랑에 들어갔다. 미즈키와 야요이는 생맥주와 풋콩을, 모모미는 아이스티를 주문했다.

"그나저나 정말 운도 없는 녀석이네. 이런 때 다치기나 하고, 대체 어쩌자는 건지." 모모미가 지켜보는데 프러포즈에 대한 얘기는 안 된다고 생각하면서도 미즈키는 투덜거리지 않을 수 없었다.

하지만 모모미는 미즈키의 말을 다른 뜻으로 해석했는지 미간을 좁히며 중얼거렸다. "모처럼 멋진 눈을 만났는데, 가엾어요."

미즈키의 스마트폰에 메시지가 들어왔다. 히다가 보낸 것이었다. '방금 진찰과 치료가 끝났어. 갈비뼈 하나가 부러졌다. 그대로 호텔로 돌아갈게. 먼저 방에 올라가 누워야겠어. 그 계획은 중지하는 것으로, 잘 부탁한다'라고 적혀 있었다.

계획은 중지—. 하긴 그럴 수밖에 없다고 생각했다. 지금 프러포즈고 뭐고 그런 게 문제가 아닌 것이다.

골절이라는 얘기를 두 사람에게 전했더니 똑같이 얼굴을 찌푸렸다.

"부러진 거예요? 저런, 어떡해."

"아프다고 하더니 역시……." 모모미는 침통한 목소리를 냈다.

미즈키는 시계를 보았다. 오후 4시를 훌쩍 넘긴 시각이었다. 바깥이 조금 어둑어둑해진 것처럼 느껴졌다. 설산은 낮 시간이 짧은 것이다.

"우리도 그만 철수할까요?"

미즈키의 의견에 두 사람도 고개를 끄덕였다.

호텔로 돌아가자 스노보드를 로커에 넣어두고 방 열쇠를 받으러 야요이는 프런트로 향했다. 모모미는 코인로커에 맡겨둔 그녀와 야요이의 짐을 찾으러 가기로 했다. 그녀들을 기다리는 동안 미즈키는 스마트폰으로 히다에게 전화를 걸었다.

예에, 라는 힘없는 목소리가 들려왔다.

"히다, 좀 괜찮아?"

"그럭저럭 견딜 만해."

"지금 뭐하고 있어?"

"방에 올라와서 누워 있어."

"몸은 좀 움직일 수 있어?"

"겨우겨우 움직일 수는 있는데, 좀 힘들어."

"밥 먹으러 나갈 수 있겠어?"

"그건 안 되겠어. 편의점에서 뭔가 사다주면 고맙겠는데."

"알았어. 일단 지금 거기로 갈게."

미즈키가 전화 통화를 마쳤을 때, 마침 야요이가 돌아왔다. 모모미도 두 사람분의 짐을 카트에 싣고 나타났다.

"우선은 각자의 방으로 가기로 하죠." 미즈키가 그녀들에게 말했다.

저어, 라고 모모미가 조심스럽게 입을 열었다. "미즈키 씨 쪽 방 열쇠, 나한테 좀 빌려줄 수 있을까요?"

"엇, 왜요?"

그러자 모모미는 멋쩍은 표정으로 고개를 숙인 뒤, 마음을 정한 듯 얼굴을 들었다.

"히다 씨가 오늘밤 무척 힘들 것 같은데……. 아마 밥도 제대로 못 먹을 거고, 그래서 누군가 곁에 있어주는 게 좋을 것 같아요. 아, 그러니까……."

응응, 알았어, 라고 야요이가 말했다. "모모미가 곁에 있어주려는 거지?"

모모미는 꾸벅 고개를 끄덕였다.

야요이는 후훗 하고 입술을 풀고 웃으며 미즈키를 보았다. "모모미가 이런 좋은 얘기를 해주잖아요. 미즈키 씨, 얼른 열쇠 내놓으시죠."

뜻밖의 전개였다. 하지만 물론 나쁘지 않은 얘기다. 미즈키는 호주머니에서 카드키를 꺼내 모모미에게 건네주었다. "히다를 잘 부탁합니다.”

"내 마음대로 결정해서 미안해요." 모모미가 사과했다.

"모모미, 그 사람한테 어서 가봐. 나는 미즈키 씨와 잠깐 상의할
게 있으니까.”

"응, 알았어." 모모미는 카트에서 자신의 짐을 꺼내 챙겨들었
다. "그럼 이따가 보자.”

"아, 내 짐은 나중에 가지러 갈게요." 미즈키가 말했다.

네, 라고 대답하고 모모미는 빠른 걸음으로 엘리베이터 홀로
향했다.

그녀의 뒷모습을 지켜보며 미즈키는 파하하핫 하고 웃었다.
"이건 그야말로 부상 덕분에 얻은 행운이잖아.”

"궁하면 통한다, 라는 속담도 있죠." 그렇게 말하고 야요이는
손뼉을 타악 쳤다. "아차, 가장 중요한 걸 잊어버렸네.”

그녀가 프런트로 향하는 것을 보고 미즈키도 생각이 났다. 그
렇다, 그게 있었다―. 야요이가 돌아왔다. 쓴웃음을 짓고 있었다.
그녀가 손에 든 것을 보고 미즈키도 똑같은 표정을 지을 수밖에
없었다.

빨간 장미 꽃다발이다. 히다를 위해 준비한 것이었다. 프러포
즈를 할 때, 히다는 이 꽃다발을 모모미에게 건네줄 계획이었다.

"이 꽃다발이 나설 일도 이제 없어져버렸네.”

"기왕 준비한 거, 스위트룸에 꽂을까요?”

"좋죠. 굿 아이디어! 신혼 기분을 맛볼 수 있겠죠."

"우후후, 그럴지도."

야요이의 반응에 미즈키의 마음은 두둥실 떠올랐다. 뜻하지 않게 야요이와 둘이서 스위트룸을 쓰게 된 것에 대해 그녀는 별다른 저항감을 느끼지 않는 기색이었다.

이런 행운이! 그야말로 횡재가 아닐 수 없다. 미즈키는 히다에게는 미안하다고 생각하면서도 친구의 갑작스런 사고에 감사하고 싶은 기분이었다. 스위트룸에는 디럭스 침대 하나가 있을 뿐이라는 건 이미 확인한 바다. 한 침대에 들면 야요이도 성인 여성이니 그리 강하게 거부하지는 않을 것이라는 희망사항이 있었다.

나란히 엘리베이터 홀로 가서 미즈키가 버튼을 눌렀다. 방에 들어가면 가벼운 농담이라도 나누며 야요이의 눈을 지그시 응시한 다음에 자연스럽게 포옹과 키스를 하자. 머릿속에서 순서를 가다듬었다.

엘리베이터가 도착하고 문이 열렸다. 하지만 왜 그런지 야요이는 타려고 하지 않았다.

"왜요?"

미즈키가 묻자 야요이는 장난기 가득한 웃음을 지었다.

"게임은 여기까지. 방에 가기 전에 미리 해둘 얘기가 있어요."

6

차임벨이 울렸다. 네, 라고 대답하고 히다가 문을 열자 야요이가 빙긋이 웃으며 서 있었다.

"어떻게 됐어요?" 히다가 물었다.

야요이는 손가락으로 OK사인을 그렸다. "깔끔하게 성공!"

와아 하고 히다의 등 뒤에서 남녀의 목소리가 터져 나왔다. 박수 소리도 들렸다.

야요이를 안으로 맞아들이고 히다는 문을 닫았다.

"수고했어." 침대에 앉아 있던 모모미가 야요이에게 말했다.

"모모미야말로 수고가 많았지. 내내 연극을 하느라." 야요이는 모모미에게서 히다에게로 시선을 옮겼다. "히다 씨도 수고하셨어요."

"아뇨, 이건 내가 먼저 시작한 일인데요, 뭘."

"나는 재미있었어. 미즈키 씨가 전혀 눈치채지 못한 것 같아서 정말 우스웠다니까." 모모미가 환한 얼굴로 말했다.

"히다 씨의 부상 연기도 상당한 수준이던데요? 진짜로 어디 다친 게 아닌가 은근히 걱정했을 정도예요."

야요이의 말에 아이, 뭘, 이라고 히다는 수줍어했다.

"스노보드를 타다가 다친 사람들은 자주 봤었으니까요. 게다가 네즈 씨라고 했던가요, 그 패트롤 대원이 협조해줘서 일이 잘됐어요."

"맞아요, 그 사람도 연기력이 대단했죠."

히다는 창가의 의자에 앉아 있는 두 남녀를 보았다.

"네즈 씨를 소개해준 것까지 포함해서 쓰키무라 부부에게도 이번에 큰 도움을 받았어."

"천만에요." 남자 쪽이 얼굴 앞에서 손을 내저었다. 히다 일행이 근무하는 호텔의 후배 쓰키무라 하루키다. "히다 선배의 부탁이기도 하고, 무엇보다 우리도 미즈키 씨 커플이 행복해졌으면 하는 바람이 있으니까요."

네에, 그렇죠, 그렇죠, 라고 고개를 끄덕인 것은 쓰키무라의 아내이자 역시 직장 후배인 마호였다. "근데 괜찮을까요? 미즈키 선배가 잘해낼지 모르겠어요."

"그 남자라면 괜찮아요." 야요이가 말했다. "아무튼 백전연마의 선수잖아요. 내가 이번 일의 내막을 밝혔더니 깜짝 놀라기는 했지만 결국 각오를 다진 얼굴이었어요."

"야요이 씨, 정말 고맙습니다." 히다는 새삼 정식으로 머리 숙여 감사인사를 건넸다. "야요이 씨의 협력이 아니었다면 이번 일은 절대로 못했을 거예요."

야요이는 손을 가로저었다.

"아이, 그런 말씀은 마시고요. 나는 미즈키 씨 같은 남자가 싫은 건 아니지만, 그런 남자의 여자 친구가 너무 딱하더라고요. 그래서 히다 씨가 나한테 이번 일을 상의했을 때 기꺼이 도와드리기로 결심했던 거예요."

"덕분에 오늘 밤에 한 여자가 행복을 잡겠네요." 마호가 꿈꾸는 듯한 표정으로 두 손을 엇갈려 가슴 앞에 댔다. "너무 로맨틱하다……."

모두가 뿌듯한 표정인 것을 보고 히다는 만족스러웠다. 미즈키에게는 항상 도움만 받아왔다. 그 감사의 마음을 표현한 것이 이번 작전이었다.

게다가―.

누구에게나 결국 빚을 청산해야 할 때라는 것이 찾아오게 마련이다. 가루눈이 흩날리기 시작하는 것을 창 너머로 바라보며 히다는 마음속으로 '부디 행복하게 살아다오'라고 친우에게 말을 건네고 있었다.

7

심호흡을 한 차례 하고 차임벨을 눌렀다. 심장이 빠르게 두근거렸다. 침착해, 라고 미즈키는 자신에게 되뇌었다. 이런 상황에서 당황한다는 건 한심한 일이다.

철컥 하는 소리와 함께 문이 열렸다. 모습을 드러낸 상대는 그를 올려다보며 눈이 둥그레졌다. "엇, 자기가 어떻게 여기에?"

안녕, 하고 미즈키는 웃음을 건넸다. 뺨이 긴장되는 게 스스로도 느껴졌다.

핑크색 스웨터를 입은 기모토 아키나는 눈을 연거푸 깜빡거렸다.

"어떻게 된 거야? 미즈키가 왜 여기에 있어? 무슨 일이지?" 빠른 말투로 물어보면서도 반가운 듯 표정이 환해져 있었다.

"이래저래 사정이 좀 있었어. 우선 안에 들어가도 될까?"

"응, 괜찮긴 한데……. 와아, 이게 뭔 일이지? 진짜 모르겠네. 어떻게 된 거야?"

아키나가 뒤로 한 걸음 물러서자 미즈키는 방으로 들어갔다. 넓은 거실이 있고 소파와 테이블이 나란히 놓였다. 옆에는 침실이 있을 터였다. 원래는 히다와 모모미를 위한 방으로 준비한 것이었다.

"쓰키무라와 마호 부부가 아키나를 여기로 데려왔지?"

"응, 그랬지. 오늘 마호와 피부미용실에 가기로 약속했었는데 아침에 갑작스럽게 사토자와온천 호텔에 무료로 숙박할 수 있게 됐으니까 함께 가자고 연락이 왔어. 게다가 뭔가 착오가 있었는지 나 혼자만 이런 넓은 방을 준 거야. 나는 마호가 쓰키무라와 함께 이 방을 쓰는 게 좋겠다고 사양했는데 이미 짐을 다 옮겼으니까 그대로 쓰라고 해서……. 아, 그보다 얘기해봐, 왜 미즈키가 여기에 있어? 어떻게 된 거야? 뭐가 뭔지 모르겠어."

"아니, 그게, 말하자면 이건 내가 쓰키무라 부부에게 부탁해서 꾸민 일이야. 아키나를 이 호텔에 데려오려고."

"왜?"

"그건 뭐, 물론 서프라이즈를 위한 거지."

"서프라이즈?" 아키나는 고개를 갸웃거렸다.

미즈키는 마음의 각오를 했다. 이제 체념하는 수밖에 없다. 사실대로는 도저히 말할 수 없는 일인 것이다.

그는 등 뒤로 감춰두었던 것을 아키나에게 쓰윽 내밀었다.

물론 그 빨간 장미 꽃다발이다.

아키나는 당황하는 빛이 역력한 가운데서도 얼굴이 환해지면서 장미와 미즈키를 번갈아 바라보았다.

"어머, 이건 또 뭐야? 뭘 하려고?" 그 목소리에는 명백하게 기대감이 담겨 있었다.

이 상황에서 이런 꽃다발을 내민 이상, 할 수 있는 말이라고는 한 가지밖에 없었다.

"아키나, 오랫동안 기다리게 해서 미안하다."

"응?"

"나와 결혼해줄래? 꼭 행복하게 해줄게."

말을 하면서 미즈키의 가슴속에는 억울한 심정이 퍼져갔다. 기왕 프러포즈를 할 거라면 좀 더 열심히 궁리해서 최상의 말을 선택하고 싶었다. 일생일대의 장면에서 자신이 이런 흔해빠진 대사를 늘어놓게 될 줄은 생각도 못했다.

하지만 그런 흔해빠진 말도 아키나의 가슴을 뭉클하게 감동시키는 데는 성공한 것 같았다. 그녀의 눈 가장자리가 순식간에 불그레해졌다. 그리고 잠시 뒤 그 눈에서 눈물이 뚝뚝 떨어지기 시작했다. 그녀는 두 손으로 입을 가리고 있었다. 어떤 말도 생각나지 않는다는 모습이었다.

아키나, 라고 미즈키는 그녀를 불렀다. "결혼해줄 거지?"

대답은 없었다. 그 대신 그녀는 미즈키의 품에 뛰어들었다. 그 몸이 가늘게 떨렸다. 미즈키는 한 손에 꽃다발을 든 채 두 팔로 그녀를 끌어안았다.

제기랄, 완전히 당해버렸어―.

미즈키의 머릿속에 히다의 얼굴이 떠올랐다.

천하의 플레이보이라고 자부하는 내가 하필 그런 숙맥 같은 친구에게 뒤통수를 맞을 줄이야.

하지만 그 덕분에 지금 이 순간 깊은 행복감에 젖게 된 것은 사실이었다. 자신이 오랜 세월 찾아 헤매던 것을 마침내 만난 듯한 기분이기도 했다. 억울하기는 하지만, 다음에 히다에게 샴페인이라도 대접하자, 라고 미즈키는 생각했다.

위기일발

1

 탈의실에서 옷을 갈아입은 뒤 보드를 껴안고 건물 밖으로 나왔다. 산록(山麓)의 패밀리 슬로프는 컬러풀한 스키복을 차려입은 스키어와 스노보더들로 북적거렸다.

 고타는 친구 하야세와 둘이서 리프트권 매장으로 향했다.

 "오, 저기다, 저기!" 하야세가 장갑 낀 손으로 앞쪽을 가리켰다.

 리프트권 매장 옆에 플랜카드가 걸려 있었다. 거기에 '겔팅 참가자는 이쪽'이라는 표시와 함께 바로 옆에 접수 카운터가 있었다. 벌써 길게 줄이 이어져서 두 사람은 그 끝에 가서 섰다.

 "참가자가 꽤 많은데?" 고타가 작은 소리로 말했다. "기대해볼 만하겠어."

 "그러면야 좋지만 글쎄, 어떨까." 대답은 그렇게 하면서도 하야세의 말투는 환했다.

두 사람은 사토자와온천 스키장에 와 있었다. 둘 다 스노보드가 취미였지만 이번에 한해서 말한다면 목적은 스노보드를 타는 것이 아니었다.

오늘 여기서 겔팅이 개최된다. 거기에 참가하기 위해 찾아온 것이다.

겔팅이란 스키장을 모임장소로 하는 단체 미팅이다. 팸플릿에는 '겔렌데에는 아름다운 만남이 가득! 스키와 스노보드를 타면서 새로운 사랑을 찾아봐요!'이라고 적혀 있었다.

이런 행사를 발견한 것은 하야세였다. 참가 희망자는 반드시 2인1팀으로 신청하는 게 규칙이라면서 고타에게 함께 가자고 졸라댄 것이다.

고타는 처음에는 거절했다. 지금 이 타이밍에 그런 행사에 참가할 수는 없다고 말했다. 우선 연인과 바로 얼마 전에 혼인신고를 한 참이었던 것이다.

하지만 하야세는 물러서지 않았다.

"단체 미팅이라는 얘기는 안 하면 되잖아. 친구 하야세와 둘이 스노보드 타러 간다고 하면 된다고."

"들키면 어쩌라고?"

"들키기는 왜 들켜? 절대 안 들켜. 너, 왜 이렇게 쫄보가 됐어? 1년 전만 해도 약혼 중인 처지에 바람피우려고 여행까지 했으면서. 그때 네 짐을 맡아주고 내 방에서 옷도 갈아입게 해준 거, 다 잊었냐?"

"그 여행에서 너무 힘든 일을 겪었기 때문에 완전히 질려버린 거야. 얘기했잖아, 곤돌라 사건."

"그 얘기는 나도 들었는데, 결과적으로 용서도 받고 결혼도 했으니까 다 잘됐잖아. 아무튼 이번에는 네가 나를 도와줄 차례야. 어, 뭐야, 넌 이제 결혼했으니까 남이야 어떻게 되건 말건 모르겠다는 거냐?"

그런 식으로 강하게 몰아붙이는 바람에 차마 거절할 수 없었다. 이래저래 신세를 진 건 사실이었다. 어쩔 수 없네, 딱 한 번이야, 라고 못을 박고 따라나서기로 했다.

접수처에서 리프트권과 홀더를 받았다. 홀더가 참가자라는 표시가 되는 모양이었다. 옷 위에 홀더를 붙이면서 고타는 주위에 있는 여성 스키어와 스노보더들을 살펴보았다. 고글을 쓰고 있어서 얼굴을 알아보기 힘들다. 스키웨어 때문에 몸매도 확실하지 않다. 하지만 왠지 모두 미인으로 보이는 건 벌써부터 겔렌데 마법에 걸린 탓일까.

잠시 뒤, 행사가 시작되었다. 남자 MC가 나타나 참가자들을 격려하고 스케줄이며 규칙, 매너에 대해 설명했다. 조금씩 모임 장소의 분위기가 달아올랐다.

그다음에 패밀리 슬로프 활주에 나섰다. 4인승 리프트에 남자

2인팀과 여자 2인팀이 나란히 타게 된다. 우선은 리프트 위에서 자기소개를, 이라는 것이다. 의기투합했을 경우에는 그대로 행동을 함께하면 되고, 조금 더 다른 상대와도 이야기해보고 싶다면 그다음에 리프트에 탈 때 '팀 바꾸기 희망'이라고 적힌 줄에 서면 된다.

고타와 하야세가 맨 처음 동승한 사람은 간사이에서 온 사무직 두 명 팀이었다. 이쪽에서 한 마디 하면 리액션이 다섯 배는 돌아오는 식의 떠들썩한 여자들이었다. 둘 다 스노보드를 발에 달았지만 거의 경험이 없다면서 깔깔 웃었다.

"스노보드는 오늘 만난 남자 친구에게 배우자고 얘기하면서 왔어요. 두 분은 스노보드 실력, 어느 정도예요?" 한쪽 여성이 빠른 말투로 물었다.

"글쎄요, 어느 정도일까. 가르쳐드릴 만큼 잘 타지는 못하는 거 같은데요?" 하야세가 대답했다. 실제로는 선수급이지만 무료 코치 취급을 당하고 싶지 않아 예방선을 친 것이다.

간사이의 사무직 여성들과는 일찌감치 작별 인사를 하고, 다음에 함께 리프트에 타게 된 것은 유치원 선생님 콤비였다.

"다들 힘든 일이라고 얘기하는데 아이들을 좋아하면 그리 힘들게 느껴지지 않아요. 오히려 너무 얌전한 아이는 뭔가 좀 성에 차지 않을 정도죠."

"네, 맞아요. 우린 아마도 육아에는 소질을 타고난 모양이라고 자주 얘기한답니다."

둘 다 서른이 넘은 나이라고 자진 신고했고, 다른 만남이 전혀 없었다는 것을 유난히 강조했다.

이 두 사람은 진지하구나, 라고 고타는 감지했다. 본격적으로 결혼상대를 찾으러 온 것이다. 육아에 자신이 있다는 것을 어필해 포인트를 쌓으려고 하는 것이다.

그런 진지한 기운을 하야세도 눈치챘는지 그녀들과는 그걸로 끝이었다.

그 뒤에도 다양한 여성 2인팀과 얘기를 나눠봤지만 하야세의 눈에 차는 상대는 좀체 나타나지 않았다. 그들의 대화를 썰렁한 심정으로 듣고 있으면서 고타는 리프트 위에서 주위를 바라보았다. 곤돌라가 한 줄로 나란히 올라가는 게 보였다.

사토자와온천인가…….

그 악몽 같은 일은 평생 잊지 못한다, 라고 생각했다. 불륜 상대와 곤돌라에 탔더니만 동승한 팀 중의 한 명이 동거 중이던 하시모토 미유키였다. 게다가 두 사람은 고등학교 동창이었다……. 선뜻 믿어지지 않는 불운이었다. 고타의 얘기를 들은 사람들은 예외 없이 부르르 몸을 떨었다.

불륜 상대는 당연히 분노해서 떠나갔다. 그 이후로 연락은 없었다. 그리고 미유키에게서는 약혼 파기 통고를 받았다.

자신이 초래한 일이라고는 해도 그토록 강한 인생의 암전을 경험한 건 그때가 처음이자 마지막이었다. 그 후로 좋은 일이라고는 하나도 없었다. 새 연인은 생길 기미도 없고 회사 업무에서도 실수 연속이었다. 너무도 운수가 사나워서 굿이라도 해야 하나, 라는 생각까지 했다.

그런 식으로 1년이 지나고 다시 겨울이 찾아왔다. 눈 소식을 들을 때마다 생각나는 것은 곤돌라 사건이었다. 그리고 미유키였다. 요즘 어떻게 지낼까, 궁금해서 견딜 수가 없었다.

그런 참에 우연히 방 안에서 명함 한 장을 발견했다. 미유키와 학생 시절부터 친했던 '유미'의 것이었다. 거기에 메일 주소며 휴대전화 번호가 적혀 있었다.

통화할 용기가 나지 않아 메일을 보내기로 했다. 미유키의 근황을 알려주실 수 있을까요, 라는 내용이었다. 유미는 곤돌라 사건 때 같은 자리에 있었다. 고타에게 좋은 인상을 품었을 리 없어서 무시당할 것을 각오하고 보낸 것이었다.

그런데 예상과 달리 답신이 도착했다. 그 첫머리는 따끔한 나무람이었다. 개인적으로 고타 씨의 행동은 용서받을 수 없는 일이라고 생각합니다, 라고 적혀 있었다. 하지만 그다음부터 문장의 톤이 바뀌었다. 미유키는 지금도 연인이 없는 상태고, 아마 아직도 고타를 잊지 못하는 것 같다, 라는 내용이었다.

고타는 날아오를 듯한 기분이었다. 미유키의 연락처를 알려주십사고 부탁했다.

하지만 유미의 답신은, 그렇게까지 도와드릴 수는 없다는 것이었다. 다만 한 가지 정보를 드릴게요, 라면서 머지않아 미유키가 회사 동료들과 사토자와온천 스키장에 갈 예정이라고 적혀 있었다.

이거다, 라고 생각했다. 미유키를 직접 만나 사과하자. 이 기회를 놓치면 이제 두 번 다시 미유키와는 만날 수 없다.

즉각 계획을 짰다. 미유키 일행이 스키장에 간다는 건 알았지만 어디서 숙박하는지 어떤 일정인지는 전혀 밝혀지지 않았다. 그런 상황에서 과연 찾아낼 수 있을까. 다들 알다시피 사토자와온천 스키장은 전국 최대급의 스키장이다. 식사하는 곳만 해도 한두 군데가 아니다.

궁리 끝에 한 인물에게 도움을 청하자는 아이디어가 떠올랐다. 사토자와온천 스키장에서 패트롤을 담당하는 네즈라는 사람으로, 이전부터 안면이 있었다. 패트롤 업무 동안에 그 스노모빌을 얻어 타고 스키장 안을 돌면 찾아낼 수 있다고 생각한 것이다.

곧바로 연락해 사정을 이야기하자 뭔 말도 안 되는 소리를, 이라고 어이없어했다.

"산정 리프트 하차장에서 지켜보는 건 어때요? 기다리다 보면 나타날 텐데요." 네즈는 말했다.

"산정까지 꼭 올라올지 어떨지 알 수 없잖아요. 스키장 전체를 다 돌지 않아도 됩니다. 여자 친구가 나타날 만한 포인트는 제가 아니까 그곳만 돌아보면 돼요. 제발 부탁드립니다."

"참 나, 못 말리겠네."

난감해하면서도 네즈는 부탁을 받아주었다. 그걸로 준비는 다 되었다.

아니, 다 된 게 아니다. 가장 중요한 것이 남아 있었다.

직접 만나 사과한다고 해도 그저 말만으로는 안 될 것이다. 성의를 보여주지 않으면 안 된다. 성의라고 하면 무릎을 꿇는 것인가. 아니, 그 정도로는 안 된다. 좀 더 강한 각오를 눈에 띄는 형태로 보여주지 않으면 안 된다.

하루 종일 고민한 끝에 생각해낸 것이 삭발이었다. 근처 이발소에 가서 바싹 밀어달라고 했다. 파르라니 깎인 머리통을 거울로 바라보면서 이걸로도 안 된다면 포기하는 수밖에 없다고 생각했다.

하지만 결과는 상상 이상으로 성공적이었다. 우연히 일행과 떨어져 혼자 있던 미유키를 발견할 수 있었던 것이다. 삭발머리로 무릎을 꿇고 온힘을 다해 용서를 청하자 처음에는 화를 내던 미유키도 마침내 마음이 풀려서 "이다음은 없어"라고 말해준 것이다. 그 자리에서 고타가 결혼하자고 프러포즈한 것은 말할 것도 없다.

도쿄로 돌아오자 곧바로 이전처럼 함께 살기 시작했다. 식은 올리지 않았지만 혼인신고는 마쳤다. 현재 두 사람의 꿈은 아이를 갖는 것이다. 온화하고 안정적인 지금의 생활이 고타는 만족스러웠다. 이제 두 번 다시 바람 따위는 피우지 않겠다고 굳게 결심했다.

어깨를 흔드는 바람에 퍼뜩 정신을 차렸다. 엇, 하고 옆을 보았다.

"엇, 이라니? 뭘 멍하니 있어? 어떤 일을 하는지 물어보시잖아." 하야세가 말했다.

하야세 건너편에 앉은 여자들은 간호사라는 2인팀이다. 아무래도 리프트 위에서는 직업이 화제가 되고 있었던 모양이다.

리모델링 회사에서 영업과 설계를 담당한다고 고타는 대답했다.

"아는 분 중에 리모델링할 계획을 가진 분이 계시면 꼭 소개해 주십시오."

"뭔 소리야, 그게? 이런 데서 영업을 하냐?"

하야세의 정색을 한 농담에 간호사들이 웃어주었다.

점심때가 되자 건물 안의 파티 회장으로 이동하게 되었다. 그 시점까지도 하야세는 이렇다 할 여자를 만나지 못했다. 고글 때문에 얼굴이 제대로 안 보여 판단을 내릴 수 없다, 라고 투덜거리고 있었다.

건물에 들어선 참에서 고타의 스마트폰에 착신이 있었다. 본가의 어머니였다.

"여보세요, 고타? 얘, 큰일 났어, 할아버지가 돌아가셨어."

"엇, 언제요?"

"오늘 아침에 들여다보니까 돌아가셨더라고."

"아이구."

고타의 할아버지는 오랫동안 자리보전 상태여서 언제 숨을 거둬도 이상하지 않다고들 얘기했었다. 어머니는 '큰일'이라는 단어를 썼지만 그다지 놀라지도 않았을 터였다.

"그래서 오늘밤부터 문상객들이 올 거니까 너도 오늘 안으로 집에 와."

"아니, 그건 좀 어렵지. 나, 지금 스키장에 와 있어."

"어떻게든 올 방법이 있잖아. 장남이 없으면 네 아버지가 친지분들께 체면이 서겠니? 늦게라도 좋으니까 아무튼 집에 와. 알았지?" 그렇게 말하더니 어머니는 고타의 대답도 기다리지 않고 전화를 끊어버렸다.

미치겠네, 라고 난처해하면서 고타는 하야세에게 사정을 이야기했다.

"그런 일이라면 어쩔 수 없지, 이번에는 포기해야겠다." 하야세도 한숨을 내쉬었다.

"아냐, 너는 더 있다가 와. 모처럼 나왔는데."

"나 혼자 돌아다녀봤자 이상하지. 게다가 오늘은 제비뽑기 운이 별로인 것 같아. 운명의 여신은 다른 놈들이 다 뽑아간 모양이야."

"그런가……."

옷 갈아입고 잽싸게 뜨자, 라고 얘기가 되었다. 왼손에 보드를 안고 벗은 고글과 비니모자는 오른손에 들고 걸음을 옮겼다.

탈의실로 향하는 도중, 복도가 유난히 붐볐다. 겔팅 참가자가 화장실에 몰려든 모양이었다. 특히 여자 화장실 앞에는 긴 줄이 생겨나 있었다.

북적거리는 사람들을 헤치며 걸어가는데 갑작스럽게 오른손이 뒤로 당겨졌다. 동시에 앗, 하는 여자 목소리가 등 뒤에서 들려왔다.

고타가 오른손을 보니 들고 있던 비니모자가 누군가의 스키웨어의 지퍼에 걸려 있었다. 목소리를 높인 사람은 그 스키웨어의 주인인 것 같았다.

아차차, 하고 비니모자를 빼내려고 했지만 실이 어떻게 엉켰는지 좀체 떨어지지 않았다.

"뭐하고 있어?" 하야세가 앞에서 말을 건넸다.

"미안, 너 먼저 가 있어."

"스키웨어를 벗는 게 좋을까요?" 상대 여자가 말했다.

그러게요, 라고 말하면서 여자의 얼굴을 보고 고타는 가슴이 철렁했다. 작은 얼굴의 엄청난 미인이었기 때문이다. 길쭉한 눈, 높직한 콧날, 그리고 약간 윤곽이 깊다. 지금까지 사귄 사람 중에는 없는 타입이어서 저절로 홀린 듯 바라볼 만큼 단숨에 마음을 왈칵 사로잡혔다.

"아, 우선 옆으로 빠지기로 하죠."

둘이서 복도 한쪽으로 이동했다. 여자는 스키웨어를 벗었다.

고타는 보드를 벽에 세우고 다시 비니모자를 분리하려고 했지만, 어쩌다 이렇게 엉켰나 싶을 만큼 실이 지퍼 틈새에 단단히 물려 있었다.

"이것 참, 영 안 빠지네요."

"어떡해, 미안해요."

"아뇨, 사과는 제가 해야 할 것 같은데요."

그래도, 라고 여자가 미안하다는 듯 눈썹 끝을 늘어뜨렸다. 그런 얼굴도 아름다웠다. 이만한 미인을 못 보고 놓치다니, 분명 하야세는 오늘 제비뽑기 운이 없었는지도 모른다.

"어쩔 수 없네요. 이 비니모자, 그냥 가져가세요." 고타는 비니모자가 걸린 스키웨어를 그녀에게 내밀었다. "세게 당기면 빠질 거예요. 모자는 버리셔도 돼요. 오래 써서 새로 사려던 참이었으니까."

"하지만 그러면 오늘 당장 쓰실 모자가 없잖아요."

"괜찮습니다. 우린 그만 가려고요, 급한 볼일이 생겨서."

"그렇군요……."

"부담 가지실 거 없어요. 겔팅, 마음껏 즐기시기 바랍니다."

"고맙습니다."

그 대신 연락처를 알려주시겠습니까, 라는 한 마디는 애써 꾹 참고 고타는 걸음을 뗐다. 마음속으로는 할아버지, 왜 하필 이런 때 돌아가셨어요, 라고 중얼거리고 있었다.

2

하야세가 올겨울 첫 스키를 타러 가자고 전화를 해온 것은 12월 초의 일이었다.

또 겔팅이냐, 라고 고타는 부루퉁하게 물었다.

지난번 겔팅에 다녀오고 아홉 달쯤이 지났다. 그동안 둘이 몇 번 술자리를 함께했지만 미팅 비슷한 모임에 고타를 불러주는 일은 없었다.

"지금 시즌에 그런 걸 할 수 있을 리가 없잖아." 하야세는 말했다. "사토자와온천에 아주 좋은 눈이 내린 것 같더라고. 파우더를 즐기러 가자는 거야."

"그런 거였어? 좋아, 가볼까."

겔팅이 아니라는 말을 듣고 약간은 실망스러운 것을 고타는 부정할 수 없었다. 그때는 웬 번거로운 짓인가 하고 귀찮아했지만 나중에 돌아보니 그것도 꽤 재미있었기 때문이다. 가정을 가진

위기일발 267

유부남이 된 지금, 그런 곳이라도 아니면 낯선 젊은 여성들과 말을 나눌 기회라고는 거의 없다.

하지만 바람을 피우려는 건 아니다, 라고 고타는 자신의 마음속을 확인했다. 미유키와의 결혼생활이 매너리즘에 빠지는 걸 막으려는 것뿐이다. 결혼한 지 10개월이 되어간다. 신혼 기분에 젖은 것은 기껏해야 석 달이었다. 이제 슬슬 어느 정도의 자극이 필요한 게 아닌가, 하는 마음이 들던 참이었다.

하야세와 둘이 스키를 타러 간다고 미유키에게 얘기했다.

"또 사토자와온천 스키장이야? 거기 진짜 좋아하네?"

"무슨 말씀을, 거긴 내 홈그라운드 같은 곳이야."

"이래저래 추억의 장소이기도 하고?" 미유키가 짓궂은 눈빛을 던졌다.

고타는 얼굴을 찌푸렸다. "그 얘기는 안 하기로 약속했잖아."

미유키가 후후훗 웃었다. "알았어. 조심해서 잘 다녀와."

곤돌라 사건에 대해서는 아직도 이따금 둘이서 얘기하곤 한다. 고타는 그저 열심히 사과하는 수밖에 없지만, 요즘에야 겨우 우스갯소리처럼 말할 수 있게 되었다.

그 주말에 고타는 하야세와 함께 사토자와온천 스키장에서 최상의 파우더스노를 즐겼다. 눈이 가벼워 다리에 부담이 되지 않는다. 스키를 아무리 타도 지치지 않아서 그야말로 최고의 첫 스키였다.

저녁 어스름 때까지 실컷 타고 숙소로 향했다. 숙박지는 이 스키장에서 가장 큰 호텔이다. 하야세가 지인의 인맥으로 예약한 모양이었다. 트윈룸이지만 제법 큼직한 소파와 테이블이 있어서 둘이 쓰기에 넉넉한 넓이였다.

"너, 그거 알아? 이 호텔, 스위트룸이 있어." 하야세가 캔 맥주를 한 손에 들고 말했다.

"그래?"

"나도 본 적은 없지만, 방은 세퍼릿[1]이고 엄청 고급스러운 응접세트가 있대. 텔레비전도 엄청 크고 카운터 바도 딸려 있고. 침실에는 턱하니 킹사이즈 침대 하나만 있다더라고."

"그런 방, 대체 누가 이용하지?"

"당연히 커플이겠지. 게다가 활활 불타오르는."

"오, 그렇군."

그런 방에서 여자와 묵을 수 있다면 얼마나 즐거울까, 라고 고타는 몽상에 잠겼다. 그의 머릿속에 있는 '여자'의 얼굴에는 모자이크가 걸려 있었다. 즉 아내 미유키가 아닌 다른 누군가였다.

아, 맞다, 라고 히로세가 손을 따악 쳤다.

"내일 체크아웃 시각을 늦출 수 있는지 프런트에 물어봐야겠어. 스키 끝난 뒤에 이 방에서 옷 좀 갈아입고 가면 편하잖아. 샤워도 할 수 있고."

---

1 분리형이라는 뜻으로, 호텔에서 샤워실 및 욕조와 세면대, 화장실이 분리된 객실을 말한다.

"그래, 그거 좋다, 찬성."

하야세는 즉각 방 전화로 프런트를 호출했다. 3천 엔만 더 내면 레이트 체크아웃이 가능하다는 모양이다. 고타는 OK 사인을 보냈다.

저녁식사 후에는 밤늦게까지 둘이서 술잔을 기울였다. 화제는 주로 결혼생활에 대한 것이었다. 하야세가 이래저래 질문을 던졌기 때문이다.

"이러니저러니 해도 역시 결혼이란 짐이 무거워." 술기운이 얼근해질수록 고타는 속마음을 털어놓게 되었다. "책임은 져야 하고 자유는 없고. 짊어져야 할 게 너무 많아."

"맥 빠지는 소리 하고 있네. 그러면 대체 왜 결혼을 했어?"

"그야 뭐, 하지 않으면 안 될 느낌이었기 때문이었나……." 고타는 고개를 갸웃거렸다.

"어째 지금까지 들어온 얘기하고는 너무 다르잖아? 아내를 사랑했기 때문이 아니었어?"

"그야 그렇지, 사랑해서 결혼했어. 근데 결혼 안 하고 연애관계를 지속할 수만 있다면 그게 가장 이상적이지 않았나 싶기도 하고."

"뭔 소리냐, 그게? 완전 염치없는 녀석이네."

"하야세, 너도 결혼해보면 알 거야. 결혼이란 좋은 점도 있는가 하면 그렇지 않은 점도 있어."

새로운 사랑이 금지된다는 게 가장 힘들다, 라는 말은 꿀꺽 삼켰다.

다음 날은 아침 일찍부터 스키를 타기로 했다. 곤돌라와 리프트를 갈아타며 산 정상 쪽의 파우더 존을 샅샅이 맛보고 다녔다. 스키장의 관리구역을 벗어난 곳이기 때문에 자기 책임으로 활주가 가능하다. 허리까지 파묻힐 만큼 두툼한 눈 위를 내달리다 보면 공중을 날아가는 듯한 착각에 빠진다. 몸이 바람이 된 것 같아서 저절로 환성이 터져 나온다.

점심식사로 무청 절임 탄탄면을 먹고 잠시 휴식을 취한 뒤에는 압설한 롱코스를 몇 번이나 달렸다. 문득 깨닫고 보니 이제 그만 떠나야 할 시각이 되어 있었다.

호텔로 돌아와 방에서 옷을 갈아입기로 했다. 온몸이 딱 좋을 만큼 노곤했다.

"진짜 신나게 탔네. 이렇게 기분 좋게 타본 거, 오랜만이지?" 소파에 앉아 부츠를 벗으면서 하야세가 말했다.

"눈이 워낙 좋았어. 역시 사토자와온천 스키장은 다르다. 하야세, 여기 또 올 예정은 없어?"

"아니, 당분간은 어려워." 하야세가 떨떠름한 얼굴로 고개를 저었다. "연말연시라 여간 바쁜 게 아니야."

"그렇군. 모처럼 친구 인맥 타고 이런 좋은 호텔에 묵을 수 있나 했더니만, 아쉽다."

"이 호텔에 또 오고 싶으면 나한테 말해. 특별요금으로 예약해 줄 수 있으니까."

"그래주면 나야 고맙지. 필요할 때 연락할게."

인생에 꼭 필요한 것은 발이 넓은 친구다.

짐을 정리해 방을 뒤로했다. 두 사람의 보드케이스는 하야세가 택배 신청을 해준다고 해서 고타는 체크아웃을 맡기로 했다.

프런트에 가서 카드키를 반납했다. 프런트 담당자가 수속을 하는 동안 기다리고 있는데 바로 옆에 다가온 여자 손님이 다른 프런트 담당자에게 "맡겨둔 짐을 찾았으면 하는데요"라고 말했다. 프런트 담당자가 이름을 묻자 "야마모토 야요이예요"라고 대답했다.

고타는 무심코 그 여자 손님 쪽을 돌아보았다. 상당한 미인이구나, 라는 생각과 기억이 되살아난 것은 거의 동시였다. 엇, 하고 저절로 목소리가 높아졌다.

여자가 의아한 듯 그를 보았다. 하지만 금세 그 얼굴에 놀란 기색이 나타났다. "어머, 그때 그 분?"

겔팅, 이라고 고타는 말했다.

"맞아요!" 여자가 눈을 반짝였다. "비니모자, 그분이시죠?"

눈앞에 있는 사람은 고타의 비니모자가 스키웨어의 지퍼에 걸려버렸던 바로 그 여자였다.

"그때는 실례가 많았습니다." 고타는 사과했다.

"아뇨, 저야말로. 그때 그 비니모자, 아직 보관하고 있어요. 연락처 알려주시면 보내드릴게요."

"아뇨, 그런 낡은 비니모자는······." 내버려도 된다, 라고 말하려던 참에 마음을 바꿨다. 고타는 지갑에서 명함을 꺼냈다. "그러면 이쪽으로 보내주실 수 있을까요?"

여자는 명함을 받아들었다. "어, 도쿄네요?"

"그렇습니다. 아, 혹시 그쪽도?"

"네, 도쿄에서 왔어요." 여자는 빙긋이 미소를 지었다. 그때와 똑같이 아름다웠다. 또다시 홀린 듯 멍하니 쳐다볼 뻔했다.

"이 스키장, 자주 오시는 모양이지요?" 고타가 물었다.

"자주, 라고 할 정도는 아니지만 이번에는 친구가 가자고 해서 따라왔어요."

"그렇군요. 그때 겔팅은 어땠어요, 좋은 사람을 찾았습니까?"

여자는 쓴웃음을 지으며 고개를 저었다. "전혀 아니었어요."

"저런, 그랬군요."

고타 쪽도 그녀의 연락처를 묻고 싶었지만 그럴 만한 구실이 생각나지 않았다. 그럭저럭하는 사이에 프런트 담당자가 나왔다. 큼직한 장미 꽃다발을 안고 있어서 고타는 눈이 둥그레졌다.

"야마모토 고객님, 이 물건이 맞습니까?" 프런트 담당자가 물었다.

"네, 그거예요. 고맙습니다." 야마모토라는 여자는 꽃다발을 받아들었다.

고타는 눈을 깜작거리며 꽃다발과 그녀의 얼굴을 번갈아 바라보았다. "왜 장미꽃을?"

그러자 그녀는 장난스러운 웃음을 보였다.

"친구에게 자그마한 서프라이즈 선물을 해줄까 하고."

"아, 예에……."

"자, 그럼 비니모자 꼭 보내드릴게요." 그렇게 말하고 그녀는 빠른 걸음으로 자리를 떴다.

고타가 체크아웃 수속을 마치고 지갑을 닫는 참에 하야세가 다가와 "왜 그래?"라고 물었다.

"뭐가?"

"유난히 싱글벙글하고 있잖아. 무슨 좋은 일이라도 있었어?"

아닌데, 라고 고타는 어깨를 으쓱 들어올렸다.

"역시 이 스키장은 최고구나, 새삼 감탄한 것뿐이야."

3

목을 빼고 기다리던 택배가 고타의 회사에 도착한 것은 올해 종무식 사흘 전 오후의 일이었다. 작은 종이봉투에 붙은 택배 전표를 보고 고타는 가슴이 두근두근 설렜다. 보낸 사람의 이름은 야마모토 야요이라고 적혀 있었다. 주소는 주오구 가치도키인 모양이다. 무엇보다 기쁜 것은 휴대전화 번호가 적힌 것이었다.

게다가 바라지도 않던 것까지 있었다. 종이봉투 안에 고타의 낡은 비니모자 외에 새로 산 모자가 들어 있었던 것이다. 작은 메모지에 아래와 같이 적혀 있었다.

'며칠 전에는 깜짝 놀랐어요. 세상 참 좁다는 걸 실감했습니다.

도쿄에 돌아와 곧바로 비니모자를 보내려다가 자세히 보니 올이 풀려 찢어졌어요. 지퍼에서 빼낼 때 실이 끊겼나 봐요. 이것만 보내기가 미안해 새것을 선물하기로 했어요. 마음에 드시면 좋겠네요.

그럼 또 어딘가에서.

야마모토 야요이'

메모를 다 읽고 고타는 혼자서 승리의 포즈를 취했다.

모자를 보내달라고 하면 택배 전표를 통해 상대 연락처를 알 수 있을 거라고 기대는 했었다. 하지만 문제는 이쪽에서 다시 연락할 구실이 없다는 것이다. 택배 도착을 알리는 것뿐이라면 짧은 문자만으로도 충분하다.

하지만 답례라고 하면 얘기가 달라진다.

퇴근 시각이 되자 회사를 나와 전화를 걸었다. 낯선 번호라 받아주지 않을지도 모른다고 내심 걱정했는데 호출음이 세 번 울린 뒤, 전화가 연결되었다.

"여보세요."

"야마모토 야요이 씨 휴대전화입니까?"

"네, 그런데요."

"갑작스럽게 죄송합니다." 고타는 이름을 밝히고 비니모자 남자예요, 라고 덧붙였다.

아하, 라고 야마모토 야요이의 목소리 톤이 높아졌다. "도착했나요?"

"네, 잘 받았습니다. 죄송합니다, 괜히 신경 쓰시게 해서."

"아뇨, 지퍼에 걸린 비니모자, 조심조심 빼내기는 했는데 보내기 전에 혹시나 해서 확인해보니까 역시 찢어졌더라고요. 이래서는 도저히 보낼 수 없겠다 싶어서 급하게 새것을 사러 갔죠. 어땠어요, 그 비니모자?"

"최고예요. 색깔도 세련되고 디자인도 멋지고, 아주 마음에 들었습니다. 고맙습니다."

"다행이네요. 그렇게 말씀해주시니 마음이 놓이는데요."

"이번 겨울에 당장 쓰고 다니려고요. 그래서 말인데, 야마모토 씨, 이렇게 받기만 해서는 미안하니까 뭔가 답례를 해드려도 될까요?"

"괜찮아요. 제가 사과의 뜻으로 보낸 건데요, 뭘. 마음만 받겠습니다."

"그럼 식사만이라도 대접해드리는 건 어떨까요. 저녁식사는 어렵다면 점심이라도 좋아요. 그것도 안 된다면 그냥 차라도 한 잔." 여기가 승부처라고 고타는 바짝 밀어붙였다. 하지만 "아니, 물론 무리하게 나오시라는 건 아니에요. 연말연시라 이래저래 바쁘실 테고"라고 물러서야 할 곳에서는 물러섰다. 끈질기게 물고 늘어지는 건 절대 금물이다.

야마모토 야요이가 끄응, 하고 신음하는 소리가 들려왔다. "연말연시 일정은 대략 정해지기는 했는데……."

"그렇습니까, 네, 그러시겠죠…… 역시 어려울까요?"

하지만, 이라고 야마모토 야요이가 중얼거렸다. "29일 점심때라면 괜찮을 것 같긴 해요."

"아, 29일요?"

"네, 저녁 전까지라면 시간이 있어요."

"저도 29일이라면 오케이입니다. 자, 그럼 그날 점심을 함께하는 걸로, 어떨까요?"

"알겠습니다. 29일요."

"장소는 어디쯤이 좋을까요?"

"어디든 괜찮지만, 가능하면 긴자 근처는 피해주시면 좋겠어요. 직장 근처라서."

"그러면 아자부주반이라든가 롯폰기는?"

"네, 괜찮네요."

"혹시 못 드시는 음식 같은 건 없습니까?"

"뭐든 괜찮아요. 먹보라서."

"알겠습니다. 식당이 정해지면 다시 연락드리겠습니다."

고타는 전화를 끊고 스마트폰을 호주머니에 챙겨 넣었다. 콧노래를 섞어 걷기 시작했지만 어느새 발걸음이 깡충 걸음으로 바뀌었다. 머릿속은 꽃밭이고 게다가 나비도 날고 있었다.

저녁식사 때 고타는 연말까지의 일정을 미유키와 확인했다. 현재 시점에서 정해진 것은 12월 31일 후쿠이에 있는 고타의 본가에 함께 내려가고, 1월 2일에는 나고야에 있는 미유키의 본가에 연초 인사를 하러 가는 것뿐이었다.

"딱히 다른 일정은 없어, 회사는 28일부터 휴일이고. 아, 우리 스노보드 타러 갈까?" 미유키가 얼굴이 환해져서 물었다.

고타는 가슴이 철렁했다. "지금부터 알아봤자 호텔 예약이 안 될걸?"

"그렇지도 않을 것 같은데? 찾아보면 어떻게든 되지 않겠어? 어디, 찾아볼까." 미유키는 젓가락을 내려놓고 옆에 놓인 스마트폰을 손에 들었다.

고타의 겨드랑이 밑으로 식은땀이 주르륵 흘렀다.

"아니, 어쩌면 내가 29일에 현장에 나가봐야 할 수도 있어."

에엣, 하고 미유키가 미간에 주름을 잡았다. "왜? 겨울 휴가 중이라서 공사는 없잖아."

"공사하던 방을 한번 보고 싶다는 고객이 있어서 그래. 열쇠가 있으니까 알아서 보고 가면 될 텐데, 굳이 담당자 설명도 듣고 싶다더라고. 집주인이 사정상 그날밖에는 빈 시간이 없는 모양이야. 그다음 날부터 하와이에 간다나 어쩐다나." 사전에 준비해둔 변명을 늘어놓았다.

"뭐야, 그 사람? 두루두루 힘들게 하고 있잖아. 누군가 다른 직원에게 부탁하면 안 돼?"

"그럴 수는 없지. 안 된다는 건 미유키도 잘 알잖아."

끄응, 하고 미유키는 신음을 올렸다. "그럼 스키는 못 가겠네?"

"응, 안타깝지만."

그러는 참에 미유키가 스마트폰을 확인하다가 앗, 하고 목소리를 높였다. "아차, 깜빡했다. 나, 라이브야."

"응?"

"29일, 치하루 하고 라이브 콘서트에 가기로 약속했었네."

"뭐? 나한테는 그런 얘기 안 했었잖아."

"진짜 난감할 뻔했네, 까맣게 잊고 있었어." 미유키는 자리에서 일어나 벽의 달력에 사인펜으로 동그라미를 쳤다.

"콘서트는 몇 시부터야?" 고타가 물었다.

"3시부터 요코하마 아리나 홀에서 할 거야. 근데 일찌감치 요코하마에 도착해 치하루와 점심을 먹을 테니까 오전에 출발해야지. 고타, 혹시 현장에 안 나가면 미안하지만 혼자 뭔가 챙겨 먹어."

"알았어."

"미안해."

"됐어."

다시 식사를 하면서 '아, 다행이다'하고 고타는 슬그머니 웃었다.

야마모토 야요이와의 데이트를 앞두고 반드시 확인해둬야 할 게 있었다. 당일 날 미유키의 행동반경이다. 뭔가 이유를 만들어 외출을 하더라도 미유키가 어디서 무엇을 하는지 파악해두지 않고서는 데이트 중에도 안절부절 못할 것 같았기 때문이다. 설마 가게에서 덜컥 마주치는 일이야 없겠지만, 야마모토 야요이와 함께 가는 장면을 누군가 목격할 가능성은 제로로 해두고 싶었다. 어쨌든 그 곤돌라 사건이 있었지 않은가. 어떤 일이 일어날지 모른다.

이윽고 당일 날이 되었다. 고타는 "결국 내가 현장에 가기로 했어"라고 말하고 11시 반 경에 집을 나섰다. 미유키는 식탁에서 화장을 하면서 "잘 다녀와"라고 인사를 건넸다. 콘서트로 머릿속이 가득한지 미심쩍어하는 기색은 전혀 없었다.

야마모토 야요이와의 점심 장소로 선택한 곳은 니시아자부의 이탈리안 레스토랑이었다. 약속한 12시보다 10분쯤 일찍 도착해 메뉴를 들여다보며 기다리고 있자 정확히 12시에 야요이가 나타났다.

"미안해요, 오래 기다리셨어요?"

"아뇨, 전혀. 제가 좀 일찍 온 것뿐이에요."

야요이는 코트를 종업원에게 맡기고 고타의 맞은편에 앉았다. 얇은 감색 니트가 균형 잡힌 몸매에 잘 어울렸다.

어깨에 살짝 닿는 길이의 밤색 머리칼을 손끝으로 가다듬고 야요이는 미소를 지으며 "안녕하세요?"라고 새삼 인사를 건넸다.

"바쁘실 텐데 죄송합니다." 고타도 머리를 숙였다. "무리하게 나오시라고 한 것 같아서."

야요이는 가슴 앞에서 살짝 손을 흔들었다.

"괜찮아요. 저녁때까지 다른 일이 없었거든요."

"그러시다면 다행이네요."

메뉴에 스페셜 런치코스라는 게 있어서 그것을 주문하기로 했다. 문제는 마실 것이었다.

"이 시간에 술은 좀 그런가요?" 고타는 조심스럽게 물어보았다.

"저는 괜찮아요. 한 잔 마시죠." 야요이는 선뜻 대답했다.

"그럼 샴페인 정도로?"

네, 라고 야요이는 빙긋 웃으면서 고개를 끄덕였다.

좋다, 이런 멋진 여자라니, 라고 고타는 새삼 마음이 끌렸다. 이렇게 정식으로 마주하자 스키장에서 만났을 때보다 한 급 높은 미모가 눈에 띄었다. 피부는 도자기처럼 곱고 뽀얗다. 화장한 눈가에는 요염함과 기품이 감돌았다.

우선은 재회를 축하하며 샴페인으로 건배를 했다.

"지금 생각해보면 그 겔팅, 정말 아까운 기회였어요." 고타는 말했다. "할아버지가 돌아가셔서 급히 본가에 돌아가기는 했지만, 뭐든 이유를 둘러대고 못 간다고 할 걸 그랬다고 나중에 후회했어요. 그야말로 어렵게 야마모토 씨를 만났는데."

"그때 좋은 상대를 못 찾으셨던가요?" 야요이는 샴페인 잔을 손에 들고 고타를 빤히 바라보았다.

"친구 녀석이 워낙 눈이 높아서 결국 무위로 끝났죠. 야마모토 씨 쪽도 못 찾았다고 하셨지요?"

야요이는 쓴웃음을 지으며 턱을 당겼다.

"처음부터 그런 곳에 멋진 만남이 있을 거라고는 생각도 안 했어요. 없었어요. 직장 동료가 술 취한 김에 신청한 거라서 그냥 따라갔죠. 그 친구가 지독한 실연을 당해서 1년 넘게 휘청거렸거든요. 아직도 그 여파가 남아 있으니까 벌써 2년 가까이 되나?"

"그런 지독한 실연을……."

"드디어 멋진 남자 친구가 생겼다고 그렇게 좋아했는데, 그 사람에게 진짜 여자 친구가 있었던 모양이에요. 게다가 이미 결혼 약속까지 한 여자가."

"저런……."

"요즘 흔한 일이기는 하죠."

"……그렇죠."

그렇다, 라고 고타는 마음속에서도 맞장구를 쳤다. 이건 너무 흔한 얘기인 것이다. 약혼 중인 처지에, 아니, 결혼이 정해졌기 때문에 더더욱, 다른 여자에게 마음이 끌리는 건 정상적인 남자라면 일반적으로 가진 본능이다, 문제는 행동으로 옮기느냐 마느냐인데 그건 본인의 인간성보다 그런 기회가 있느냐 없느냐의 차이일 뿐이다, 라고 고타는 생각했다. 자신의 경우는 우연히 그런 기회가 찾아온 것뿐이다. 즉 어떤 의미에서는 불운했던 것이다.

"야마모토 씨는 어떤 일을 하십니까? 직장은 긴자 근처라고 했지요?"

야요이는 잠시 생각에 잠긴 얼굴이더니 이윽고 대답했다. "접객업, 이라는 것만 말씀드릴게요."

"접객업? 범위가 너무 넓은데요?"

"직장이 긴자여도 밤일을 하는 건 아니고요. 아, 하지만 오늘은 이 정도로만 해두죠. 구체적인 얘기를 했다가 직장에 보러 오기라도 하면 창피하잖아요."

"마음만 먹으면 보러 갈 수도 있는 곳이군요? 그러면 어딘가의 가게?"

야요이는 긍정도 부정도 하지 않고 후훗 미소만 지었다.

그 뒤로는 서로의 출신지나 취미 등으로 얘기꽃을 피웠다. 당연히 스노보드도 화제에 올랐다. 고타는 이번에 사토자와온천 스키잔에서 야요이를 다시 만났을 때, 그녀가 프런트에서 장미 꽃다발을 찾아갔던 일이 궁금해서 견딜 수가 없었다.

그러자 야요이가 자세한 사정을 얘기해주었다. 한 남자가 오랜 세월 사귀어온 여자에게 프러포즈를 할 수 있도록 친구들이 작전을 짰고 그 소도구로 장미꽃을 준비했다는 것이었다. 그 시나리오를 듣고 너무도 꼼꼼한 준비에 고타는 혀를 내둘렀다.

"대단한데요? 그 남자, 깜짝 놀랐겠어요."

"네, 눈이 핑핑 돌더라고요." 야요이는 다시 생각해도 재미있다는 듯이 말했다.

요리는 오르되브르에서부터 시작해 파스타와 생선 요리로 이어졌다.

근데, 라고 야요이가 포크와 나이프를 든 손을 멈췄다. "그쪽은 겔팅 뒤에 어떠세요, 지금 사귀는 사람이 있나요?"

"그런 상대가 있다면 오늘 이런 자리를 마련하지도 않았겠죠."

딱 잘라 대답하면서 '아, 이러면 안 되는데'라고 고타는 아주 잠깐 반성했다.

이런 자리에서 망설임 없이 술술 거짓말을 늘어놓는 게 좋지 않은 것이다. 말끝을 흐리거나 중언부언해두면 상대가 알아서 눈치를 채줄 텐데. 괜히 거짓말을 너무 잘하는 바람에 상대가 이쪽을 딱 믿어버린다.

"다행이네요." 야요이는 미소를 짓고 다시 식사에 들어갔다.

저거 봐, 또 딱 믿어버렸잖아.

하지만 뭐, 상관없어, 라고 고타는 마음을 다졌다. 아내 미유키는 '결혼한 여자'일 뿐 '사귀는 여자'가 아니다.

게다가, 라고 야요이 쪽을 슬쩍 살펴보았다.

이 여자와 그렇게 깊은 관계까지 갈 일은 없다. 어쩌다 한 번씩 만나 오늘처럼 식사나 할 수 있으면 된다. 그걸로 만족하기로 하자. 그러니까 이건……

결코 바람을 피우는 게 아니다, 라고 고타는 자기 자신에게 되뇌었다.

4

1월 들어 고타가 야요이와 두 번째 데이트를 한 곳은 아자부주반에 자리한 이자카야였다. 밤에 만난 건 그때가 처음이었다. 야요이가 청주를 좋아한다는 것을 알고 그런 쪽 술을 두루 구비한 이자카야를 인터넷으로 검색해본 것이다.

"새로운 사랑 도우미 작전인가요? 그 친구들, 정말 친절하군요." 고타는 하이볼 잔을 한 손에 든 채 말했다.

"제가 보기에는 단순히 주변 사람들을 잘 보살펴주는 것뿐이에요. 다들 기본적으로 착하거든요." 그렇게 말하고 야요이는 전통 술잔으로 냉주(冷酒)를 마셨다.

야요이에 의하면 지난번 프러포즈 대작전의 성공에 신이 난 친구들이 다시 새 커플을 위한 작전을 짰다는 것이다. 야요이를 겔팅에 데려갔던 친구를 좋아하는 남자가 있어서 스노보드 여행을 계기로 둘 사이를 급진전시킬 계획이라고 한다.

"너무 뻔한 작전이라고 그 친구는 망설였는데, 서른 넘은 나이에 주위에서 그렇게 적극적으로 나서주는 거, 감사한 줄 알라고 했어요. 나 같은 경우는 아무도 도와주지 않거든요."

"다들 야요이 씨의 경우는 그럴 필요가 없다고 생각하기 때문이겠죠. 굳이 도와주지 않아도 마음만 먹으면 남자 친구는 금세 생길 것이다, 하고."

"또, 또, 말씀을 너무 잘하신다니까." 야요이는 한쪽 눈을 찡긋하며 고타를 가리켰다. "칭찬은 돈도 안 든다고 생각하시죠? 그런 타입의 남자, 제가 또 한 명 알아요."

"아뇨, 아뇨, 진심이에요. 아, 그보다 사랑 도우미 작전과는 별도로 우리도 스키장에 가는 건 어때요?" 고타는 오늘 저녁에 꺼내려고 했던 화제를 입에 올렸다.

"스키장에? 스노보드 타려고요?"

그렇죠, 라고 고타는 고개를 끄덕였다. "어렵사리 스키장에서 만났는데 야요이 씨가 스노보드 타는 모습은 아직 본 적이 없어요. 꼭 한번 보고 싶은데."

"내가 못 탈 거라고 생각하시죠?"

"아뇨, 그런 건 아니고요."

"그래도 분명 자기가 더 잘 탄다고 생각하실걸요. 그렇죠?"

"네, 뭐, 나야 그럭저럭 타는 편이니까요. 혹시 나보다 잘 탄다면 진짜 대단하다고 생각해드리죠."

"솔직해서 좋군요. 안심하세요, 틀림없이 잘 못 타니까."

잠깐만요, 라면서 야요이는 가방에서 스마트폰을 꺼냈다. 스케줄을 확인하는 모양이었다.

끄응, 하고 야요이가 신음했다.

"결국 나도 같은 날이 비어 있네요. 친구들이 스노보드 타러 가는 날."

다음 주 일요일이라고 야요이는 말했다. 그날과 다음날인 월요일까지 휴무라고 했다.

"그럼 그날로 할까요? 일요일이라면 나도 괜찮으니까."

"좋아요. 어디로 가죠?"

"그건 앞으로 찬찬히 생각해보죠, 당일치기가 가능하고 설질도 좋은 곳으로."

"그래요, 알아서 정해주세요."

재미있겠다, 라면서 야요이는 냉주를 잔에 따랐다.

이자카야에서 나온 뒤, 택시를 잡았다. 배웅해주겠다고 말했지만 야요이는 괜찮다면서 혼자 택시에 탔다. "스노보드 타러 갈 곳이 정해지면 연락주세요."

"알았어요. 잘 자요."

"네, 안녕."

문이 닫히고 택시가 출발했다. 그 미등을 지켜보며 고타는 복잡한 심정에 휩싸였다.

큰일이네, 너무 깊이 빠져버렸어. 이러다 선을 넘는 거 아닌가? 근데 마음에 쏙 드는 걸 어쩌라고. 아니, 아니, 그래도 안 되지, 선을 넘으면 진짜 아웃인데……

하지만 동시에 한동안 숨을 죽이고 있던 악마의 속삭임이 들려왔다.

딱 한 번이니까 괜찮아. 그다음에 뭔가 이유를 대고 더 이상 만나지 않으면 아무 문제도 없어. 겨울 한철의 불장난이라고 생각하면 되잖아. 길게 끌지 않으면 미유키에게 들킬 염려도 없어.

고타는 호주머니에서 스마트폰을 꺼내 하야세에게 전화를 걸었다.

"응, 어쩐 일이냐?" 하야세의 느긋한 목소리가 들려왔다.

"부탁이 있어서. 그 호텔, 예약 좀 잡아줄래?"

"그 호텔이라니?"

"사토자와호텔 말이야. 특별요금으로 예약 가능하다고 했지?"

"아, 그쪽 얘기였어? 그래, 언제가 좋은데?"

"다음 주 일요일. 일박, 가능하면 스위트룸으로."

"스위트? 돈 좀 쓸 생각이시군. 알았어, 내일 물어볼게."

"미안해. 내가 다음에 한 턱 낼게."

"그 말, 잊지 마라."

전화를 끊은 뒤 고타는 크게 심호흡을 했다.

물론 야요이와의 여행은 당일치기로 끝낼 예정이다. 둘이서 스노보드를 즐길 수 있다면 그걸로 만족이고, 무엇보다 부상 없이 무사히 돌아오면 된다고 생각했다.

하지만 그래도…….

세상 모든 일에는 흐름이라는 게 있지 않은가. 광대한 슬로프를 단둘이 달리다 보면 서로 마음속에 변화가 생기는 것도 이상하지 않다.

좀 더 함께 있고 싶다, 돌아가고 싶지 않다……. 혹시라도 야요이 쪽에서 먼저 그렇게 말한다면 그때는 어떻게 할 것인가.

아니, 나는 꼭 돌아가야 합니다, 라고 말할 건가? 그런 세련되지 못한 짓을 한다고? 말도 안 된다. 여자를 부끄럽게 해서는 안 된다.

즉 만에 하나의 경우를 생각해 대비해둘 필요가 있다. 그게 스위트룸이다. 어쩌면 괜한 낭비가 될지도 모르지만, 그것도 어쩔 수 없다. 인생을 즐기기 위해서는 때로는 쓸데없는 지출도 각오하지 않으면 안 된다.

다만…….

이건 어디까지나 대비책일 뿐이다. 현지에 도착한 뒤 그녀를 설득하겠다는 게 아니다. 그딴 생각은 눈곱만큼도 없다. 고타는 마음속에서 주문처럼 중얼거렸다.

어쨌든 항상 그렇듯이 미유키의 일정은 미리 확인해두지 않으면 안 된다. 다음 날 아침, 자연스럽게 물어보았다. 참고로 간밤에는 직장 동료들과 한잔하러 갔던 것으로 했다.

"나, 다음 주에는 진짜 바빠. 어쩌면 토요일에도 출근할 수 있어." 미유키는 그렇게 말하며 입가를 삐뚜름하게 틀었다.

"그래? 힘들겠네. 일요일은?"

"일요일은 괜찮을 것 같은데, 왜?"

"아니, 아무것도 아냐. 나는 비교적 여유가 있으니까 혹시 미유키가 바쁠 것 같으면 나 혼자라도 언제든 스키장에 한번 갈까 하고."

"그래? 좋겠다." 미유키는 전혀 의심하지 않았다.

이걸로 포석은 깔아뒀다, 라고 고타는 생각했다. 갑작스럽게 스키장에 간다고 나서도 수상쩍어할 일은 없을 것이다.

오후, 하야세에게서 전화가 왔다. 무사히 스위트룸을 예약했다는 소식이었다. 자세한 건 호텔에서 고타에게 직접 연락해준다는 모양이다.

"고맙다, 이 은혜 잊지 않을게. 아, 내친 김에 또 한 가지 부탁이 있어."

다음 주 일요일, 함께 스노보드를 타러 간 것으로 해줬으면 한다, 라고 고타는 말했다.

"쳇, 또 그거야? 도무지 반성할 줄 모르는 녀석이네." 하야세가 전화 너머에서 탄식했다. "아무튼 알았어. 만일의 경우에는 말을 맞춰줄게."

"친구가 최고다."

"진짜로 빠른 시일 내에 한 턱 쏴라."

"그래, 알았어. 명심할게."

전화를 끊은 뒤, 야요이에게 메일을 보냈다. 행선지가 정해졌으니 자세한 상의를 위해 만날 수 있겠느냐, 라는 내용이다.

잠시 뒤에 답신이 왔다. 내일 오후라면 시간이 있다는 얘기여서 히비야의 카페에서 만나기로 했다.

다음 날 오후, 고타는 회사를 빠져나와 서둘러 약속한 카페로 갔다. 약속 시각보다 10분 빠른 시간이다. 카페라테를 마시며 스마트폰을 터치하고 있었더니 메시지가 들어왔다. 야요이였다.

'미안해요. 급한 일거리가 들어와 오늘은 나갈 수 없네요. 내일은 괜찮으니까 같은 장소, 같은 시간에 어때요?'

메시지를 읽어보고 고타는 낙담했다. 만일 야요이 쪽에 시간 여유가 있다면 같이 스노보드 상품점에도 들러보려고 했던 것이다. 안타까웠지만 일 때문이라면 어쩔 수 없다. 곧바로 답신을 보냈다.

'알았어요. 신경 쓰지 말아요. 그럼 내일 봐요.'

송신한 뒤에 스마트폰을 테이블에 내려놓았다. 카페라테 잔을 손에 들었다. 다 마시고 회사에 다시 들어가자고 생각한 참에 어라, 하고 누군가 어깨를 툭 쳤다.

깜짝 놀라 돌아보고는 가슴이 철렁했다. 뒤에 서 있는 사람은 미유키였다. 너무 놀란 나머지 의자에서 굴러 떨어질 뻔했다.

"어, 어떻게?"

"어떻게, 라니? 당신이야말로 이런 데서 뭐 하고 있어?" 미유키가 고타의 맞은편 자리에 앉으며 되물었다.

"아니, 뭘 한다기보다…… 굳이 말하자면 잠깐 땡땡이치고 있었어."

아하하, 하고 미유키가 웃었다. "웬일이래? 회사 일만은 성실한 게 장점인 사람이?"

"회사 일만은, 이라니?"

부루퉁하게 입을 툭 내밀며 고타는 가슴을 쓸어내렸다. 다행이다. 오늘 이 자리에 야요이가 나왔다면 엄청난 아수라장이 될 뻔했다.

"미유키는 여기 웬일이야?" 고타가 물었다.

"회의 끝나고 다음 현장으로 이동하려던 참이야. 좀 지쳐서 잠깐 쉬었다 갈까 하고 안을 들여다봤는데 엄청 눈에 익은 등이 보이더라니까."

"으응, 그랬구나."

"나도 뭔가 마실 것 좀 사와야겠다." 그렇게 말하고 미유키가 자리에서 일어나려던 때였다.

테이블 위에 놓인 고타의 스마트폰이 부르르 울렸다. 메시지가 도착한 것이다.

아차, 싶었다. 방금 전에 보낸 고타의 답신에 미유키가 다시 답을 보낸 게 틀림없다.

못 들은 척 내버려뒀더니 미유키가 "확인 안 해?"라고 물었다.

"응, 이따가 볼게."

"왜? 지금 봐도 괜찮아."

"그래도……. 미유키, 마실 거 안 사와도 돼?"

미유키는 고타의 얼굴을 빤히 쳐다보며 천천히 의자에 다시 앉았다.

고타는 하반신의 중심이 오그라드는 것을 자각했다.

"내가 확인해도 돼?" 미유키가 물었다.

"응? 아……."

고타가 애매한 소리를 흘렸을 때, 스마트폰은 이미 미유키의 손 안에 있었다. 이윽고 그녀는 헉 숨을 삼키는 표정을 보였다. 화면을 응시하는 얼굴이 순식간에 팽팽해졌다.

끝났구나, 라고 체념했다. 어떻게 해야 하나. 또 다시 무릎 꿇고 비는 수밖에 없는가. 아니, 이제는 무릎을 꿇는 것만으로는 용서해주지 않을 것이다.

"어떻게 된 거야?" 미유키가 딱딱한 말투로 캐물었다.

"아니, 그게……."

어떻게 설명해야 좋을지 알 수가 없었다. 온몸에서 땀이 쏟아졌다. 갑작스럽게 강한 요의(尿意)까지 밀려왔다. 공포 때문에 오줌을 지린다는 게 이런 건가, 하고 또 한 명의 자신이 유난히 냉철하게 생각하고 있었다.

역시, 라고 미유키가 말했다.

"기억하고 있었어? 다음 주 일요일이 우리가 처음 사토자와온천에 갔던 날이라는 거. 어제 고타가 일요일 일정을 물어보길래 혹시 그 얘긴가 했더니만." 그렇게 말하고 휴대전화 화면을 고타 쪽으로 내보였다.

그것을 보고 가슴이 써늘해졌다.

화면에 표시된 것은 사토자와온천 호텔에서 온 메시지였다. 스위트룸의 예약을 확인하는 내용이다.

"당연하지." 고타는 태연히 말했다. 그리고 얼굴을 찡그리며 뒤통수를 긁적였다. "미치겠네, 미유키를 깜짝 놀라게 해주려고 바로 직전까지 비밀로 할 생각이었는데."

"내가 말했었어?" 미유키가 물었다.

"응? 뭘?"

"그다음 월요일, 회사 쉰다는 거. 그래서 일요일과 월요일로 잡은 거지?"

"아……. 맞아, 지난번에 얼핏 들었던 게 생각나서."

고타의 말에 미유키는 얼굴 가득 웃음이 번지면서 휴대전화를 내밀었다. "고마워. 너무 기쁘다."

"사토자와온천의 눈, 오랜만에 둘이서 마음껏 즐기자."

휴대전화를 호주머니에 챙겨 넣고 카페라테를 마시면서 고타는 야요이에게 보낼 변명을 생각하기 시작했다.

곤돌라 리플레이

1

주르륵 늘어선 립스틱을 바라보며 모모미는 한숨을 내쉬었다.

한마디로 빨간 립스틱이라고 해도 색감이 그야말로 다양하다. 심홍의 장미 같은 빨간색이 있는가 하면 핑크색이라고 해도 될 만한 빨간색도 있다. 주색(朱色)에 가깝지만 무슨 색깔이냐고 묻는다면 역시 빨간색이라고 할 수밖에 없는 미묘한 색깔도 있다. 어떤 색이 잘 어울리는지는 한 사람 한 사람의 개성에 따라 천차만별이다. 나에게 꼭 맞는 색깔을 찾아낸다는 것은 그만큼 어려운 일이다. 잘 어울린다고 생각하는 건 자신뿐이고 곁에서 보기에는 전혀 어울리지 않는다고 생각하기도 한다.

더구나 그 립스틱이 각도에 따라 전혀 다른 색깔로 보이는 그런 물건일 경우에는 어떻게 해야 좋을까.

"왜 멍하니 서 있어?"

옆에서 누군가 말을 건네는 바람에 모모미는 퍼뜩 정신을 차렸다. 동료 야마모토 야요이가 미간을 좁힌 채 서 있었다. 손에는 화장품 상자가 들려 있었다.

"개점까지 10분 남았어. 그러잖아도 연초부터 인원 삭감으로 이래저래 힘들잖아. 부지런히 움직이지 않으면 시간 안에 일을 못 끝낸단 말이야."

"아, 미안. 뭔가 생각하다가 그만⋯⋯." 모모미는 다시 립스틱 진열 작업을 시작했다. 그녀들의 직장은 백화점의 화장품 매장이다.

야요이가 모모미 쪽으로 얼굴을 바짝 들이댔다.

"생각이라니, 무슨 생각? 혹시 스노보드 여행에 관한 거?" 목소리를 낮춰 물었다.

"뭐, 그렇다고 할까⋯⋯."

"아직도 망설이고 있어? 너, 고민하는 거 좋아하는구나." 야요이는 상자를 쇼윈도 위에 내려놓고 어이없다는 듯 머리를 저었다.

"참내, 고민하는 걸 좋아하는 사람이 어디 있어?"

"가고 싶으면 가고, 싫으면 거절하고, 그냥 그러면 되잖아."

"가고 싶기야 하지, 멤버들도 재미있을 것 같고."

"그러면 가면 되지."

끄응 하고 모모미는 신음 소리가 나와버렸다. 야요이는 답답한 듯 상자를 툭툭 쳤다.

"역시 히다 씨가 마음에 걸리는 거구나?"

모모미는 친구 얼굴을 마주 보며 말없이 꾸벅 고개를 끄덕였다.

야요이가 어깨를 으쓱 쳐들었다. "하긴 신경 쓰지 말라고 하는 것도 무리한 얘기다."

"다른 네 사람은 커플 두 팀이잖아. 게다가 한 팀은 부부, 또 한 팀은 결혼을 코앞에 두고 있어. 그렇다면 이번 여행에서 노리는 게 뭔지 뻔히 다 보이잖아."

"모모미와 히다 씨를 맺어주려는 거? 근데 그게 그렇게 안 좋은 일인가? 모모미도 히다 씨를 싫어하는 건 아니잖아. 아니, 그보다 어느 쪽인가 하면, 좋아하는 편이야. 호텔에서 다시 만났을 때 모모미의 눈이 하트 모양이 되었던 거, 나는 지금도 생각나는데."

"그때는 그랬지. 근데……."

"우리가 모두 함께 미즈키 씨를 속였을 때도 히다 씨에 대해 감탄했었잖아. 진심으로 친구를 위해주는 착한 사람이라고."

"그건 정말로 그렇게 생각해."

"나는 그 참에 모모미가 히다 씨와 사귈 거라고 생각했는데 일이 그렇게 되지는 않았지?"

"왜냐면 아무 말도 안 하는걸 뭐. 데이트하자는 얘기도 없고."

"그런 점은 히다 씨도 좀 문제라니까. 미즈키 씨 얘기로는, 젤팅에서 모모미에게 한 번 거절을 당하고는 이제 희망이 없다고 포기한 모양이래. 하지만 지금도 모모미를 좋아하는 건 확실한 것같아."

"정말 그런가." 모모미는 고개를 갸우뚱했다.

"모모미는 어때? 히다 씨와 맺어지고 싶어? 아니면 그렇게 되는 건 싫어?" 야요이가 답답함이 담긴 말투로 연달아 물었다.

"나도 잘 모르겠어……."

"어휴, 그게 뭐야."

"하지만 정말 모르겠어. 내가 아직 히다 씨에 대해 잘 알지 못하는 것 같아."

못 말리겠다는 듯이 야요이는 두 팔을 펼쳤다. "그렇다면 그 사람에 대해 좀 더 잘 알아보기 위해서 이번 여행에 참가해봐. 그래서 여전히 싫다는 마음이 들면 앞으로는 더 이상 만나지 않는다. 그러면 되잖아."

"나, 싫지는 않은 것 같아."

"그럼 사귀면 되지."

"근데 막상 그렇게까지 할 마음은 나지 않는다면? 그때는 어떻게 하지?"

"어휴, 나도 몰라. 네 맘대로 해." 야요이는 상자를 껴안고 걸음을 옮기려던 참에 문득 발을 멈췄다. "하지만 이 말만은 해야겠다. 남자를 소개해주려고 지인들이 애를 써주는 것도 지금 이때뿐이야. 네 나이를 생각해. 앞으로 1,2년만 지나면 조심스러워서 아무도 그런 건 안 해주게 될 테니까."

다시 걸음을 옮기는 야요이의 뒷모습을 지켜보며 그래, 기회가 자주 오는 건 아니지, 라고 모모미는 생각했다.

2

"그랬더니 말이지, 변이 초록색인 거야. 아무리 봐도 초록색이야. 모스그린도 아니고 갈색에 초록빛이 서린 것도 아니야. 선명한 초록색. 그래서 이건 뭔가 큰일이 났구나, 이상한 병에 걸렸구나, 그렇게 생각했지. 하지만 화장지를 보고 아무리 그래도 이건 좀 이상하다고 다시 생각하게 됐어. 인체가 만들어낸 것 치고는 색깔이 너무 깨끗했으니까. 이건 뭐 그림물감 그대로야. 그제야 퍼뜩 생각났어. 간밤에 술을 마시면서 그림물감을 만지작거렸던 게 생각난 거야. 누나 부부도 설날이라고 고향에 내려왔는데 유치원에 다니는 조카가 있어. 그림물감은 그 조카 것이었어. 혹시 내가 술김에 그 그림물감을 먹어버린 게 아닌가 하고 초조했지. 왜냐면 술안주가 좀 모자란다고 생각했던 게 어렴풋이 기억이 났거든."

미즈키의 말에 듣고 있던 사람들은 일제히 깜짝 놀랐다.

"흐익, 그림물감을?" 미즈키의 직장 후배 쓰키무라가 눈이 둥그레져서 물었다. "그래서 어떻게 됐어요?"

"급히 누나에게 확인해봤어. 초록색 그림물감이 줄어들지 않았느냐고. 그랬더니 딱히 달라진 건 없다는 거야. 그러면 괜한 걱정이었구나 했는데 그다음에 누나가 한 말에 내가 아주 질겁했어. 초록색 그림물감은 이상이 없는데 파란색과 노란색 그림물감이 죄다 없어졌다는 거야."

잠시 조용하다가 다음 순간, 다른 다섯 명이 웃음을 터뜨렸다.

"뭐예요, 그러면? 파란색과 노란색 그림물감, 둘 다 먹었고 그게 뱃속에서 뒤섞여 초록색이 됐다는 거예요?" 쓰키무라가 확인했다.

"아무래도 그랬던 것 같아. 그때는 정말 소스라치게 놀랐다니까."

"어머나, 그림물감을 먹어도 괜찮은 건가요?" 쓰키무라의 아내 마호가 어리광부리는 어린애 같은 말투로 물었다.

"나도 걱정이 돼서 검색해봤어. 그랬더니 어린이용 그림물감은 만일의 경우를 대비해 먹어도 괜찮게 만든다는 거야."

"어떤 맛이 나죠? 맛있었어요?"

쓰키무라의 질문에 "그런 건 기억이 안 나. 아마 별로 맛은 없었을 거야"라고 미즈키는 태연히 대답했다.

"조심 좀 해. 술에 취하면 무슨 짓을 할지 모른다니까." 기모토 아키나가 웃으면서도 미간을 찌푸렸다. 아직 미즈키와 결혼식은 올리지 않았지만 벌써 살뜰히 보살펴주는 아내의 말투였다.

"오, 정말 그렇구나." 모모미 맞은편 자리에 앉은 히다가 스마트폰을 터치하며 말했다. "본격적인 유화 그림물감은 독성이 있지만, 어린이용 아크릴 그림물감은 실수로 입에 넣더라도 괜찮도록 만들어낸다네?"

그 얘기는 방금 미즈키 씨가 했는데, 라고 모모미는 내심 답답했다. 좀 더 센스 있는 말을 날려주면 얼마나 좋을까. 굳이 스마트폰으로 검색까지 해서 남의 의견을 반복하는 건 너무 썰렁하지 않은가. 역시나 다른 사람들도 마땅히 대응할 말을 찾지 못해 아, 그렇구나, 라는 애매한 대꾸가 흘러나올 뿐이었다.

일행 여섯 명은 신칸센 열차 안에 있었다. 3인용 좌석을 마주 보게 돌려서 앉았다. 도쿄를 출발한 것은 한 시간 전이고, 목적지는 사토자와온천 스키장이다. 다양한 의미에서 모모미에게도 추억이 많은 장소였다.

미즈키에게서 스노보드 여행 얘기가 들어온 것은 열흘 전이었다. 참석자들의 이름을 듣고 모모미는 복잡한 심경이었다. 쓰키무라 부부, 미즈키와 아키나 커플, 그리고 또 한 사람은 히다라고 했다.

모두 다 아는 사이이기는 하다. 연초에 미즈키가 이른바 약혼 파티를 도쿄 시내 이자카야에서 했고 그 자리에 모모미도 초대한 것이다. 미즈키는 모모미를 "겔팅에서 히다에게 '죄송합니다' 라고 했던 여자 분"이라고 소개했다. 물론 쓰키무라 부부와는 미즈키를 속이는 서프라이즈 작전 때 얼굴을 마주했었지만 그건 아키나에게는 비밀이었다.

　모모미가 이번 여행에 초대된 이유는 명백했다. 어떻게든 히다와 맺어주려고 하는 생각일 것이다.

　오래 망설인 끝에 참가하기로 결정한 것은 이번 여행을 계기로 자신의 마음을 확인할 수 있을지 모른다고 생각했기 때문이다. 야요이가 지적했던 대로 모모미는 히다가 싫은 것은 아니었다. 호텔에서 일하는 모습을 목격했을 때는 정말로 멋있다고 생각했다. 그래서 그 뒤에 미즈키와 야요이까지 넷이서 여러 번 술자리를 함께했고, 미즈키와 아키나를 위한 서프라이즈 작전이라는 목적 때문이기는 했지만 스노보드 여행도 함께 갔었다.

　하지만 그렇기는 해도…….

　호텔에서 근무할 때 이외의 히다는 뭔가 꼭 필요한 두근거림이 아무래도 부족한 것이다. 오히려 크게 낙담하게 하는 일이 많았다. 이를테면 대화. 미즈키처럼 항상 화제가 풍부한 정도까지는 아니어도 괜찮지만, 그렇다면 듣는 역할이라도 잘해주었으면 하는 생각이 들고 만다. 히다는 자신이 잘 아는 세계의 화제가 나오면 상대가 흥미를 갖건 말건 전혀 개의치 않았다. 줄줄줄 계속 자기만의 이야기를 풀어놓는 버릇이 있는 것이다. 자연스럽게 화제를 바꿔보려고 해도 전혀 효과가 없어서 그걸 피하기 위해서는 핑곗거리를 만들어 자리를 뜨는 수밖에 없었다.

분위기 파악에도 너무나 서툴렀다. 미즈키와 아키나의 약혼 파티 중에 옆자리의 마호에게서 비밀리에 카드와 사인펜이 건너왔다. 카드를 보니 참석자들의 코멘트가 적혀 있었다. 모모미는 즉각 눈치를 챘다. 참석자 모두가 미즈키와 아키나의 행복을 비는 한마디를 적어 나중에 깜짝 선물로 건네주려는 것이다. 모모미가 은밀히 테이블 밑에서 코멘트를 쓰고 있는데 히다가 그녀의 손맡을 들여다보며 큰 소리로 물었다.

"그거 뭐예요? 뭘 쓰고 있어요?"

그 소리가 분명 미즈키의 귀에도 들어갔을 터였다. 물론 미즈키는 히다와는 다르게 분위기 파악이 빠른 사람이라서 못 들은 척해주었지만.

패션도 여전히 촌스러웠다. 보라색이 자신에게 잘 어울린다고 진짜로 믿고 있는 건가, 하고 그날 입고 나온 그의 셔츠를 보며 고개를 갸웃거리고 싶어졌다.

그렇기는 해도, 좋은 면도 있었다.

폭주 캐릭터이기는 해도 그걸 거꾸로 말하자면 에너지가 넘치는 것이다. 호텔리어라는 직업 때문인지 주변 사람들을 위해 시간과 노력을 쏟아 붓는 것을 주저하지 않는다. 분위기를 파악하지 못하는 것은 둔감하기 때문이겠지만, 그런 만큼 마음의 변환도 빠르다. 상당히 강한 실연을 여러 번 경험한 모양이지만, 그래도 툴툴 털고 다시 일어서는 것은 정신력이 강하다는 반증일 터였다.

누구에게나 플러스 요소와 마이너스 요소가 있다. 중요한 것은 덧셈과 뺄셈을 거쳐 과연 어떤 결과가 나오느냐. 그것을 모모미는 이번 여행에서 분명하게 판별하고 싶다고 생각했던 것이다.

3

사토자와온천 스키장의 컨디션은 아주 좋았다. 곤돌라를 타고 다시 리프트로 갈아타며 산정까지 올라가 풍성한 파우더 스노를 마음껏 즐길 수 있었다. 특히 트리 런은 최고였다. 모모미도 스노보드라면 꽤 잘 타는 편이지만 다른 다섯 명의 실력은 거의 선수급이었다. 나무가 상당히 밀집한 곳에서도 속도를 늦추는 일 없이 사이사이를 누비며 달려갔다. 모모미는 겨우겨우 뒤를 따라가는 게 고작이었다.

"아, 정말 상쾌하다. 이런 최고의 컨디션을 선물해주시다니! 그 야말로 천국이지 뭐야. 이러니 스노보드를 그만둘 수 없다니까."

4인승 리프트 위에서 아키나가 절절히 말했다.

"지난주에 온 가족이 스키 여행을 했는데 그때도 눈 상태가 정말 좋았어요." 아키나를 사이에 끼고 모모미 건너편에 앉은 마호가 답했다.

"그러고 보니 마호네는 스키 가족이라면서? 그래서 쓰키무라도 스키에 도전한다던데. 정말 기특하다. 착한 사위 노릇을 톡톡히 하고 있잖아. 미즈키 씨였다면 그런 거, 절대 안 해줄 텐데."

"그런가요? 미즈키 씨도 의외로 그런 건 착실히 할 것 같은데? 남의 기분을 맞춰주는 거, 잘하시잖아요. 아키나 씨 부모님도 사윗감이 마음에 쏙 드셨을 것 같아요."

"기분 맞춰주는 거야 잘하지. 입만 먼저 태어난 것 같은 사람이니까. 목적을 위해서라면 마음에 없는 말도 태연하게 술술 내뱉잖아. 그래서 영 믿을 수가 없어. 나는 결혼해도 그 사람이 하는 말은 일단 믿지 않을 생각이야."

아키나의 말에 모모미는 그렇구나, 참 대단하다, 라고 감탄했다. 아키나의 지적은 맞는 말이라고 생각했다. 미즈키가 잠시도 방심할 수 없는 사람이라는 점에는 모모미도 전적으로 동감이다. 서프라이즈 작전에 떠밀려 아키나에게 프러포즈를 한 것도 원래 미즈키가 야요이에게 흑심을 품었던 게 그 발단이었다.

그리고 그런 미즈키의 성품을 다 알면서도 결혼하려는 것이니까 아키나의 각오는 참으로 대단한 것이다. 아니, 그럴 만큼 아키나는 미즈키를 좋아하는 것이리라.

아아, 하고 아키나가 한숨 소리를 흘렸다. "미즈키에게 히다의 성실한 면이 반절만이라도 있었다면 얼마나 좋을까. 그러면 나도 아무 불만이 없을 텐데."

"히다 씨는 착실하세요, 정말로."

"그보다 서툰 거야. 체질적으로 눈치 빠른 처신이 안 되는 성격이야. 그래서 옆에서 지켜보자면 상당히 답답하긴 해. ―모모미도 그렇게 생각하지?"

갑작스럽게 아키나가 질문을 던지는 바람에 모모미는 갈팡질팡했다.

"웅? 아, 좀 그런 면이 있기도 하고……."

"굼뜬 데가 있다니까. 히다의 친구로서 내가 대신 사과할게. 답답한 점이 많았지? 처세술이라고는 눈곱만큼도 없는 그런 사람이 겔팅에서 좋아한다고 고백해봤자 죄송합니다, 라는 대답을 할 수밖에 없어, 나 같아도. 어차피 분위기 파악 못하는 소리를 줄줄줄 늘어놓았겠지. 우리도 그런 성격을 아주 조금만 고쳐주었으면 하고 안타까워하는데 그게 영 잘 되지를 않아."

"정말 착한 선배인데 말이에요." 마호도 옆에서 거들었다.

"맞아. 착한 친구라는 것만은 틀림없어. 내가 보증해. 근데 처세술이 부족한 게 꼭 나쁜 것만은 아니야. 거짓말 안 하고, 빈틈없고, 귀찮고 힘든 일이 떨어져도 절대 피하는 법이 없어. 그래서 직장에서의 평가가 아주 높은 거야. 다만 사생활에서는 그런 점을 제대로 어필하지 못하는 게 탈이지. 그것 역시 처세술이나 눈치가 없다는 뜻이겠지만." 아키나는 연거푸 탄식했다.

그녀들이 원하는 것이 무엇인지는 뻔히 보였다. 히다의 장점을 차례차례 열거해서 모모미의 마음을 움직이려고 하는 것이다.

"네, 히다 씨 좋은 사람이죠." 모모미는 말했다. "그건 잘 알고 있어요."

"그렇지? 하긴 잘 알 거야. 몇 번만 만나봐도 알지."

"주위에 좋은 친구도 많은 것 같아요. 그런 식으로 칭찬받는 걸 보면."

"아, 응⋯⋯. 굳이 광고해주려는 건 아니고." 아키나의 목소리가 조금 나지막해졌다. 자신들이 노리는 게 무엇인지 뻔히 다 보인다는 건 그녀도 알고 있는 것이다.

하지만 리프트에서 나눈 이 대화가 전혀 쓸모없는 건 아니었다. 히다의 친구들이 남녀를 가리지 않고 그를 좋아한다는 것을 확신할 수 있었기 때문이다.

리프트에서 내리자 미즈키를 비롯한 남자 팀이 기다리고 있었다.

"슬슬 점심이나 먹을까요?" 미즈키가 말했다. "히나타 슬로프 쪽 식당에서 모이기로 합시다. 루트는 각자 자유로 하는 걸로, 어때요? 꼴찌로 오는 사람이 맥주 내기. 여자들에게는 1분의 핸디를 드리죠."

에이, 하고 아키나가 불만의 목소리를 냈다. "여자들에게 겨우 1분이야? 쩨쩨하게 굴지 말고 좀 더 써봐."

"스노보드 스피드광께서 무슨 말씀을? 흠, 좋아, 알았어. 핸디는 3분. 단단히 기합을 넣고, 열심히 달려봅시다!"

미즈키의 목소리에 모두가 응했다. 모모미도 눈밭 위에 몸을 숙이고 바인딩을 장착하기 시작했다. 옆에서는 이미 장착을 마친 히다가 스키장 지도를 들여다보고 있었다.

"히다 씨, 어떤 코스로 달릴 거예요?" 일단 물어보았다.

"기왕 타는 거, 기분 좋은 장소로 선택해야지요. 최상의 비밀 루트가 있거든요."

"와아, 재미있겠네요."

그런 이야기를 하고 있는데 미즈키가 갑작스럽게 출발해버렸다.

"앗, 먼저 가면 비겁하지!" 곧바로 아키나도 뒤쫓아갔다.

좋아, 라는 소리를 올리며 쓰키무라도 달리기 시작했다. 단 미즈키, 아키나 커플과는 다른 코스로 갈 생각인 모양이었다. 물론 그 뒤를 따라 마호가 달려갔다. 루트는 각자 자유라고 미즈키가 말했었지만 결국 커플은 함께 가는 것이다.

모모미가 멍하니 그들을 지켜보고 있었더니 히다는 말도 없이 스타트를 끊었다. 첫 발부터 기합이 잔뜩 들어간 낮은 자세를 취하고 있었다.

"앗, 잠깐만요……." 그렇게 갑작스럽게 출발하면 어떡해, 라고 생각하며 모모미는 히다의 뒤를 따라갔다.

변함없는 스피드, 라기보다 평소 이상으로 맹렬한 스피드로 히다는 내달렸다. 순식간에 저 멀리 작아져버린 그의 뒷모습을 눈으로 따라잡으며 대체 무슨 생각을 하는지 모르겠다고 모모미는 부아가 났다.

어떤 경우에나 어떤 상황에서나 빈틈없이 최선을 다해 임한다, 라는 취지는 좋다. 동료들끼리의 승부에 그렇게 정색을 하고 덤빌 건 뭐냐고 시들한 태도를 취하는 그런 사람이라면 모모미도 별로 좋아하지 않았을 것이다. 진검승부, 얼마든지 좋다. 하지만 그것도 경우에 따라 달라야 하는 거 아닌. 너무 빠른 스피드로 달려가면 모모미가 자신을 놓친다는 생각은 못하는 걸까. 맥주값을 내는 게 그렇게도 싫을까.

라고 생각하고 있었더니…….

역시나 시야에서 놓쳐버렸다.

방금 전까지 가까스로 확인할 수 있었던 히다의 모습이 어디에도 없었다. 그러기는커녕 여기가 어디인지도 알 수 없었다. 전후 좌우를 둘러봤지만 스키어도 스노보더도 전혀 눈에 띄지 않았다. 아무래도 웬만한 사람은 알지 못하는 비밀 장소에 들어서버린 것 같았다.

어떻게 하나, 걱정하고 있는데 어디선가 스키어 한 명이 다가왔다. 모모미는 팔을 내저으면서 실례합니다, 라고 말을 건넸다.

남자 스키어가 바로 곁에 와서 멈춰주었다.

"히나타 슬로프에 가려면 어디로 가야 해요?"

"히나타 슬로프? 거기라면 저쪽으로 가면 돼요." 스키어가 가리킨 곳을 보고 모모미는 흠칫 놀랐다. 트랙이 몇 줄기 생겨나 있었지만 정식 코스에서는 벗어난 곳으로 보였기 때문이다.

"저기가 정식 코스예요?"

"예, 맞아요. 비압설 구역이니까 조심하세요." 가벼운 투로 말하고 스키어는 휘익 발을 굴러 달려가버렸다.

모모미는 경사면 쪽으로 다가가 머뭇머뭇 아래를 내려다보았다.

멋진 파우더 존이 펼쳐져 있었다. 단 상당한 급경사였다. 가슴에 불안감이 퍼져갔다. 실은 모모미는 심설의 급경사면은 별로 타본 적이 없었다.

하지만 일행이 있는 곳으로 가려면 이쪽을 타고 내려가는 수밖에 없었다. 아마 히다는 이곳을 거침없이 달려갔을 것이다. 지금쯤 모모미가 따라오지 않는 것을 깨닫고 중간에서 기다리고 있을지도 모른다. 어물어물 겁을 내고 있을 때가 아니다.

각오를 다지고 에잇 하고 구령을 넣듯이 소리치며 달리기 시작했다.

단숨에 엄청난 속도가 나왔다. 몸이 미처 따라가지 못할 것 같았다. 아차차 하면서 아주 잠깐 중심을 앞발에 실었다. 그 순간, 보드의 앞 끝이 눈에 푹 파묻혀버렸다.

큰일이다, 라고 생각했을 때는 이미 늦었다. 몸이 한 바퀴 돌아 머리에서부터 거꾸로 눈 속에 처박히고 있었다.

4

보드복 호주머니에 넣어둔 스마트폰이 울린 것은 모모미가 바인딩을 다시 채우고 있을 때였다. 눈에 파묻힌 상태에서 다시 일어서기 위해서는 일단 스노보드를 푸는 수밖에 없었던 것이다. 그저 그것만 하는데도 어이없을 만큼 시간이 걸렸다. 버둥거리면 버둥거릴수록 눈에 빠져들어 더욱더 몸을 움직일 수 없는 것이었다. 체력은 완전히 소모되고 온몸이 땀범벅이었다. 당연히 중간에 고글은 이마 위로 올렸다. 렌즈가 흐려졌기 때문이다.

전화를 건 사람은 히다였다. "여보세요, 모모미 씨?"

"네, 모모미예요. 미안해요, 기다리게 해서."

"괜찮아요? 지금 어디 있어요?"

"어딘지 잘 모르겠지만, 아무튼 비압설의 급경사면이에요. 히다 씨 뒤를 쫓아가다가 여기 눈 속에 빠져버려서……."

"엇, 내 뒤를 따라왔었어요?" 히다가 뜻밖이라는 듯이 말했다.

"당연히 그렇죠. 몰랐어요?"

"나는 전혀 몰랐어요. 아, 그랬었구나."

왜 그런 눈치도 못 채는 건가, 하고 모모미는 짜증이 났다. 출발하기 전에 나눈 대화의 흐름상, 당연히 뒤따라간다는 것쯤은 알았어야 할 게 아닌가.

"히다 씨는 지금 어디 있는데요?"

"나요? 나는 지금 식당이죠. 무청 절임 듬뿍 넣은 탄탄면을 먹고 있는데?"

스마트폰을 귀에 댄 채 모모미는 고개를 툭 떨구었다. 그녀가 따라온다는 것을 생각하지 못했으니 당연히 중간에서 기다려준다는 발상도 없었던 것이다.

"다른 사람들에게 걱정하지 말라고 전해주세요. 나는 천천히 내려갈게요. 아, 그리고 맥주 값은 내가 낼게요."

"알았어요. 근데 맥주 값은 우선 내가 대신 냈어요."

"고맙네요. 자, 그럼 이따가." 그렇게 내뱉고 히다의 대답을 듣지 않은 채 전화를 끊었다.

스마트폰을 호주머니에 넣으면서 아무래도 이 사람과는 사귀지 못할 것 같다, 라고 생각했다.

아니, 히다 역시 나와 사귀지 못해도 괜찮다고 생각하는지 모른다.

약간은 나에게 호감을 품었다고 해도 그런 마음이 별로 강하지는 않은 것이다. 만일 진심으로 좋아한다면 항상 이쪽을 지켜보며 서로 떨어지지 않도록 주의를 기울일 터였다.

그런 생각을 하면서 조심조심 타고 내려가 힘겹게 히나타 슬로프에 도착했다. 보드를 떼어내고 터덜터덜 식당을 향해 걸음을 옮겼다. 보드복이 온통 땀범벅이고 완전히 녹초가 되었다.

모모미 씨, 라고 앞에서 부르는 소리가 들렸다. 고개를 들어보니 히다가 식당 앞에서 웃으며 서 있었다. "수고했어요."

모모미는 대답할 힘도 없어서 조용히 보드를 스탠드에 세웠다.

"다른 사람들은 방금 다시 한번 타려고 출발했어요." 히다가 곁으로 다가왔다.

"그렇군요······. 기다리게 해서 미안해요."

미즈키 일행은 아마도 히다와 모모미를 단둘이 있게 해주려고 센스를 발휘한 것이리라.

"어디서 넘어진 거예요?" 히다가 물었다.

"그러니까 비압설의 경사면이라니까요. 임도 옆으로 들어간······."

아하, 하고 히다가 손을 딱 쳤다.

"거기로 갔었구나. 그랬네."

"거기로 가면 안 되는 거였어요?"

"아뇨, 거기도 괜찮긴 한데, 그 조금 전에 왼쪽으로 꺾었으면 좀 더 편하게 내려올 수 있는 코스가 있어요. 그렇구나, 거기서 넘어져버렸네, 하하하. 네, 그쪽은 좀 힘들죠. 하하하."

태평하게 웃는 히다의 얼굴을 보자 분노가 치밀었다. 모모미는 몸을 숙여 발밑의 눈을 집어 그의 얼굴에 던져버렸다.

"왜, 왜 이래요?"

"웃을 일이 아니잖아요!" 모모미는 소리쳤다. "내가 얼마나 불안했는지 알기나 해요? 그런 눈밭에서 꼼짝도 못하고…… 애초에 왜 먼저 가버리느냐고요!"

"아니, 그게, 나는 모모미 씨가 따라온다는 건 생각을 못하고……" 히다는 눈을 데굴거리며 어물어물 말을 더듬었다.

"당연히 따라가죠. 어떻게 그런 걸 모를 수가 있어요?" 화를 내다보니 이번에는 뭔가 서글퍼졌다. 모모미는 다시 몸을 숙였다. 하지만 이번에는 울기 위해서였다. 장갑으로 얼굴을 가리고 훌쩍훌쩍 울기 시작했다. 고글을 벗고 있어서 젖은 장갑이 얼굴에 차갑게 닿았다.

"따라올 거면……." 히다가 불쑥 말했다. "따라간다고 말을 해줬으면 좋았잖아요."

엇 하고 모모미는 얼굴을 들었다. 눈앞에서 히다가 눈밭에 정좌를 하고 있었다.

"따라간다고 말을 해줬으면 좋았잖아요." 그가 되풀이해서 말했다.

"그런 걸 말로 해야 알아요? 굳이 말하지 않아도 아키나는 미

스키 뒤를, 마호는 쓰키무라 뒤를 따라갔잖아요."

"그거야 그들은 커플이니까 그렇죠. 근데 모모미 씨와 나는 달라요. 어쩌면 모모미 씨는 나와는 전혀 다른 곳으로 가고 싶을 수도 있죠. 각자 좋아하는 루트를 좋아하는 대로 타고 간다, 원래 스노보드란 게 그런 거잖아요."

"길 안내가 필요한 사람도 있어요. 그런 사람을 위해 리드를 해줘야겠다는 발상은 없어요?"

만일 그런 게 없다면 아웃이야, 라고 모모미는 생각했다. 이 정도의 일도 도와주지 못한다면 도저히 인생의 반려자가 될 수는 없다.

"없는 건 아니지만……. 어느 쪽인가 하면 좀 싫어하는 편이죠."

싫어하는구나, 역시. 모모미는 크게 낙담했다.

"달리는 데 집중하느라 뒤쪽에 신경 쓸 여유가 없는 경우가 많아요. 게다가 뒤쪽 사람의 기량이 어느 정도인지도 잘 모르는데 어떤 코스를 어느 정도의 스피드로 달려야 하는지, 나는 아무래도 판단이 망설여지더라고요."

"그렇군요……."

그의 말을 듣고 이해가 갔다.

스노보드뿐만이 아니라 히다라는 인물은 분명 모든 일에서 그럴 거라고 모모미는 생각했다. 지금까지의 일을 되짚어보니 매번 그랬던 것 같다.

이 사람을 따라가는 건 포기하는 게 좋겠다.

모모미의 마음속에 체념이 싹트고 있었다.

만일, 이라고 히다가 말했다.

"만일 함께 탈 거라면 모모미 씨를 앞세우고 내가 그 뒤를 따라가는 게 더 좋을 것 같아요."

"……내가 앞서가요?"

"네."

"하지만 그렇게 하면 히다 씨는 답답할지도 몰라요. 스피드도 제대로 못 낼 거고."

"그런 건 내가 얼마든지 보완할 수 있어요." 히다는 웃으면서 자리에서 일어나 오른손을 내밀었다. "다음에는 그렇게 하죠."

모모미는 고개를 끄덕이고 그의 손을 잡고 일어섰다.

식당에 들어갔지만 식욕이 전혀 나지 않아서 아이스크림을 주문했다. 히다는 커피를 마시고 있었다. 그는 항상 그렇듯이 딱딱한 보호용구가 달린 이너웨어를 입고 있었지만 그 위에 입은 빨간 티셔츠를 보고 모모미는 몰래 한숨을 내쉬었다. 가슴에 하얀 글씨로 '鬪志(투지)'라는 한자가 큼직하게 적혀 있었다.

"왜요?" 모모미의 시선을 깨달았는지 히다가 물었다.

"아뇨, 그 티셔츠…… 꽤 마음에 드는 옷인가 봐요."

"이거요? 아뇨, 전혀. 어떤 가게에서 경품으로 주길래 그냥 입었어요."

경품이라니, 모처럼의 여행에 왜 그런 옷을 입고 온단 말인가.

"나는 히다 씨에게 좀 더 잘 어울리는 옷이 아주 많을 것 같아요. 평소에 입는 옷이라도." 마음먹고 분명하게 의견을 말해보았다.

"아, 그런가요?" 히다는 겸연쩍은 듯 자신의 머리에 손을 얹었다. "그런 얘기 자주 들어요. 옷 입는 센스가 형편없다고. 하지만 어떤 옷을 입어야 좋을지, 도통 모르겠어서……."

그 말을 듣고 모모미의 머릿속에 문득 생각나는 것이 있었다.

"혹시 괜찮으시면 내가 골라드릴까요?"

"엇, 모모미 씨가 골라준다고요?"

"완전히 내 취향대로 입혀버릴 거예요."

"좋죠, 좋죠. 그렇게만 해준다면야 나는 진짜 너무 좋아요. 아, 그러면 다음에 옷 사러 갈 때, 연락드려도 될까요?"

그러세요, 라고 대답하면서 모모미의 머릿속에서는 벌써부터 패션쇼가 시작되었다. 모델은 물론 히다. 그에게 다양한 옷을 입혀보는 모습을 상상하며 가슴이 설렜다. 말하자면 살아있는 '옷 인형'이다. 호텔리어 유니폼이 잘 어울리는 것을 보면 히다는 기본적인 스타일은 나쁘지 않다. 갈아입히는 보람이 있다고 할 수 있다.

그리고 모모미는 중요한 힌트를 얻은 듯한 마음이 들기 시작했다.

5

정신없이 달리다 보니 이상한 곳이 나와버렸다. 푹신한 파우더 경사면이라고 생각했는데 눈 밑에 단단한 혹들이 숨어 있는 것이다. 아니나 다를까 판이 튕겨져서 모모미는 털썩 넘어졌다. 급히 몸을 일으키고 둘레둘레 둘러보았다.

"괜찮아요?" 머리 위에서 소리가 들려왔다.

바로 옆에 히다가 와 있었다. 오른손을 내밀어주었다.

"응, 괜찮아요." 모모미는 그 손을 잡고 일어섰다. "고마워요."

"의외로 바닥이 딱딱하니까 조심해요. 겉으로 보이는 모습에 휘둘리지 말고, 발바닥으로 경사면의 감각을 확인하면서 달리면 좋아요."

네, 라고 대답하고 모모미는 다시 달리기 시작했다. 발바닥으로 경사면의 감각을 확인한다―. 꽤 어려운 요구였다. 그런 것이 쉽게 될 리가 없어서 잠깐 달린 참에 또다시 넘어져버렸다.

하지만 이번에도 곧바로 달려와주었다. "괜찮아요?" 히다의 오른손이 모모미에게 내밀어졌다.

네, 괜찮아요, 라고 대답하고 힘차게 일어나 다시 출발했다. 평소보다 적극적인 것을 모모미 스스로도 느끼고 있었다.

식당에서 잠시 휴식을 취한 뒤에 또 한바탕 둘이서 보드를 타기 시작했다. 히다의 제안을 받아들여 모모미가 앞서서 달리기로 했던 것인데, 그것이 정확히 맞아떨어졌다. 그를 놓칠 걱정 따위, 전혀 없었다. 모모미가 멈춰서거나 넘어질 때면 반드시 히다가 곧바로 달려왔기 때문이다. 그렇기는 해도 그는 모모미 뒤에 붙어있기만 하는 것은 아니었다. 이따금 뒤를 돌아보면 벽을 오르거나 가장자리의 파우더를 가르는 식으로 그 나름대로 다양하게 즐기고 있었다. 그래도 결코 모모미에게서 눈을 떼지는 않는 것이리라.

히다가 틀림없이 뒤에서 지켜본다는 것을 알고 있기 때문에 모모미로서는 마음 놓고 어떤 경사면에라도 도전할 수 있었다. 힘들어하던 심설 역시 무섭지 않았다. 눈 속에 빠진다고 해도 히다가 구해줄 것이기 때문이다. 그를 이토록 믿음직스럽게 느낀 것은 둘이 만난 이후 처음이었다.

"히다 씨, 내 뒤에서 타는 거 따분하지 않아요?" 리프트를 타고 올라갈 때, 모모미가 물어보았다.

"엇, 왜요? 나는 재미있어요. 모모미 씨가 어떻게 타는지 찬찬히 볼 수도 있고."

"하지만 가고 싶은 곳에 가지 못해서 답답한 거 아니에요?"

"그런 거 전혀 없어요. 어디를 달리건 재미있는데요? 모모미 씨가 어떤 코스를 어떤 식으로 달리고 싶은지 괜히 고민할 필요가 없잖아요. 그냥 따라가는 것뿐이라 도리어 마음이 편해요."

"그렇다면 다행이네요."

"그러니까 내 걱정은 안 해도 돼요."

히다의 말에서 거짓의 기척은 느껴지지 않았다. 원래부터 마음에도 없는 말을 입에 올리는 사람이 아니라는 건 잘 알고 있다.

모모미는 조금 전 식당에 있을 때 얻었던 힌트에 대해 생각했다. 그래서 다음과 같이 물어보았다.

"이건 좀 다른 이야기지만, 혹시 히다 씨는 오래된 절에 관심이 있나요?"

"절에?" 히다는 어리둥절한 소리를 냈다.

"역시 별 관심이 없는 모양이네요."

"글쎄요, 절에 대해서는 생각해본 적도 없어요. 근데 왜요?"

"실은 내가 사찰 순례 마니아예요."

"오, 그래요?"

"전국의 절을 둘러보는 게 좋아서 휴일이면 나 혼자 훌쩍 떠나곤 하거든요."

"아, 그렇구나. 처음 들었네."

"좀 특이한 취미라서 주위 사람들에게는 얘기하지 않았어요. 어쩐지 음울한 성격처럼 보일 것 같아서."

"그런가? 나쁘지 않은 취미인 것 같은데요."

"그럼 히다 씨, 함께 가줄래요?"

"엇, 어디에?"

"이다음 쉬는 날에는 가마쿠라에 가볼 생각이에요. 오랜만에 대불(大佛)이 보고 싶어서요. 하지만 혼자 가면 심심하니까 함께 갈 사람이 있으면 좋겠다고 생각하던 참이에요."

히다가 모모미 쪽으로 몸을 돌렸다.

"나라도 괜찮다면 물론 가지요. 이다음 쉬는 날이라면, 언제예요?"

"다음 주 월요일이에요."

"월요일! 마침 잘됐네. 그날은 나도 비번이에요. 갑시다, 갑시다." 히다는 신이 난 목소리였다.

"그러면 결정해도 되지요? 가마쿠라는 오전에 가는 게 좋다니까 도쿄에서 새벽차로 출발할 건데."

모모미의 말에 히다의 몸이 경직되는 것이 보였다. "새벽차?"

네, 라고 모모미는 말했다. 여기가 진위를 판별할 수 있는 대목이다.

"역시 좀 그렇죠, 새벽부터 따분한 사찰 순례에 나서는 거."

잠시 침묵한 끝에 아뇨, 라고 히다는 입을 열었다.

"그렇지 않아요. 갑시다. 그날 아침에 잠깐 예정이 있긴 한데, 그건 어떻게든 해볼게요."

"정말요? 와아, 다행이다."

"근데 나는 절에 대해 아는 게 거의 없어요. 그래도 재미있게 돌아다닐 수 있으려나."

"괜찮아요. 하지만 예비지식이 있으면 더 흥미롭겠죠. 신나게 얘기도 할 수 있고."

"그렇겠지요. 예비지식은 어떻게 하면 입수할 수 있어요?"

"나한테 책이 몇 권 있으니까 그걸 읽어보면 좋을 거예요. 나중에 알려드릴게요."

"좋아요. 그럼 월요일까지 독파해버려야지." 히다는 기합이 담긴 어조로 단언했다.

역시 내가 예상했던 그대로야. 모모미는 고개를 끄덕이며 확신을 얻었다.

히다라는 인물은 여자를 리드하는 타입이 아닌 것이다. 오히려 이쪽에서 리드해줬을 때 자신의 장점을 충분히 발휘하는 타입이다. 패션이든 취미든 이쪽에서 지시하면 그대로 따라준다. 극단적으로 말하면, 이쪽의 취향대로 개조하기 쉬운 남자인 것이다.

원래부터 모모미는 남자에게 끌려 다니는 것을 그리 좋아하지 않았다. 어느 쪽인가 하면, 자신이 원하는 대로 행동하고 남자가 거기에 동참해주기를 원했다. 하지만 그래서는 아무래도 남자들에게 인기가 없을 것 같아서 내내 억눌러온 것이다. 히다라면 그런 불만을 품지 않아도 될지 모른다.

이 사람을 앞으로 어떻게 개조해나갈까. 상상은 한없이 펼쳐져 갔다.

월요일이 설레는 마음으로 기다려졌다. 히다는 분명 모모미가 추천해준 책을 샅샅이 읽고 나올 것이다. 어쨌거나 그로서는 가장 중요한 아침 행사를 희생하고 떠나는 사찰 순례니까.

다음 주 월요일에는 오전 중에 히다가 가장 좋아하는 미식축구계의 최대 이벤트, 슈퍼볼 시합이 전 세계에 중계 방송되는 것이다.

6

곤돌라 승차장까지 달려 내려가자 미즈키 일행의 모습이 보였다. 조금 전에 전화로 연락해서 만나기로 한 것이다. 그들도 모모미와 히다를 알아봤는지 손을 흔들어주었다.

"수고했어요." 미즈키가 인사를 건넸다. "어땠어요?"

"정말 즐거웠어요." 모모미가 대답하고 나서 "그렇죠?"라고 히다에게 동의를 청했다.

히다는 응응, 하고 고개를 끄덕였다. "최고였어."

"오호, 이거 뭐야. 분위기가 아주 화기애애한데? 어떻게 된 거야?" 아키나가 입가에 빙글빙글 웃음을 지으며 말했다.

"흐흐, 잘됐네. 자세한 얘기는 곤돌라 안에서 듣기로 합시다."

미즈키가 보드를 안고 걸음을 옮기자 모두 함께 그 뒤를 따라갔다.

승차장은 사람들로 약간 붐볐다. 하지만 최대 12명이 승차할 수 있는 곤돌라여서 줄이 쭉쭉 줄어들었다. 이윽고 모모미 일행의 차례가 돌아왔다. 여섯 명이 모두 함께 타고 그 뒤를 이어 커플로 보이는 남녀 2인조가 탔다. 붐비는 상황이라서 이 정도의 합승은 당연한 일이었다.

"오늘은 정말 신나게 달렸어. 이제 좀 피곤하다."

그렇게 말하면서 아키나가 고글을 벗었을 때였다. 맞은편에 앉아 있던 커플의 여자 쪽이 앗 하고 부르짖는 소리를 냈다. "아키나 씨!"

"엇, 누구신지……." 아키나가 놀란 듯 물었다. 모모미도 그 여자를 바라보았다.

"나예요, 나." 여자가 고글과 페이스마스크를 벗었다.

그 순간, 모모미는 입에서 심장이 튀어나올 것만 같았다. 모모미도 그야말로 잘 아는 인물이었다.

일행 중 몇몇이 목소리를 높였다.

"미유키 씨!" 가장 먼저 이름을 부른 것은 마호였다.

그렇다, 그 여자는 하시모토 미유키였다. 모모미와는 그야말로 인연이 깊은 인물이다.

"앗, 이 목소리는……."

"마호예요. 오랜만이에요, 미유키 씨!"

"역시 마호구나. 와아, 반가워. 그렇다면 그 옆에 있는 분은?"

"네, 쓰키무라 하루키입니다. 안녕하세요?"

와아, 하고 미유키는 가슴 앞에서 두 손을 맞댔다.

"이런 일이 다 있구나. 진짜 우연한 만남이야."

"저어, 기억하시는지 모르겠는데." 미즈키가 천천히 고글을 이마까지 올렸다. "저, 미즈키예요."

"아, 연회부의?"

"네, 그렇죠. 기억해주시다니, 영광이군요."

"기억하고말고요." 그렇게 말하면서 미유키는 시선을 옆으로 돌렸다. 그곳에 있는 사람은 히다였다.

히다는 꾸벅 고개를 숙였다. "오랜만이에요. 히다입니다."

"안녕하세요……." 일순 미유키의 표정이 어색해지는 것을 모모미는 놓치지 않았다. 왜 유독 히다에게만 그런 표정을 보이는 걸까.

미유키는 모모미에게도 흘끗 시선을 던졌지만 곧바로 아키나 쪽으로 고개를 돌렸다. 이 여자는 아는 사람이 아닐 것이라고 판단한 모양이다. 모모미는 고글와 페이스마스크를 써서 얼굴이 모두 가려져 있었다.

"미유키 씨, 결혼했지?" 아키나가 물었다.

"응, 작년 봄에."

"그렇다면 이쪽 분이……." 아키나가 미유키 옆의 키 큰 남자를 보며 말했다.

"응, 남편." 미유키는 흐뭇한 듯 대답했다.

안녕하세요, 라고 남자가 머리를 숙였다. 그 몸짓과 목소리는 모모미의 기억 속에도 있었다.

고타였다. 2년 전에 교제할 뻔한 적이 있었다. 둘이서 이곳 사토자와온천 스키장에도 왔었다. 그리고 곤돌라에 탔을 때…….

"그러면 그때 갑자기 나타났다는 그 남자 분?" 쓰키무라가 물었다. "우리가 미유키 씨에게 청해서 이 스키장에 놀러 온 적이 있었죠? 그때 미유키 씨가 갑작스럽게 우리와 따로 움직이고 싶다고 했어요. 나중에 얘기를 들어보니 전 남자 친구가 프러포즈를 하러 달려왔다고 하던데요."

"그랬었죠. 그때 그 바보 같은 남자가 여기 옆에 있는 남편이에요. ─자기, 정식으로 인사해."

미유키의 재촉에 고타가 고글과 비니 모자를 벗었다.

"그때는 제가 이래저래 민폐를 끼쳤습니다." 깊숙이 머리를 숙였다.

그들의 대화를 듣다 보니 모모미도 점차 얘기의 윤곽이 잡혀왔다. 미유키가 스키장에서 고타의 갑작스러운 프러포즈를 받았다는 이야기는 그녀도 들었다. 직장 동료들과 함께 갔었다고 하더니, 설마 그게 아키나 일행이었을 줄이야.

모모미는 고타의 얼굴을 지그시 쳐다보았다. 오랜만에 보니 역시 잘생긴 남자였다. 저절로 그런 생각이 드는 것이 새삼 한심하고 분했다. 게다가 고타의 머리칼은 길게 자라 있었다. 스키장으로 달려왔을 때, 머리를 박박 민 모습이었다고 미유키는 말했었지만 1년 가까이 시간이 지나면 머리칼은 금세 자라는 것이다.

모모미는 조용히 숨을 죽이고 있기로 했다. 아무도 자신에게 말을 걸지 않기만을 기도했다. 행여 이름을 부르는 건 더더욱 재미없다. 지난번 곤돌라에서의 악몽이 되살아났다. 이런 곳에서 미유키, 고타 부부와 얼굴을 마주한다면 내릴 때까지 지옥 같은 거북스러움을 맛보아야 하는 것이다.

"행복해 보이셔서 참으로 다행입니다." 느닷없이 히다가 인사를 건넸다. 그의 말투도 평소보다 딱딱했다.

"고마워요." 미유키가 응했다. 이 두 사람의 대화에는 예의바른 것과는 약간 다른, 뭔가 부자연스러운 조심스러움이 있는 것 같았다.

그렇게 생각한 순간, 갑작스럽게 모모미의 머릿속에 번쩍 떠오르는 것이 있었다.

미즈키를 속여서 아키나에게 프러포즈를 하도록 유도하는 작전을 짰을 때, 히다가 불쑥 흘린 말이 있었다. 예전에 어느 여자에게 프러포즈할 생각으로 스키장에 잠복했었는데 일이 어이없이 풀리면서 다른 남자가 선수를 쳐버렸다, 라고.

혹시 그 상대 여자가 미유키였던 게 아닐까. 그리고 선수를 쳐서 그녀를 가로채간 것은 고타?

틀림없다. 그렇게 생각하면 모든 일의 아귀가 맞아떨어진다.

그렇다면 앞으로 모모미가 히다와 사귀게 되면 다시 한번 미유키의 뒤를 밟는 셈이 된다.

더욱더 내 정체를 밝힐 수 없게 되었다, 라고 모모미는 생각했다. 미유키에게서 고타와의 결혼 소식을 들었을 때, 역시 조금쯤은 자존심이 상했던 것이다. 위에서 내려다보는 듯한 시선을 느꼈고 딱하다고 동정하는 듯한 마음도 들었다.

그랬는데 이번에도 또 미유키가 걷어찬 상대와 맺어지다니. 그런 사실이 알려지면 미유키는 어떤 식으로 생각할까. 겉으로는 축하해주면서도 마음속으로는 자신이 걷어찬 남자와 사귄다면서 은근히 우월감을 갖는 건 아닐까.

게다가 히다도 미유키의 남편이 예전에 양다리를 걸친 상대가 모모미였다는 것을 알게 된다면 마음이 편치만은 않을 것이다. 뭔가 일이 생길 때마다 그것이 머릿속에 걸릴 게 틀림없다.

"아참, 그런데 말이죠." 미즈키가 입을 열었다. "두 사람은 왜 헤어졌었어요?"

끄응 하고 미유키가 고개를 갸웃하니 기울였다.

"두 분이 일단 헤어졌던 거잖아요. 근데 남편 분이 갑작스럽게 스키장에 나타나 다시 시작하자면서 프러포즈를 했다. 그렇다면 그때까지는 둘이 헤어진 상태였다는 얘기죠."

"네, 맞아요. 헤어졌었어요."

"그래서 왜 헤어졌는지 좀 궁금하더라고요. 두 분이 다투기라도 했던 건가요?"

"그 얘기를 해야 하나?" 미유키는 난처한 듯 쓴웃음을 지으며 옆자리의 고타와 마주 보았다.

"그게 실은……." 고타가 머리를 긁적였다. "내가 바람을 피우다가 들켜버렸거든요."

와하하하, 하고 미즈키가 명랑하게 웃었다. "진짜 힘드셨겠네. 대체 무슨 일이 있었는데요?"

"실은 그게 바로 이 곤돌라 안에서 일어난 일이었어요."

헉, 설마 그 얘기를 하려는 건가. 모모미는 온몸에 소름이 돋았다.

"이 곤돌라 안에서? 무슨 얘기예요?" 미즈키가 얘기를 덥석 물고 늘어졌다.

"정말로 믿을 수 없는 얘기지만, 내가 바람피운 딴 여자와 이 곤돌라에 탔었는데 마침 합승한 여자들이 있었어요. 그 팀의 한 여자가 고글을 벗었죠. 근데 얼굴을 보니까 바로 동거 중이던 미유키인 거예요."

흐익, 하고 모모미 이외의 몇몇이 일제히 놀란 소리를 냈다.

"그래서요, 그래서요, 어떻게 됐어요?" 아키나가 신이 난 듯 재우쳐 물었다. 당사자가 아니라면 이보다 더 재미난 이야기도 없을 것이다.

"나는 고글과 페이스마스크를 그대로 쓰고 있었으니까 미유키

쪽에서는 나를 알아보지 못한 것 같더라고요. 그래도 뭐, 진짜 죽을 만큼 조마조마한 심정이었죠. 제발 곤돌라가 도착할 때까지 들키지 않기만을 빌었습니다."

와우, 라고 마호가 두 손으로 자신의 뺨을 감쌌다. "스릴 만점!"

"네, 그래서요?" 아키나가 다시금 몸을 앞으로 내밀며 재촉했다.

"그다음부터가 정말 힘들었어요. 함께 온 여자는 그런 속사정을 전혀 모르잖아요. 그러니 옆에서 자꾸 말을 거는 거예요. 하지만 미유키가 혹시라도 내 목소리를 알아들으면 안 되니까 나는 최대한 짧게 대꾸를 해야 되고, 진짜 한순간 한순간이 고통의 연속이었어요."

모두가 귀를 쫑긋 세우고 듣고 있어서인지 고타의 말투는 신이 난 것 같았다. 옆에서 듣고 있는 미유키의 얼굴도 환했다. 아마 그날의 일에 대해서 둘이서 몇 번이고 되돌아보고 결국에는 우스운 얘깃거리로 만들어버린 모양이었다.

하지만 나는 그렇지 않아, 라고 모모미는 희희낙락 이야기를 풀어나가는 고타를 잔뜩 흘겨보았다.

그날의 충격에서 아직도 헤어나지 못했다. 다시 생각할수록 우울한 기분이 들었다. 그 뒤에 모모미 혼자 타고 간 도쿄행 신칸센 열차 안에서는 눈물이 멈추지 않았다.

고타의 이야기는 몇 번의 고비를 넘은 뒤에 드디어 클라이맥스에 접어들었다. 이야기의 흐름이 실로 멋들어지게 정리된 것은 지금까지 수없이 사람들에게 들려주었기 때문인지도 모른다. 이제는 어디서나 잘 먹히는 이 남자의 '자학(自虐) 소재'가 된 모양이다. 자신이 그 웃기는 얘기의 등장인물 중 한 사람이라고 생각하니 모모미는 화가 나고 분하고 슬펐다.

"그래서 나와 그 여자도 곤돌라에서 내렸는데, 미유키가 이쪽을 빤히 쳐다보는 거예요. 왜 그런지 내 뒤쪽을. 그런 다음에 미유키가 뭐라고 했을 것 같아요?"

거기까지 들은 참에 큰일이다, 라고 모모미는 생각했다. 그때 일은 아직도 또렷이 기억하고 있다. 모모미가 곤돌라에서 내린 직후, 미유키는 이름을 불렀던 것이다. "모모미!"라고.

만일 고타가 여기서 그 이름을 입에 올리더라도 결코 당황하지 말자고 모모미는 마음을 굳게 먹었다. 히다와 미즈키 일행은 단순히 이름이 같은 것뿐이라고 생각할 것이다.

"뭐라고 했는데요?" 쓰키무라가 물었다.

고타는 무슨 대단한 것이라도 있는 듯 잠시 뜸을 들이고 나서 말했다.

"큰 소리로 이름을 불렀어요. 그때 나와 함께 있던 여자의 이름을."

에엣 하고 다시금 모두가 소리를 높였다.

"왜요, 왜요? 어떻게 된 거예요?" 아키나는 완전히 흥분하고 있었다.

"글쎄 그 여자가 미유키의 고등학교 동창이었어요. 두 사람은 오랜만에 다시 만났다고 좋아서 어쩔 줄 모르는데 그 옆에서 나는 그냥 머릿속이 하얘지더라고요. 그다음부터는 정신이 몽롱해져서 제대로 기억도 안 나지만, 결국 그 자리에서 모든 게 발각되면서 양쪽 여자 모두에게 차였던 거예요."

"어이쿠." 미즈키가 고개를 저었다. "세상에 그런 불운한 사람이 다 있구나."

"이렇게 말하면 좀 미안하지만, 꽤 바보시네요." 아키나가 고타에게 말했다.

"네, 바보였어요. 죄송합니다."

"지금도 상당히 바보야." 옆에서 미유키가 못을 박았다.

"하지만 마음을 고쳐먹고, 이제 행복하면 다 잘된 거잖아요." 마호가 수습에 나섰다.

"뭐, 하긴 그래." 미유키도 그리 싫지는 않은 눈치였다.

아무래도 고타의 자학 소재 이야기는 끝이 난 모양이다. 우선은 자신의 이름이 나오지 않은 것에 모모미는 안도하고 있었다.

"하지만 조심하는 게 좋아요, 미유키 씨. 바람피우는 남자란 열기가 잦아들면 또 일을 저지르게 마련이거든요."

미즈키의 말에 옆에서 아키나가 나무랐다. "당신이 할 얘기는 아닌 것 같은데?"

"나니까 얘기할 수 있는 거야. 이래저래 졸업한 몸이니까."

"정말로 졸업한 거지?"

"나에 대해서는 됐어. 미유키 씨 남편 분 이야기를 하고 있었잖아." 미즈키가 울상을 지었다.

"아니, 난 이제 질렸어요, 충분히. 요즘은 정말 착실하게 지냅니다." 고타는 얌전한 기색으로 머리를 숙인 뒤에 "그렇지?"라고 미유키에게 동의를 청했다.

"뭐, 나름대로 점잖게 지내는 것 같아."

"나름대로, 라고 하면 안 되지." 고타는 불만스러운 듯 입을 툭 내밀었다. "사실 그때 그 여자하고는 아무 일도 없었다고."

"할 생각이었잖아. 숙박까지 할 예정이었으니까."

"그렇긴 한데, 나는 원래 당일치기를 제안했어. 근데 그 여자 쪽에서 기왕이면 일박이일로 하자고 졸랐다니까."

고타의 말에 모모미는 고글 속에서 눈썹을 꿈틀 치켜들었다. 일박이일로 하자고 졸랐다고? 내가?

무슨 소리야, 하고 다시금 고타를 노려보았다. 일박이일로 하자는 말을 꺼낸 건 당신이잖아.

"적극적인 여자 분이었던 모양이네요." 마호가 그대로 곧이듣고 맞장구를 쳤다.

"네, 그렇죠. 단체 소개팅을 통해 알게 됐는데 처음부터 유난히 적극적이어서 나도 모르게 깜빡 넘어갔던 거예요."

이봐, 이봐, 이봐, 잠깐만—. 모모미는 말을 끼우고 싶은 충동에 휩싸였다. 무슨 말도 안 되는 소리인가. 당신 쪽에서 필사적으로 나를 설득하고 나섰잖아.

하지만 참는 수밖에 없었다. 어렵사리 히다와 교제하기로 마음 먹은 것이다. 이런 곳에서 정체를 밝혀버리면 모든 것이 물거품이 된다.

"그런 것에 넘어가는 사람이 잘못이지." 미유키가 말했다.

"그건 그렇지만, 그만큼 대담하게 공략해오면 대부분의 남자는 흔들흔들 넘어가게 마련이야."

"오호, 어떤 식으로 공략했는데요?" 미즈키가 관심을 보였다.

"한마디로 뇌쇄 작전이에요. 그 여자가 가슴이 꽤 큰 편인데 블라우스 단추를 두어 개 풀어서 가슴골을 슬쩍슬쩍 내보이더라고요. 내 앞에서 일부러 몸을 숙이면서."

뇌쇄 작전? 가슴골? 모모미의 머릿속은 분화 직전이었다. 대체 누가 그런 짓을 했다는 것인가. 그날은 블라우스 따위는 입지도 않았다. 하지만…… 하지만 여기서는 꾹꾹 참을 수밖에 없다. 곤돌라는 이제 곧 종점에 도착한다.

"아하, 그런 거라면 남자로서는 그냥 못 본 척 달아날 수는 없지요."

미즈키의 말에 "네에, 그렇죠?"라고 고타는 목소리 톤을 높여 맞장구를 쳤다.

"내가 반응을 보이지 않으면 그 여자가 얼마나 창피하겠어요. 그래서 응해줬던 거예요. 딱 한 번만 만나고 관계를 끝낼 생각이 었어요. 근데 단체 소개팅 뒤에도 끈덕지게 연락을 해대는 바람에 내가 그만 두 손을 들었다고나 할까……."

참을 인 세 번이면 세상을 구한다, 세상을 구한다, 아무 생각도 하지 말자. 모모미는 무념무상의 세계로 입문하고자 했다.

"애초에 나한테 연인이 있다는 것은 맨 처음의 단체 소개팅 때 분명하게 밝혔었거든요." 고타는 더욱더 말도 안 되는, 모모미의 기억에 전혀 없는 소리를 꺼냈다.

"어머, 그랬어?" 미유키도 처음 듣는다는 얼굴로 되물었다.

"그렇다니까. 내가 분명 말을 했을 거라고. 그런데도 공략한 것을 보면 자기한테서 나를 빼앗을 생각이었던 것 같아."

참을 인, 참을 인, 안 들린다, 안 들린다…….

"어휴, 무서운 여자였네." 아키나가 말했다.

"그런 여자에게 걸려들었다면 지금쯤 어땠을까요?" 미즈키가 물었다.

"아마 별 볼일 없었을 거예요. 적당히 나를 갖고 놀다가 내팽개 쳤겠죠. 정말 위험한 순간이었어요. 그런 의미에서 그때 그 일은 나한테는 불운이 아니라 행운이었죠. 이 곤돌라는 행운을 가져다 준 사랑의 곤돌라예요."

핫핫하 하고 고타가 웃는 순간, 모모미의 머릿속에서 뭔가가 스파크를 일으켰다.

그 직후에 곤돌라가 도착했다. 문이 열리고 모두가 내리기 시작했다.

하지만 모모미는 내리지 않았다. 혼자서 곤돌라 안에 그대로 서 있었다.

모두가 의아한 얼굴로 바라보았다.

왜 그래요, 라고 히다의 입이 움직였다.

그를 향해 안녕, 이라고 모모미는 중얼거렸다.

그리고 두 다리를 떡 버티고 선 채 고타를 노려보며 천천히 고글과 페이스마스크를 벗었다.

몇 초 뒤, 사토자와온천 스키장에 절규가 메아리쳤다.

사랑은 영원한 미스터리, 연애는 반전의 연속

나에게 꼭 맞는 평생의 짝을 찾는다는 것은 어떤 일일까. 남녀의 만남이란 쉽게 예측하기 어려운 수수께끼 같은 요소를 갖고 있다. 파장(波長)이라는 물리 용어가 있지만, 일본어에서는 이것을 비유적으로 차용하여 '서로의 마음이나 의사 등이 통하는 정도'라는 뜻으로 쓰이기도 한다. 우리말로는 '주파수'라는 것이 더 일반적인지도 모른다. 누군가를 좋아하거나 좋아하지 않는 마음의 파장, 사랑의 주파수 맞추기는 젊은 남녀에게 가장 큰 난제일 것이다. 때로는 '첫눈에 반해버린다'는 식으로 순식간에 일어나기도 하고, 긴 탐색 끝에 가까스로 맞춰지는가 싶다가 깨닫지도 못하는 사이에 어긋나기도 한다. 둘 사이의 조합이 전혀 상상이 안 되는 경우가 뜻밖에 좋은 인연으로 맺어지기도 한다. 그야말로 일반적이라는 틀의 예상을 깨는 반전의 요소가 강해서 연애의 메커니즘은 영원한 미스터리다. 이번 소설은 눈 깊은 설원 스키장을 배경으로 스노보드를 좋아하는 남녀가 펼쳐나가는 '주파수 맞추기'의 이야기다. 솔직한, 너무도 솔직한 현실 남녀 8인의 짝 찾기에는 각 에피소드마다 "역시 히가시노 게이고!"라고 감탄할 만한 깜짝 놀랄 반전이 기다리고 있다. 화살은 과연 누구에게서 누구에게로 향할 것인가.

이보다 더 읽기 편할 수는 없는 게 아닐까 싶을 만큼 편안한 문장으로 이야기가 전개된다. 묵직한 뭔가를 최대한 덜어낸 가벼운 리듬을 타고 술술 읽어 내려갈 수 있다. 그러면서도 남녀 간의 연애와 결혼에 대한 생각 차이, 그들의 사랑이 실수를 거듭하는 가운데서도 변화하고 발전해가는 모습을 지켜보는 재미가 쏠쏠하다. 전체가 긴밀한 복선으로 짜여서 마지막에 하나로 이어지는 구성도 대단하다. 무엇보다 사랑의 주파수를 맞추는 데 필요한 매우 긴요한 인생의 조언이 이야기 곳곳에 새겨져 있다. 평생 함께할 사람을 선택하면서 중요한 판단을 내려야 하는 순간에 불현듯 떠오르는 '꿀팁'이 될 것 같다.

사랑하는 사람이 쌓아온 사회적인 성숙을 올려다보며 나 또한 그와 동등한 높이까지 배우고 발전하고자 노력하는 것은 사랑의 기본 중의 기본일 것이다. 상대의 잘못을 어디까지 용서하고 포용할 수 있느냐는 것은 상대를 향한 사랑의 진실성에 대한 가늠자가 된다. '인간에게는 누구에게나 플러스 요소와 마이너스 요소가 있다. 중요한 것은 덧셈과 뺄셈을 거쳐 과연 어떤 결과가 나오느냐는 것'이라는 내용도 말로 하기는 쉽지만 의외로 놓치기 쉬운 선택의 조건이다. 겉모습에 휘둘리지 말고 내 발바닥에 와 닿는 실제 감각을 확인하면서 달리는 게 좋다는 팁도 마찬가지. 멀끔한 용모와 세련된 패션 센스, 재치 있는 대화 능력도 중요하지만, 그렇다고 분위기 파악을 잘 못하고 대화는 일방적이며 옷차림은 꽝인 사람이 꼭 불리한 것만도 아니라는 것이 사람과 사람 간의 관계가 빚어내는 묘미다. 그 혹은 그녀의 꽁꽁 숨겨진 능력을 발견해내는 능력이 바로 사랑의 마법인 것이리라. 결혼과 함께 짊어져야 할 온갖 번거로운 책임이 두려워 식장에 들어가기를 한사코 미루는 이들에게도 '어지간히 하고 이제 그만 체념해야 할 때'가 찾아오게 마련이다. 손익 계산기만 두드리다 보면 사랑은 떠나간다. 어쩌면 인생의 소중한 기회도.

작가의 말처럼 손해 볼 게 뻔한 짓을 향해 달리는 '각오'와 함께 누군가 미친 짓이라고까지 말했던 그 전쟁터를 향해 일단 뛰어들고 보는 '배짱'이 반드시 필요한 것이 사랑인지도 모른다. 하지만 〈곤돌라 리플레이〉의 마지막 반전은 참으로 매력적으로 다가왔다. 아무리 괜찮은 조합의 사랑이 싹텄더라도 그것을 포기해야 할 순간이 있다. 비인간적인 수모에 눈을 감으면서까지 사랑을 사랑할 필요는 없다. 기회는 또 다시 찾아올지니, '안녕'을 말해야 할 때도 있는 것이다. 이 또한 제대로 된 사랑을 위한 '각오'와 '배짱'이 아닐까. "장하다, 모모미!"라고 나도 모르게 응원하게 되었다. 그 와중에 가장 딱하게 된 사람은 '히다' 씨였다. 환상적인 조합의 가능성을 보여준 그와 모모미는 과연 어떻게 되었을까. 두 사람의 관계를 걱정하고 그다음 이야기를 궁금해하는 일본 독자들의 평이 많았다. 4팀의 남녀 조합 중에서 히다와 모모미의 관계에 중점을 두고 이 소설을 되짚어본다면 그 묘미를 한층 더 깊이 있게 감상할 수 있을 것이다.

《연애의 행방》은 《눈보라 체이스》에 이어 이른바 '설산(雪山) 시리즈'의 네 번째 작품이다. 히가시노 게이고는 동계스포츠를 애호하고, 특히 스노보드를 즐기는 것으로 잘 알려져 있다. 이번 책의 출간을 즈음하여 작가와 작품의 성향에 맞춰 스키선수 우에무라 아이코와의 대담 기사가 출판사 홈페이지에 실렸다. 참고로, 우에무라는 프리스타일 스키 여자 모굴 종목의 국가대표로 1998년 나가노 올림픽부터 2014년 소치올림픽까지 연속 5회 출전의 진기록을 남긴 선수다. 소치올림픽을 끝으로 은퇴하면서 '값진 4위'의 성적으로 큰 박수를 받았다. 아사다 마오와 함께 일본 동계스포츠의 스타로 통한 인물이다. 평창올림픽 성화 봉송 주자로 참여해 인천 구간을 달리기도 했다.

그 대담 기사에 따르면, 히가시노 게이고는 중3 때부터 스키를 시작했다. 재미있는 일화는, 당시 함께 살던 작은아버지가 겨울철이면 큼직한 배낭을 메고 어딘가로 사라져 몇 달씩 돌아오지 않는데, 실은 스키장 리프트와 곤돌라를 건설하는 회사에서 근무했던 것이라고 한다. 그런 인연도 있어서 동계스포츠에는 각별한 애정을 갖게 되었다고.

설산 시리즈의 무대는 '광대한 규모를 자랑하는 사토자와 온천 스키장'이지만, 그 실제 모델이 나가노현의 '노자와온천 스키장'인 것으로 알려져 화제가 되기도 했다. 노자와스키장과 그 주변으로 짐작되는 고유명사와 사실적인 풍경 묘사를 읽고 이 스키장을 직접 체험해보기 위해 독자들에게서 심심찮게 문의가 날아들고, 실제로 스키 시즌 때 히가시노 씨가 취재를 위해 다녀갔다는 '증언'도 속속 이어졌다. 이번 대담에서도 맨 처음 취재차 노자와를 방문한 이후로 해마다 겨울이면 찾아가는 특별한 장소가 되었다고 밝히고 있다.

"스키장과 그 주변 지역에 대한 묘사가 리얼해지는 것은, 다른 작품에서도 그렇지만 대부분 구체적인 장소를 무대로 잡았기 때문입니다. 예를 들면, 가가 형사 시리즈에서는 도쿄의 니혼바시가 무대였죠."

실제로 《눈보라 체이스》는 노자와온천 스키장을 무대로 설정한 덕분에 만들어진 이야기라고 해도 과언이 아니다. 스키장과 인근 마을 사람들이 진심으로 협력하는 모습을 보고 '이 마을 사람들은 스키장을 사랑한다'는 상상을 동력으로 소설을 완성해 냈다.

《연애의 행방》은 이례적으로 스노보드 전문지 《SnowBoarder》의 의뢰에 따라 연재한 것으로, 편집자의 "써주세요!"라는 강요가 글쓰기의 동력이 되었다. 단편 하나하나에 복선을 깔고 무서운⑺ 반전을 이것저것 담아냈지만 〈스키 가족〉만은 약간 따듯한 느낌이 나는 이야기로 만들었다.

설산 시리즈를 쓰면서 염두에 두었던 중요한 주제는 '뭔가를 찾는 이야기로 만들어가자'는 것이었다. 《연애의 행방》은 '인생의 짝 찾기'였고, 《눈보라 체이스》는 '무죄를 증명해줄 여신 찾기'였다. 첫 두 편은 설산 스키장과 인근 마을 사람들이 주요 인물이지만, 이번 두 편의 소설에서는 도쿄에 삶의 근거지를 두고 살면서 설산의 스키장을 찾아온 사람들을 등장인물로 배치했다.

"아무튼 도시 사람들을 스키장에 데려가고 싶었어요. 스키장은 결코 멀지 않다, 도쿄에서 두 시간이면 갈 수 있는 곳이다, 라는 메시지를 전하고 싶었습니다. 설산까지 자동차로도 신칸센으로도 갈 수 있어요. 《연애의 행방》의 등장인물은 당일치기로 다녀오기도 했죠. 그런 것이 얼마든지 가능하다고 널리 알리려는 마음에서 실은 그 부분의 문장을 은밀히 강조했습니다. 나는 5월 말까지 스노보드를 타러 다니는데, 주위에서 아직도 스키장을 운영하느냐고 깜짝 놀라는 사람들이 많아요. 동계스포츠는 의외로 친근하고 접근도 편리하고 게다가 오랜 시간 즐길 수 있는 취미라는 것을 좀 더 많은 사람들이 알아주었으면 합니다. 이번 시리즈 작품이 그 계기가 될 수 있다면 좋겠어요."

동계스포츠의 활성화라는 확실한 목적을 갖고 쓴 소설인 셈이다. 연애와 결혼이라는 문제에 직면한 젊은 남녀의 솔직한 현실을 바탕으로, 단순명료한 주제를 최대한 가볍게 풀어나가면서도 처음부터 끝까지 재미와 의미를 잃지 않는다. 또한 독자의 인생에 불현듯 떠오르는 소중한 메시지의 전달까지 가능했던 것은 역시 미스터리 대가의 스토리 구성력이 빛을 발했기 때문일 것이다.

각각의 소재에 따라 그에 꼭 맞게 작품의 경중(輕重)을 자유자재로 조정해내는 능력에 새삼 경의를 표하고 싶다. 번역하는 동안에 아주 좋은 의미에서 '소설공학(小說工學)'이라는 단어를 떠올렸다. 소설 쓰기에 있어서 작가 자신과 작품 간의 거리두기, 그리고 작가와 독자 간의 거리 좁히기를 어떻게 구축하느냐는 것은 매우 의미 있는 갈림길이 된다. 히가시노 게이고는 작품에 공학적인 사고방식과 체계를 도입한 작가로 기록될 것이다. 쉴 새 없이 작품을 써내면서도 태작(駄作)이 없고, 80년대 중반에 등단하여 현재에 이르기까지 일본 최고의 미스터리 작가, 베스트셀러 작가로 장수하는 비결이 그것인지도 모른다. 이번에 발간하는 신판에는 타고난(?) 바람꾼 고타의 또 다른 일탈을 다룬 〈위기일발〉 한 편이 추가되고 번역도 새로 손을 보았다.

  똑같은 취미를 가진 남녀의 사랑은 성공 확률이 부쩍 높아진다고 한다. 우리나라에도 멋진 스키장이 많다. 코로나 걱정 없이 젊은 남녀가 겔렌데로 달려가는 날이 간절히 기다려지는 요즘이다. 머지않아 다가올 그때, 《연애의 행방》과 《눈보라 체이스》를 여행 캐리어에 넣어간다면 분명 멋진 사랑의 힌트가 되지 않을까.

2020년 겨울
양윤옥

연애의 행방 (개정증보판)

개정증보판 1쇄 발행 2020년 12월 24일
개정증보판 7쇄 발행 2025년 1월 3일

만 화	히가시노 게이고
옮 긴 이	양윤옥
발 행 인	유재옥

이 사	조병권
출 판 본 부 장	박광운
편 집 1 팀	박광운
편 집 2 팀	정영길 조찬희 박치우
편 집 3 팀	오준영 이소의 권진영 정지원
디 자 인 랩 팀	김보라 이민서
표 지 디 자 인	이지선
콘텐츠기획팀	박상섭 강선화
디지털사업팀	김경태 김지연 윤희진
라이츠사업팀	김정미 이윤서
영업마케팅팀	최원석 윤아림 이다은
물 류 팀	허석용 백철기
경 영 지 원 팀	최정연
발 행 처	(주)소미미디어
인 쇄 제 작 처	코리아피앤피
등 록	제2015-000008호
주 소	서울시 마포구 토정로 222, 403호(신수동, 한국출판콘텐츠센터)
판 매	(주)소미미디어
전 화	편집부 (070)4260-1393, (070)4260-1391 기획실 (02)567-3388 판매 및 마케팅 (070)8822-2301, Fax (02)322-7665

ISBN 979-11-6611-323-9 03830